塗佛之宴 備宴 上

ぬりぼとけのうたげ うたげのしたく

京極夏彥

KYOGOKU NATSUHIKO 作品集 10

上冊目錄

下冊目錄

總導讀

獨力揭起妖怪推理大旗的當代名家——京極夏彥

／凌徹

日本推理文壇傳奇

在一九九〇年代的日本推理界，京極夏彥的出現為推理文壇帶來了相當大的衝擊。

書中大量且廣泛的知識、怪異事件的詭譎真相、小說的鉅篇與執筆的快速，這些特色都讓他一出道就受到眾人的激賞，至今不墜。

此外，京極夏彥對妖怪文化的造詣之深，也讓他不同於一般的推理作家。除了小說以日本古來的妖怪為名，故事中不時出現的妖怪知識，也說明了他對於妖怪的熱愛。

身為日本現代最重要的妖怪繪師水木茂的熱烈支持者，更自稱為水木茂的弟子，京極夏彥在妖怪的領域也具有無比的影響力。京極夏彥對於妖怪文化的大力推廣，也絕對是造成日本近年來妖怪熱潮的重要因素之一。

而這一切，或許都是京極夏彥當初在撰寫出道作《姑獲鳥之夏》時，所始料未及的吧。畢竟他以小說家之姿踏入推理界，進而在妖怪與推理的領域都占有一席之地，其實可說是無

心插柳的結果。他出道的過程，早已成為讀者之間津津樂道的傳奇故事了。

京極夏彥是平面設計出身，就讀設計學校，並曾在設計公司與廣告代理店就職，之後與友人合開工作室。但由於遇上泡沫經濟崩壞，工作量大減，為了打發時間，他寫下了《姑獲鳥之夏》這本小說，內容則是來自於十年前原本打算畫成漫畫的故事。而在《姑獲鳥之夏》之前，他不但沒寫過小說，甚至連「寫小說」這樣的念頭都不曾有過。

《姑獲鳥之夏》完成後，因為篇幅超過像是江戶川亂步獎與橫溝正史獎這些新人獎的限制，所以他開始刪減篇幅，但隨後便放棄修改而沒有投稿。之後他決定直接與出版社聯絡，詢問是否願意閱讀小說原稿。會撥電話給講談社其實也是巧合，他當時只是翻閱手邊的小說（據說是竹本健治的《匣中的失樂》），查詢版權頁的電話，之後便撥給出版這本小說的講談社。儘管當時正值黃金週(日本五月初法定的長假)，出版社可能沒有人在，但他仍然試著撥了電話。

沒想到在連續假期中，講談社裡正好有編輯在。編輯得知京極夏彥有小說原稿，儘管是新人，但仍請他寄到出版社來。京極夏彥原本以為千頁稿紙的小說，編輯會花上許多時間閱讀，之後還有評估的過程，得到回音應該會是半年之後的事，於是小說寄出之後便不再理會。結果回應來得出乎意料地快，在原稿寄出後的第三天，講談社編輯便回電，希望能夠出版這本小說。

推理史上的不朽名著《姑獲鳥之夏》，就這樣在一九九四年出版了。京極夏彥的作家生涯，也就此展開。

相較於過去以得獎為出道契機的推理作家，京極夏彥並沒有得獎光環的加持，只是憑藉著小說的傑出表現才有出道的機會。但他的才能不但受到讀者的支持，推理文壇也很快給予肯定的回應。一九九五年的《魍魎之匣》才只是他的第二部小說，就能夠在翌年拿下第四十九屆日本推理作家協會獎。一出道就聚集了眾人的目光，第二部作品更拿下重要的獎項，京極夏彥的實力，由此展露無遺。

而他初出道時奇快無比的寫作速度，則是除了小說內容外更令人瞠目結舌的。《姑獲鳥之夏》出版於一九九四年，接下來是一九九五年的《魍魎之匣》與《狂骨之夢》，一九九六年的《鐵鼠之檻》與《絡新婦之理》。表面上每年兩本的出版速度或許不算驚人，但如果考慮到小說的篇幅與內容的艱深，應當就能瞭解他的執筆速度之快了。除了《姑獲鳥之夏》不滿五百頁，之後每一本的篇幅都超過五百頁，後兩本甚至超過八百頁。如此的快筆，反映出的是他過去蓄積的雄厚知識與構築故事的才能。

兩大系列與多元發展

雖然京極夏彥在日後的執筆速度已不再像初出道時那麼快速，但他發展的方向卻更為多元。在小說的領域，京極夏彥筆下有兩大系列作品，分別為京極堂系列與巷說百物語系列，此外還有一些非系列的小說。在小說之外，則包括妖怪研究、妖怪圖的繪畫、漫畫創作、動畫的原作腳本與配音、戲劇的客串演出、作品朗讀會、各種訪談、書籍的裝幀設計等等，在許多領域都可以見到他的活躍，更讓人驚訝於他多樣的才能。

京極夏彥的成功，影響了日後許多的推理作家。講談社由此開始思考新人出道的另一種方式，不需要擠破頭與大多數無名作家競逐新人獎項，只要自認有實力，且經過編輯部的認可，作家就可以出道。一九九六年講談社梅菲斯特獎的出現，也正是將這種想法落實的結果。

倘若比較同時期的作家，從一九九四年的京極夏彥開始，出道於一九九五年的西澤保彥，與一九九六年的森博嗣，推理小說界在此時出現了不小的變動。當許多新本格作家的作品產量開始減少之際，前述的三位作家表現出截然不同的風格。他們出書速度快，短短數年內便累積了許多作品，而且又不會因為作品的量產而降低水準，反而都能維持著一定的口碑。此外，更吸引了許多過去不讀推理小說的讀者，將讀者層拓展得更為寬廣。

京極堂系列

在大致描述京極夏彥的作家生涯與特色之後，以下就來介紹他筆下最重要的兩大系列。

京極夏彥的主要作品，是以《姑獲鳥之夏》為首的京極堂系列。到二〇〇七年為止，這個系列總共出版了八部長篇與四本中短篇集，是京極夏彥創作生涯的主軸，也仍在持續執筆中。由於京極堂系列是他從出道開始就傾力發展的作品，配合上寫作前幾部作品時的快筆，因此作品數很快地累積，而其精采的內容，也使得京極夏彥建立起妖怪推理的名聲。

京極夏彥的作品特色，首推他將妖怪與推理的結合。或許也可以這麼說，他是在寫作妖怪小說時，採用了推理小說的形式，而這正表現在京極堂系列上。京極堂系列的核心在於「驅除附身妖怪」，原文為「憑物落とし」。所謂的「憑物」，指的是附身在人身上的靈。在民俗社會中，人的異常行為與現象，常會被認為是惡靈憑附在人身上的關係。因為有惡靈的附身，才使人們變得異常，而要使其恢復正常，就必須由祈禱師來驅除惡靈。

京極堂系列的概念類似於此。每個人都有著不同的心靈與想法，有些人的心中可能因為自己的出身或見聞而存在著惡意。扭曲人心的惡意憑附在人類身上，導致他們犯下罪行或是招致怪異舉止，真相也從而隱藏在不可思議的表象中。京極夏彥讓憑附的惡靈以妖怪的形象具體化，結果正如同妖怪的出現使得事件變得不可思議。陰陽師中禪寺秋彥藉由豐富的知識與無礙的辯才，解開事件的謎團，讓真相水落石出。由於不可思議的怪事可以合理解釋，也就形同異常狀態已經回復正常。既然如此，那麼造成怪異現象的妖怪，自然也就在真相解明的同時被陰陽師所驅除。

這樣的過程，正符合推理小說中「謎與解謎」的形式。京極夏彥曾在訪談中提及，推理小說被稱為是「秩序回復」的故事，而他想寫的也是這種秩序回復的故事。在這樣的概念下，妖怪與推理，這兩項看似沒有任何關聯的類型，在京極夏彥的筆下精采地結合，也成為他最大的特色。

而京極堂以豐富的知識驅除妖怪及解釋真相，也讓京極夏彥的小說裡總是滿載著大量的資訊。《姑獲鳥之夏》中，京極堂所言「這世上沒有不有趣的書，不管什麼書都有趣。」，事實上也正是京極夏彥本人的想法。對於書的愛好，讓他的閱讀量相當可觀，因而得以累積豐富的知識，也隨處表現在故事之中。

另一個特點，則在於人物的形塑。身兼舊書店「京極堂」的店主、神社武藏晴明社的神主、以及陰陽師這三重身分的中禪寺秋彥，擔負起驅除妖怪與解釋謎團的重任。玫瑰十字偵探社的偵探榎木津禮二郎，可以看見別人的記憶。此外包括刑警木場修太郎，小說家關口巽，《稀譚月報》的記者同時也是京極堂妹妹的中禪寺敦子等等，小說中的人物有著各自獨特的個性，不但獲得讀者的支持，更成為許多人閱讀故事時的關注對象。

介紹過京極堂系列的特色之後，以下針對各部作品做簡單的敘述。

一、《姑獲鳥之夏》（一九九四年九

月），女子懷孕了二十個月卻尚未生產，她的丈夫更消失在密室之中。同時，久遠寺醫院也傳出嬰兒連續失蹤的傳聞。

二、《魍魎之匣》（一九九五年一月），因被電車撞擊而身受重傷的少女，被送往醫學研究所後，在眾人環視之下從病床上消失。此外，武藏野也發生了連續分屍殺人事件。

三、《狂骨之夢》（一九九五年五月），女子的前夫在數年前死亡，如今居然活著出現在她的面前，雖然驚恐的她最終殺死了對方，卻沒想到前夫竟然再次死而復生，於是她又再度殺害復活的死者。

四、《鐵鼠之檻》（一九九六年一月），在箱根的老旅館仙石樓的庭院裡，憑空出現一具僧侶的屍體。之後，在箱根山的明慧寺中，發生了僧侶連續遭到殺害的事件。

五、《絡新婦之理》（一九九六年十一月），驚動社會的潰眼魔，已經連續殺害四個人，每個被害者的眼睛都被鑿子搗爛。而在女子學院的校園內，也發生了絞殺魔連續殺人的事件。

六、《塗佛之宴》（一九九八年三月、九月），分為兩冊「備宴」與「撤宴」。「備宴」中收錄了六個中篇，「撤宴」解明隱藏於其中的最終謎團。關口聽說伊豆山中村莊消失的怪事，前往當地取材。數日後，有名女子遭到殺害，關口竟被視為是嫌疑犯而遭到逮捕。

七、《陰摩羅鬼之瑕》（二〇〇三年八月），由良伯爵過去的四次婚禮，新娘都在初夜遭到殺害，兇手至今仍未落網。如今，伯爵即將舉行第五次的婚禮，歷史是否會重演？

八、《邪魅之雫》（二〇〇六年九月），描述在大磯與平塚發生的連續毒殺事件。

京極堂系列除了長篇之外，還包括了四部短篇集，都是在雜誌上刊載後集結成冊，有時也會在成書時加入未曾發表過的新作。這四本短篇集各有不同的主題，皆以妖怪為篇名。

一、《百鬼夜行──陰》（一九九九年七月）收錄了十篇妖怪故事，每篇故事的主角皆為系列長篇中的配角。藉由這十部怪異譚，讀者可以看見在系列長篇中所未曾描述的另一個世界。

二、《百器徒然袋──雨》（一九九九年十一月）、《百器徒然袋──風》（二〇〇四年七月）各收錄三篇，主角是偵探榎木津禮二郎，故事中可以見到他驚天動地的大活躍。

三、《今昔續百鬼──雲》（二〇〇一年十一月），共收錄四篇，本作的主角是妖怪研究家多多良勝五郎，描述他與同伴在傳說蒐集旅行中所遭遇到的怪事。

巷說百物語系列

京極夏彥的另一個系列作品是《巷說百物語》，這個系列於一九九七年開始發表，一九九九年出版第一本，到二〇〇七年為止共出了四本。本系列的第三本《後巷說百物語》更讓京極夏彥拿下了第一三〇屆的直木獎，成為他作家生涯的重要里程碑。

《巷說百物語》刊載於妖怪專門雜誌《怪》上，是這本雜誌的創刊企畫，一直持續至今。在試刊號的第〇期，京極夏彥發表了《巷說百物語》的第一個故事〈洗豆妖〉，之後除了兩期之外，其餘每一期都可以看見《巷說百物語》系列的小說。京極夏彥總是提及，只要《怪》繼續出刊，《巷說百物語》就不會停止，由此可見他重視這本雜誌的程度。

刊載於雜誌上的巷說系列，每期都是一個完整的中篇故事，目前為止尚無長篇連載。而在匯整出版單行本時，京極夏彥會再新寫一篇未發表在《怪》上的作品，作為每本小說的最後一則故事。本系列至今已出版了四本，從一九九九年八月的《巷說百物語》，二〇〇一年五月的《續巷說百物語》，二〇〇三年十二月的《後巷說百物語》，到二〇〇七年四月的《前巷說百物語》，除了《巷說百物語》收錄了七篇作品之外，之後的三本都收錄六篇作品。

巷說系列的背景設定於江戶時期，從一八二〇年代後半開始。在那個時代，妖怪的存在依舊深植人心，人們深信妖怪會作祟，怪事的發生也可以歸因於妖怪而不必尋求合理的解釋。系列的靈魂人物是又市，以言語欺瞞人們的詐術師。在《巷說百物語》中，詭異的怪事不斷發生，而這一切怪事，其實都是又市在幕後所設計的。他接受委託，並與伙伴們刻意製造出妖怪奇聞，藉由這些怪事的發生，使得他能夠達成真正的目的，並且能夠被隱藏在怪異之下而不為人知。

《續巷說百物語》與前作略有不同，著眼點較偏重於角色，固定班底的描寫在本作中被突顯，他們的過去也藉由不同的故事被一一呈現。《後巷說百物語》發生於江戶時代之後的明治時期，四名年輕人每逢遭遇怪異，便來請教一位隱居在藥研堀的老翁。老翁由這些怪事，回想起年輕時與又市一行人所遇到的事件，並在故事最後會同時解決現在與過去的事件。

《前巷說百物語》的設定再度轉變，描寫的是又市的年輕時期。在前三作中，又市已經是成熟的詐欺師，但他並非生來就是如此，《前巷說百物語》中的又市還年輕，他的技巧也還不純熟，因此故事又再次表現出和前三作不同的風格。

巷說系列目前共包含上述四本，但還有另外兩本小說與其相關，那就是《嗤笑伊右衛門》與《偷窺者小平次》。這兩本其實是京極夏彥改寫日本家喻戶曉的怪談，使其呈現新貌的作品。但是由於巷說系列的重要人物又市與治平也出現在其中，而且對他們兩人的生平有著較多的描述，因此雖然小說本身的重點在於固有怪談的重新詮釋，但由於人物的重疊，其實也等同於巷說系列的外傳作品。而在京極夏彥的得獎史上，這兩部作品同時都有得獎的表現，《嗤笑伊右衛門》拿下第二十五屆泉鏡花文學獎，《偷窺者小平次》則是獲得第十六屆山本周五郎獎。

開創推理小說新紀元

京極夏彥的過人才華，發揮在許多的領域上，也讓他有著非凡的成就。過去台灣曾經出版過京極夏彥的數本小說，讀者們也已經對他有著一些認識。可惜的是，過去都未曾以作品集的型態來全面地引薦與介紹，因而對讀者而言，期待度極高的京極夏彥作品，也始終都是傳說中的名作，無緣一見。

如今，京極夏彥的小說再度引進台灣，而且是他筆下最主軸的京極堂系列作品全集，讀者們可以從完整的小說集中一睹這位作家的驚人實力。足以在日本推理史上留名的京極堂系列，其精采的故事必然會讓人留下深刻的印象。妖怪推理的代名詞，開創妖怪小說與推理小說新紀元的當代知名小說家京極夏彥，現在，就在眼前。

二〇〇七年五月九日

作者介紹

凌徹，一九七三年生，嗜讀各類推理與評論，特別偏愛本格。

鬼神之為德，其盛矣乎！
視之而弗見，聽之而弗聞……

塗佛

摹畫自《畫圖百鬼夜行》前篇・風

註：本作品中做為章節標題之妖怪，日文原文中皆無漢字，而以平假名表記，譯文除「野篦坊」採應對漢字表記以外，其餘「嗚汪」、「咻嘶卑」、「哇伊拉」、「休喀拉」、「歐托羅悉」皆採音譯。

那……

那是我。

我站在樹下。

我究竟在做什麼？

兩眼空虛，茫然佇立。

那是什麼樹？樹很大，非常大。

茂盛的枝葉在初夏舒爽的風中擺動著。

是朝陽，還是夕照？幾道格外清爽的光線自上方的雲間射下，反射在一片片葉子表面，淺黃、蔥黃等各式各樣的綠，轉化為細碎的光粒明滅閃爍著。

綠色沁入眼中，近乎疼痛。

樹的另一頭，是一片有如舞臺布景般的霧白天空。

地平線在繚繞的雲霞中變得矇矓，曖昧地融化在峰巒裡，沒入下方昏暗的綠。

不可思議的情景。

異樣地鮮明，卻又異樣地迷濛，沒錯，就像睡眼惺忪中看見的異國早晨的景色。儘管模糊而欠缺真實感，卻又徹頭徹尾地真實。

此刻……

此刻是何時？

是現在，還是過去？

我為什麼會去想這種事？

無論什麼樣的情況，**此刻**都一定是現在。

因為現在以外的**此刻**是不存在的，不可能存在。

不管在語言或概念上，那都是矛盾的。

但是……

沒錯，例如過去的回憶就這樣完完全全地化為現實重現，並置身於其中，對自己而言，那真的是**此刻**嗎？

那……不，那依然是**此刻**。

只是名為**此刻**的真實時間裡，有一段封閉的過去這種虛無的時間，如此罷了。

而如果這是過去的重現，就應該是曾經體

驗過的事，那麼無論它有多麼地真實，也不過是一種反覆，應該馬上就能夠察覺。

然而……這奇妙的感覺是什麼？

彷彿窺看著未曾體驗過的過去似的。

這……

這是夢嗎？

我似乎正仰望著樹上。

迷惘的眼睛筆直地注視著什麼。

我看到了什麼？

我緩慢地將目光從我身上移動到我的視線前方。

樹幹，樹枝，樹葉，白色的腳。腳，是腳，一雙腳懸掛著。

我一定是在看那雙腳，絕對是。一想到這裡，背後的汗毛彷彿一口氣倒豎起來，我變得驚惶失措。

討厭，討厭極了。儘管如此，我依然只能夠站在遠處，怔怔地看著我仰望樹上的腳。

啊，我逃走了。

不可以……讓我逃了……

我為了追上我，踏出有些麻痺的腳。

絆住，沒辦法順暢地跑，彷彿奔跑在棉花上面。

這果然是夢嗎？我逐漸地遠離了。

總算，我來到我先前站立的樹下。

這裡……

這是哪裡？

我停止追逐已經完全消失身影的我，緩慢地仰望樹上。

人偶，是被五花大綁的裸體女人偶。

透明白皙的皮膚沐浴在穿篩過樹葉的陽光下，多美啊。

此時……我的腦中一瞬間冒出無數詭異悲傷的景象。

哭泣不休的大群嬰兒，永遠臥床不起的男子，被塞入箱中的眾多女子，竄爬的手，抱著棺桶、鮮血淋漓的男子，述說未來的骷髏，無頭士兵，面目模糊的女子，在無間地獄持續苦行的眾多修行者，歌唱御詠歌（註一）的市松人偶（註二），如小牛般巨大的老鼠，伸長的手，漆黑的異國神祇，迷戀眼球的蜘蛛男，墮落天使，兩性人。這些……這些傢伙不都是死人嗎？

然後……我注意到了。

啊，**現在的我正是剛才我看見的我**。

那麼……我得快點逃走。

註一：為佛教信徒於巡禮寺院、靈場之際所唱的歌。也稱詠歌、巡禮歌。

註二：頭與手腳為木製，身體為布製，可更換衣物的一種人偶。女人偶植髮，男人偶的頭髮則用畫的。也稱京人偶、東人偶。

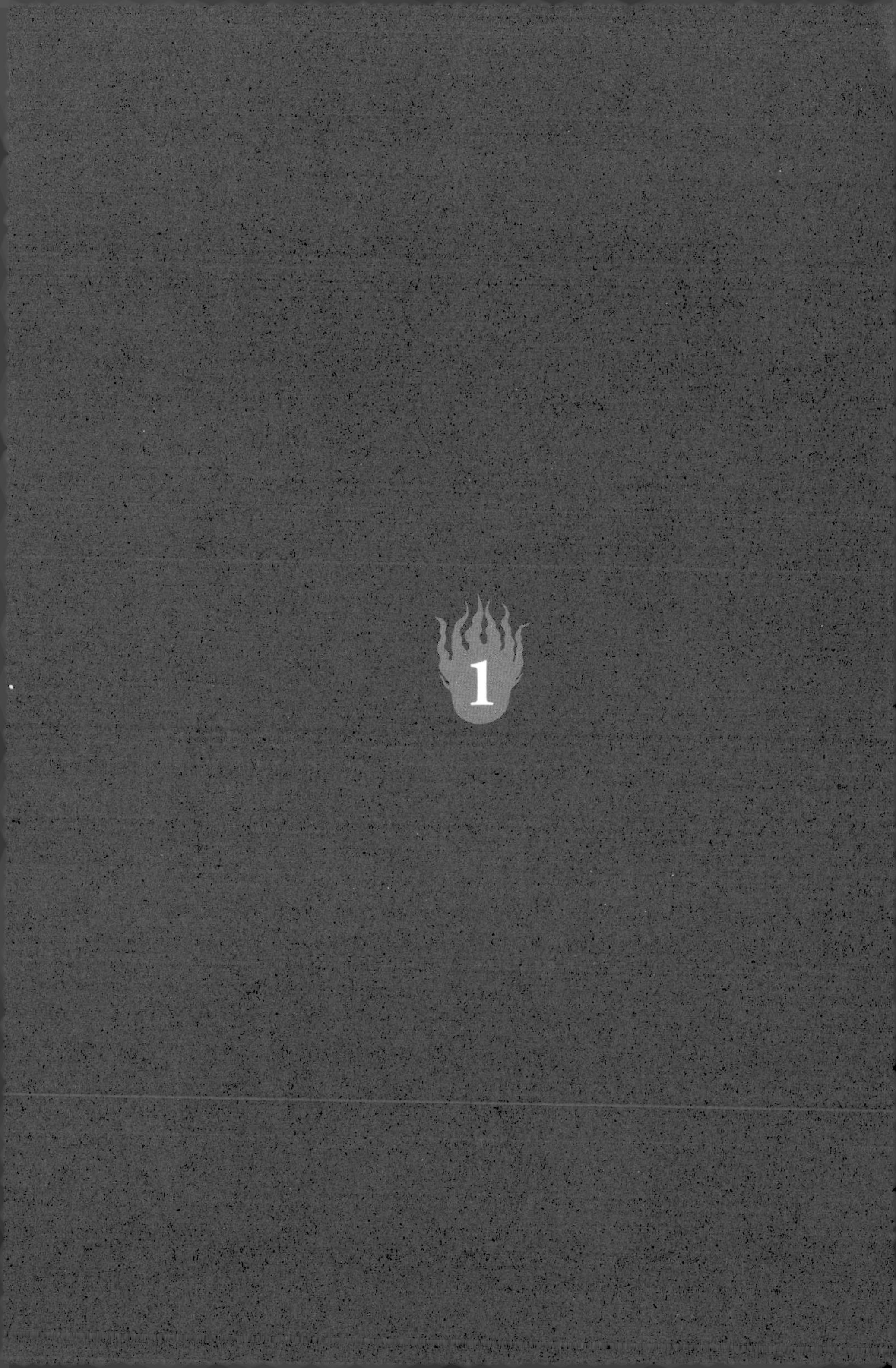

野箆坊——

神祖居駿河時，某朝，庭現一物，形如小兒，或稱肉人者，有手無指，以無指之手示上而立。見者驚，懼為變化之物，欲收之而不得。庭中騷然，侍御稟其事，問如何，命逐出人不見之處。旋逐城外小山。一人聞此，曰：「殊為可惜，因左右不學，君失得仙藥。此為白澤圖中名封之物。食此，神力武勇。」（後略）

——《一宵話》卷之二／秦鼎

文化七年（一八一〇）

1

我最後的記憶極度脱離現實。

那個時候，我和兩名男子身處廢棄屋舍的內廳。

其中一名是姓淵脇的年輕警官，另一名自稱堂島、年約五十多歲的男子，職業我不太清楚，記得他好像説是鄉土史家。

地點在伊豆（註一）的韮山，位於人跡罕至的深山之中。日期——如果我的記憶正確——應該是六月十日。我確實是在六月四日來到伊豆的，然後花了六天採訪，應該沒有算錯。

「這裡，簡直是……，簡直是異空間……」

我十分清晰地記得淵脇如此喃喃自語著。

的確，我也覺得這裡有如異空間。我置身的狀況就是如此奇異。話雖如此，但我並非身在什麼莫名其妙、不可思議的地方，也並未受到荒唐無稽的不成文法則所支配。

即使如此……那個時候，我依然身陷異空間。

我找不到其他恰當的形容。

異空間……

我覺得異空間這個詞，是個非常模稜兩可的詞彙。照字面來看，它應該意味著迥異的空間，不過是與什麼東西、怎麼樣地迥異，卻不甚明瞭。首先，空間這個詞就很難纏。最近彷彿理所當然似地經常聽到這個字眼，但是它原本應該不是個會在日常對話中出現的單字才對。除了做為專門術語，在限定的狀況使用以外，它的語義是多層的，要怎麼解釋都成。在日本固有的詞彙（註二）當中，也找不到適當的對應説法。在「空間」上頭冠個「異」字，意思卻可以若無其事地通用，語言真是不可思議。

這個詞彙拋下嚴密的語義，只有語感獨自橫行。其他類似的還有亞空間、異次元等詞彙。語言是生物，所以即使是擁有典故、來歷正統的詞彙，若是不符合民情，也會被廢棄不用；相反地，即使是缺乏歷史及學術整合性的新詞，只要符合那個時代的需求，也能夠發揮十足的功能。

異空間和異次元，就語言來說是有效的吧。

這類語群之所以會固定下來，主要原因之一，應該是荒誕玄學（註三）的言論在一般大眾之間的普及。

將學術用語挪用到學問以外的言論——以這個層面來說，娛樂小說的影響力遠大於科學技術的進步與發展。不過，用語嚴密的定義與概念也會在傳播過程中喪失掉大半。

然而另一方面，換個角度來看，正因為定義變得曖昧，才能夠留存至今吧。比方說，我們絕對不可能體驗到狹義的異空間。恐怕永遠都不可能。

縱使理論上可能，現實上我們也不可能從我們所屬的空間踏入我們不可能存在的其他空間。

但是，正因為未被定義……

我們才能夠時常窺探到異空間的片鱗半爪。

當然，那並非特別不可思議的空間。

不必無謂地尋求奇景絕景，異空間隨時都會顯現在旅途中的平凡城鎮、或平時不會經過的小巷當中。不僅如此，即使在熟悉的房間角落、花瓶底下，都存在著異空間。只需要一點

註一：日本舊國名，為現今靜岡縣東部、伊豆半島及東京都伊豆諸島。亦稱豆州。

註二：原文作「大和言葉」，這裡是指大陸文化傳入日本以前的日本固有語言，相對於漢語等外來語而言。「異空間」屬漢語。

註三：日文作「空想科學」，為法國作家雅里（Alfred Jarry，一八七三～一九〇七）所創新詞Pataphysics之譯語。中文或譯為「超然科學」、「不通學」。

差異，它就能夠顯現。

光的強弱、一抹幽香、一絲溫差……

不，甚至不需要這些東西。只要觀點改變，世界就為之丕變。老掉牙地說，異空間就存在於自己當中。

所以，人才能夠足不出戶，就是個旅人。那樣的話……，或許我其實是身處那個昏暗地窖般的小房間中，在自己的體內旅行也說不定。所以……

所以我……

無法斷定倒在那裡的是不是真的屍體。

話說……

開端，是五月下旬。

記得當時是溲疏花（註一）開時節，一個令人不愉快的陰天。

大白天的，室內卻陰暗混濁，模糊矇矓。即使開燈，也驅趕不走這些混濁，反而泛黃了似的，更加令人不快。

那一天，不知是氣溫還是濕度影響，我比平日更爬不起床。

記得我起床之後，好一陣子都無法動彈，就算洗臉漱口，也全然不起效用。好了，著手工作吧——我煞有介事地抖擻精神，握住鋼筆，卻指尖弛緩，視野模糊，完全無法集中精神。

總而言之，那天的不適並非天候等外在因素所造成，一切應該都是我內在的問題。我的身體——特別是腦袋的狀況不佳。

這如果是上班族，無論情願與否，都得在一定的時間出門，只要在都電（註二）的人潮中推擠一番，精神也會振作起來吧。

即使振作不了，只要移動，縱然不願意，心境也會轉換。就算不轉換，只要待在職場，怎麼樣都得裝出應有的態度。

但是像我這種自由業者，鎮日醉生夢死，生活毫無高潮起伏，就沒辦法這樣了。自由成立於不自由之上。就像沒有拘束，就沒有解放一樣，既然不受他律的支配，若想獲得自由，就只能把一切交給自律了。

這種情況下，加諸於己身的壓力是壓倒性的巨大。

所謂自由業，是空有其名。

對於自甘墮落的人而言，駕馭自己，要比跨上駿馬艱難得多了。

我深深地、長長地嘆了一口氣。

即使徒然面對書桌，也擠不出半個字。稿紙一直都是空白的，感覺那些數量龐大的空格永遠無法被填滿。

我把手肘撐在書桌上，下巴托在手背上，眺望窗外。

窗玻璃蒙上了一層灰塵，宛如霧面玻璃一般。

窗戶外頭的鄰家庭院那一成不變的失焦景色，與自己朦朧地倒映在上面的臉孔重疊在一起——我覺得我好像就這樣忘我了好長一段時間。

至於那個時候，我衰竭的腦袋慢條斯理地在想些什麼？自己為什麼會變成小說家？寫小說的意義何在？何謂小說？——我想的淨是這類乍見深奧，實非如此，而且得不到明快解答的問題。換言之，我能夠運作的唯一一小部分，全都浪費在無益的思考上了。

我正處於這樣的狀態中。

我聽見玄關門打開的聲音。

註一：溲疏花（*Deutzia scabra*），虎耳草科溲疏屬植物，五、六月開花。

註二：正式名稱為東京都電車，為東京都經營的路面電車，自一九〇三年由品川新橋線開始營運，全盛期有四十一條路線。一九七二年以後，只留下荒川線繼續經營。

瞬間，我心中萌生出後悔。

光靠副業維持不了家計，妻子自春天起外出工作了。

所以白天時，家裡只有我一個人。

我後悔沒有鎖上玄關門，現在的我的狀態是不能見人的。

但是我沒有鎖門，而我人在屋子裡，事到如今也不能假裝不在，若是來人呼叫，我也不得不回應。

我思及至此，沒有多久，果然傳來了叫門聲：「有人在嗎？」

「老師，請問關口老師在嗎？」闖入者的叫聲絲毫不客氣，也沒有歇止的跡象。情非得已，我以應該是倦怠到異常的動作回頭，用緩慢得駭人的動作來到走廊。

走廊看起來比房間更加暗淡，感覺就像瞳孔貼上了一層膜。

是因為光量不足嗎？

「哦……？」

訪客是妹尾友典。

「……關口老師……，您剛起床嗎？」

妹尾把眼鏡底下略微下垂的一雙細眼瞇得更細，笑了。然後他確認：「您剛才在睡覺吧？」

「沒有。」

我想聲明我沒在睡覺，卻舌頭打結，模糊不清地發出某種無法理解的不明語言。妹尾再次得意地笑，說：「原來關口老師是夜貓子啊。」誤會終究沒能解開，我放棄說明，帶妹尾進到屋裡。

妹尾難得來訪。

妹尾在只有一名社長、兩名員工的小型出版社擔任糟粕雜誌(註)的編輯。我雖然算是靠寫小說維持生計，但是因為不僅寫得慢，銷路又不好，所以除了文藝雜誌以外，也到處寫些猥褻的實錄報導來糊口。我使用筆名，也提供稿子給妹尾所編輯的《實錄犯罪》。

「真是稀客……」我總算說出像日語的話來。

「……鳥口呢？」

名叫鳥口的青年是妹尾的部下，平素拜訪這裡的幾乎都是他。

「鳥口最近很忙。喏，就那個算命師啊。」

「哦……」

我不是很清楚，不過鳥口這幾個月以來，一直在追蹤採訪一個冒牌算命師。

「我記得是……」

我說出口的話極為簡短，不過似乎比滔滔不絕的空洞內容更容易懂。可能是對方會自己揣摩意思來回答我吧。妹尾點了幾下頭。

「沒錯沒錯，那件事愈來愈不得了，我們現在領先了其他出版社呢。誰也沒料到事情竟然會**變成那樣**，所以搶先採訪的只有我們而已。」

「哦……這樣啊……」

我不明白妹尾說的那樣是哪樣。我既不看報，也不聽廣播。這幾天以來，我甚至沒有和妻子以外的人交談過。

「然後呢？」我問。

「然後……什麼？」

「呃，就……」

「然後呢」這樣曖昧的詢問，的確會讓人窮於回答吧。

「……你今天是……？」

「我是為了別的事來的。關口老師，您最近有沒有稿子要截稿或是要進行採訪……？」

「呃，這……」

註：日本戰後一時蔚為風潮的三流雜誌類型，內容多以腥羶八卦的不實報導為主。由於雜誌社經常遭取締而倒閉，如同用糟粕釀造的劣酒般，幾杯下肚即倒，故而名之。

「沒有，沒有是吧？那太好了。」

我覺得一點都不好。

「反正我總是很閒。妹尾先生才是，總編輯可以擅離職守外出嗎？會被社長責罵吧？」

「我就是來處理社長交代的事的。」妹尾愉快地說。

妹尾比我年長，如果不說話，他看起來也像是有了相當的年紀。不過實際一交談，印象隨即改觀，無論什麼話題，他都會像個孩子般高興地聆聽，而且十分健談。

光是閒話家常，有時隨便就可以聊上兩個小時。

「社長交代的事？那還真是個大任務呢。這跟我有什麼關係嗎？」

「這個嘛，我想您聽了就知道了……，啊，這理所當然嘛。」

「是理所當然啊。」

對話總像少了根筋。

妹尾也好，鳥口也罷，明明老是寫些令人鼻酸的淒慘事件報導，個性上卻都有些灑脫不羈之處。妹尾原本就大而化之，再配上天性魯鈍的我，使得對話完全失去了緊張感。

「那麼……」

原本有些駝背的妹尾略微挺起身子，從破爛的皮包裡取出大型文件袋，開口問道：

「……關口老師，您記得津山三十人慘案（註一）嗎？」

「呃，記得是記得……」

「我想也是。」妹尾說。「一般人都知道。」

「是嗎……，我記得好像是昭和十三年（一九三八）的事吧？」

「是啊，距今才十五年。」妹尾顯得格外神采奕奕。「當時我才二十三歲呢。」

「啥？」

當時我又是幾歲呢？

「因為我跟兇手都井年紀相同。」

「這又怎麼了嗎……？」

「津山事件在連續殺人事件當中，算是空前的大事件。在短時間內進行大屠殺這一點上，無人能出其右。兇手在短短一個小時之內，就奪走了三十條人命呢。」

「妹尾先生，這種事要是隨隨便便就有人能出其右就糟糕了。不過就算過程慘絕人寰，它的實情也與世人所認定的獵奇事件有些不同吧？」

「當然不同了……」

「而且據說兇手是個老實的讀書人。」

「是這樣沒錯。不過我所說的不同，並不是這種不同。雖然關口老師說『世人所認定』，但是其實呢，世人根本已經**不在乎**了。」

「不在乎？……怎麼說？」

「已經忘了，年輕人已經不知道津山三十人慘案了。」

「哦……」

所以妹尾才會先問我知不知道吧。

「也難怪吧。不管怎麼說，中間都經歷過戰爭時期嘛。別說是三十人了，戰爭裡死了好幾萬人。該怎麼說，相形失色嗎……？」妹尾以奇妙的聲調說道，甚至露出奇怪的神情來。「那真是起大事件哪。可能是我的故鄉在關西，比東京更靠近那裡，所以才會記憶猶新吧。」

「說是大事件，的確是起大事件，我想當時應該也轟動一時。不過，我記得還比不上阿部定事件（註二）。」

註一：亦稱津山事件，一九三八年發生於日本岡山縣一個小村落。兇手都井睦雄於短時間內殺害了三十人後自殺，是日本犯罪史上前所未見的殺戮事件。

註二：一九三八年五月，料亭女侍阿部定勒死男友，並切除其性器官。由於案情駭人聽聞，在民間造成轟動。

妹尾拿著文件袋，雙臂交抱著，露出納悶的模樣，還垂下了兩邊嘴角，「唔唔」的低吟。

「就像關口老師說的，或許是因為戰爭的關係。可是那麼重大的事件，會遭到遺忘嗎……？」

「都已經是這種時代了，那種黑暗的記憶，大家毋寧是想要遺忘吧……」

這個國家的人民竭力避免注視黑暗，只努力望向光明生活著。這也無可奈何吧。若非如此，也不可能在這麼短的期間內將一片焦土復興到這個地步。

我這麼說，妹尾便再一次露出納悶的模樣。

「可是，那麼為什麼敝社的雜誌這類犯罪雜誌，只要出版，就有不錯的銷售成績？坊間充斥著獵奇變態犯罪讀物。我們的雜誌也是，只是把內容寫得再**聳動**一些，還可以賣得更好。雖然那不合我的志趣。」

「那是因為……」

我認為，即使視而不見，聽而不聞，黑暗也不可能就此消失。

就算粉飾太平、以漂亮的詞句蒙混過去、用道理加以封印，存在的事物還是存在。只要稍微出現一點點裂痕，黑暗就必定會衝破日常的表面，傾巢而出。每個人都隱約知道這個道理。儘管依稀明白，卻佯裝不知道，如此罷了。所以至少想要把世上的黑暗都當做身外之事、是虛構的事吧。

「……雜誌說穿了只是杜撰出來的。」

「我們雜誌標榜的可是實錄。」妹尾依舊一臉無法信服的表情。

「姑且不論這個，妹尾先生，從剛才開始，你的話就一直不著邊際……」

我這麼一說，妹尾便說：「啊，這真是失禮，難道尊夫人要回來了嗎？」他伸長了脖子四下張望。他對於談話沒有進展似乎不以為意。

「不，內子暫時還不會回來，她黃昏才會回來。不管這個，是不是差不多該進入正題了……？」

「正題？咦？剛才說的是正題的一部分啊。」

「咦？津山事件嗎？」

「不是。」妹尾又交環雙臂低吟。「跟津山事件本身沒有關係。」

「妹尾先生，你講話怎麼這麼拐彎抹角的呢？」

「嗯……說的也是。那麼……」

妹尾猶豫一會兒，搖了一下頭，說：「那麼我開門見山，直接說結論了。」接著他說：「可以麻煩您……找個村子嗎？」

「找……找村子？什麼意思？」我一頭霧水。

別說是一頭霧水，因為太過唐突，我甚至不覺得妹尾是在捉弄我。

「您一頭霧水對吧？」妹尾笑得開懷。

「當然會一頭霧水啦。你說是社長交代的事，跟津山事件有關，然後突然要我找一個村子，這簡直是打禪語嘛。要是解得出來，那我就是個了不起的高僧了。」

「啊哈哈，說的沒錯。」妹尾搔著頭，鬆開跪坐的腳。「其實啊，我們社長——也就是赤井書房的老闆赤井祿郎，我想您也知道，他的本業是販賣學習教材的。出版算是他的嗜好，所以賺不賺錢是其次，只要我們盡心做好工作就好。」

「那不是很好嗎？」

「嗯，這是很好，但是相反的，就算破產了他也不痛不癢，所以我們做員工的總是提心吊膽的……，咦？話又離題了。」

「哦……」

因為搞不懂主題是什麼，就算離題了我也不可能發現。我與赤井社長有數面之緣，印象中他就像個性情溫和的青年實業家，沒有出版業者那種獨特的氣質。

「反正，我們老闆赤井總是忙著修理、改造汽車，申請發明專利等等，興趣太多是他唯一美中不足之處……。總之，赤井的老朋友裡，有位叫光保的人。」

「光保？是名字嗎？」

「是姓，光保……我記得是叫公平吧。這個人頭髮稀疏，身材微胖，是個面色光滑紅潤的阿伯。這位光保先生以前是位警官。」

「警官……？」

「嗯，警官。以前好像在靜岡擔任巡查（註一），還是駐在所（註二）警官。這個人啊，他以前被分發駐守的村子，**不見了**。」

「這……」

令人不解。

「……你說的不見，是指廢村的意思嗎？或者是蓋水壩而沉入水中，還是和鄰村合併後改了名字……」

妹尾拜拜似地豎起單手，左右搖擺。

「不是。」

「不是嗎？」

「廢村……是廢村了沒錯——不對，真難解釋呢。真的是消失了。」

「妹尾先生，什麼消失……」

「只能說是消失了。光保先生當時常駐的派出所——還是叫駐在所？這我不太清楚，而且警察機構和現在也不一樣了。當時好像是內務省（註三）管轄的嗎？」

「什麼『嗎』，妹尾先生，那是什麼時候的事啊？」

「哦，就跟津山事件同一年啊，十五年前。聽說他一直任職到昭和十三年的五月。」

「原來如此……」

關聯只有如此。

三十人慘案似乎只是用來交代時代背景的前言罷了。

「然後，聽說那是個小山村，面積廣闊，但是戶數很少，總共只有十八戶而已，人口頂多也只有五十人左右。是個小村落。」

「村名叫什麼？」

「好像是hebito村。」

「怎麼寫？蛇和戶嗎（註四）？」

「忘記了。」妹尾說。「我是從光保先生那裡聽來的，但忘記是什麼字了。應該是有個戶字，可是我不記得有蛇這個字……。是兩個字沒錯，我應該抄下來的。然後，聽說村子正中央有一戶宅第宏偉的人家，屋主好像是地主還是村長。那戶人家姓佐伯，這我倒是記得。在這戶人家周圍，相隔甚遠的地方零星地坐落著人家和小屋。幾乎都是農家，也有販賣牲口的，而賣雜貨跟處理郵件的，就只有村子入口處的那一戶。還有一戶是醫生，據說是佐伯家的親戚。」

「哦，真詳細呢。」

「哎，因為才十八戶嘛。在那裡當警察的話，全部都會記得的。實際上，光保先生也說他到現在都還記得。」

說的也是。

「只是，聽說光保先生在那個村子連一年

註一：日本的警察組織，階級由下往上依序為巡查、巡查部長、警部補、警部、警視、警視正、警視長、警視監，最高階級為警視總監，為警視廳的本部長。

註二：駐在所功能與派出所相同，設於山區、離島或偏遠地帶，有警官常駐。相較於派出所為輪班制，駐在所多兼具官舍功能，派任警官與其家眷居住於此。

註三：內務省為二次大戰前的日本中央機關之一，管轄警察及地方行政等一般內政。曾設造神宮使廳強化國家神道政策，並實施特別高等警察（特高）制度，利用治安維持法統治遊行、言論。設立於一八七三年，一九四七年廢止。

註四：日文中，hebi可對應漢字「蛇」，「to」可對應漢字「戶」。

都沒待滿。」

「因為調職嗎？」

「他出征了，因為出征而離開。是日華事變（註一）吧，我記得《國家總動員法》（註二）好像是在那一年施行的……」

說到這裡，妹尾抿起嘴巴，鼻子「唔嗯」了一聲。

「……然後，光保先生復員回來一看，村子竟然不見了。」

「所以說，妹尾先生……」我往前探出身體。「所謂不見是什麼意思？你剛才說只能說是消失了，可是村子不可能像煙霧一樣憑空消失吧？」

「可是就是這樣。」

「什麼就是這樣，那村子原本所在的地方怎麼了？變成一片荒野嗎？還是開了個大洞？」

「沒有洞。」

難懂到了極點。不曉得是說的人說不清楚還是聽的人理解力不夠，絲毫抓不到這番話的重點。

妹尾似乎也察覺到我還是聽不懂，他尋思了半晌後，遂加以說明。

「正確地說，光保先生回國，是太平洋戰爭結束以後；更正確地說，是昭和二十五年。才三年前的事而已。換句話說，光保先生長達十二年間都在大陸輾轉流離。聽說他最後到了馬來半島，我是不知道他做了些什麼。其實……光保先生去年造訪那座令人懷念的村子。現在有許多地名還有交通狀況什麼的不是都變了嗎？可是那地方卻沒有半點改善，現在依然沒有巴士通行，而且地處連鐵路都沒有的窮山僻壤，他憑著模糊的記憶到了那裡一看……，村子竟消失得一乾二淨。在十二年之間，hebito村消失得無影無蹤了。」

「變成……山了嗎？」

「那樣的話還可以理解。比方說……對了，位於村子入口處的雜貨店。」

「也處理郵件的那家？」

「對。那家雜貨店好像叫三木屋，它**跑到了鄰村**。」

「搬家了？」

「不是，地點好像沒變。說是好像，是因為光保先生的記憶也不是那麼明確。總之，光保先生姑且忠實地照著他模糊的記憶前進，而記憶中的建築物，幾乎都位在記憶中的位置上，所以他覺得應該沒有錯。然而……」

「然而？」

「他望向那些建築物的門牌……，村名竟然不一樣。上面的地址在他的記憶中，應該是**鄰村**的。」

「這種事常有吧？和鄰近人口過少的村落合併，所以地址改了吧。」

「有可能，可是不止如此。那裡不是什麼雜貨店，住的是完全不同的人。」

「雜貨店一家人搬走了還是過世了，別的人住進來了吧。」

「也不是。那裡住了一對光保先生素未謀面的老夫婦，說他們已經在那裡**住了七十年**。聽好了，七十年呢。」

「這……」

他們說謊，或者是光保先生……

「……搞錯了之類的，他弄錯路了。」

「是啊，你說的沒錯。或許是在恰好相似的地方、相似的地形上，有著相似的人家。於是，光保先生儘管有些混亂，但還是姑且朝著

註一：即中日戰爭。日本亦稱為日中戰爭或支那事變。為一九三〇年至一九四五年中國對抗日本侵略的戰爭，第二次世界大戰的一部分。

註二：中日戰爭時，日本為了進行總體戰，制定此法，授權政府運用國家所有人力、物力資源。於一九三八年制定，隨著日本戰敗，於一九四六年廢止。

村子的中央地帶前進。也就是佐伯家所在的地方。結果……」

「結果？」

「路完全一樣。路邊的地藏石像和柿子樹等等，光保先生全都記得。」

這不就叫做似曾相識（déjàvu）嗎？

覺得看過不應該看過的景色，對不曾去過的地方感到懷念——這些大部分都是大腦在騙人。是記憶混淆罷了。

所謂現在，其實是最近的過去。

認知到的瞬間，那就已經是經過一段時間的過去了。所以若是以量來捕捉時間，無與有的接點正是「現在」。接點雖然存在，卻沒有質量。換言之，狹義中的「現在」，數量上等於零。過去無休無止地不斷增加，未來則當然是——無。我們總是站在源源不絕地增殖的過去這個隊伍的最前端，前方空無一物，所以未來也不可能預知。所謂似曾相識，只是那鄰近的過去，不經意地與更遙遠的過去重疊在一起罷了。也就是所謂的——錯覺。

我這麼告訴妹尾。

編輯點了幾次頭。

「光保先生也認為就是您所說的錯覺。可是他愈是往前走，這個想法就愈動搖。記憶中的家家戶戶，完全位在他記憶中的位置。也有一些人家和雜貨店一樣，住著不同的人。大部分住的都是老人，一問之下，他們同樣告訴光保先生，說是從以前就住在這裡了。」

「從以前是指……？」

「哎，就是從以前吧，他們都是老人了嘛。其中也有幾家成了空屋，光保先生忍不住進了屋裡。雖然外表符合記憶，屋子裡卻完全陌生。有些人家的家具還留著，他打開抽屜一看，裡面放了幾張泛黃的照片，上面的人從沒見過。」

這……

果然是錯覺。

若是強詞奪理，強加解釋，這番話可能會變成超常現象；若是聽個不留神，就會變成怪談。

即使如此，這還是錯覺吧。

如果再次比喻，時間就像湍流。湍流中的河水原本應該毫不止息地流動著，但是如果在河中築起水壩，擋住水流，即使只是暫時，水壩還是會承受到相當大的負荷。不僅如此，水流只要停止，就會變得混濁，然後逐漸地溢滿，終究還是會流失。記憶這種東西，如同老舊梳子的梳齒般逐漸缺損。

但是，缺損的部位會以某些形式被填補起來。

記憶重複著缺損與補足，逐漸被竄改。

而且是符合期待地……

「這……所以說，人不可能每樣事情都完全記得吧？假設十件事裡記得五件好了，而五件事當中恰巧有兩件符合，雖然有三件事不同，但是當事人也不知道忘掉的那五件事都不符合吧？結果明明只有兩件事符合，卻會連同忘掉的五件事在內，認為一定有七處符合。所以說，妹尾先生，那是另一個的村子。」

「可能是吧。」妹尾乾脆地同意了。

原本預期對方的反駁，結果我的愚見就像撲了個空，煙消霧散了。

「那、那樣的話……」

「沒錯，是錯覺。那個叫光保的人是有些難以捉摸，不過還是具備一般的判斷能力，所以他好像本來也以為是自己走錯路，或者是記錯了。但他還是覺得『就算是弄錯，這也太相似了』，邊往山路還是田間小徑走去。然而光保先生愈是接近，愈覺得情況不對。眼前沒有田地，雜草叢生，甚至長著樹。他分明是往村子中央前進，景色卻變得彷彿遠離村落，跟記憶中完全不像。」

「他果然還是搞錯了吧。」

「光保先生也這麼認為。然後，他總算來到村子中心相當於佐伯家一帶的地方。然而……」

「然……然而？」

「那裡是深山，或者說叢林……，好像完全沒有人跡。可是啊……」

「請不要吊人胃口呀。」

「我沒有在吊您胃口呀。即使如此，光保先生還是覺得，就算搞錯了，若只看地形，他仍然認為到過這裡，於是四處張望……」

妹尾說完，緩緩地轉動臉以及視線。

「……結果，他突然感到害怕，落荒而逃了。」

「什麼？」

「因為佐伯家**就在那裡**。從大門到屋頂，與記憶中的建築物完全相同。不過看起來已經久無人居，成廢墟了。」

「這……」

「沒錯。這也是錯覺嗎？還是幻覺？又或者是非常相似的建築物？雖然不明白，但是光保先生說那一棟格外宏偉的建築物，與記憶的一模一樣。」

忽地，一陣惡寒。

「請、請等一下。你剛才說的，是村子消失的事件……嗎？」

妹尾點點頭。

「可是妹尾先生，如果是民間故事也就算了，現在可是昭和時代呢。怎麼可以只憑這些就說村子消失了呢？雖然聽起來很不可思議，但那應該是偶然吧。應該是那個叫光保的人走錯路，去了另一個環境非常相似的村子罷了吧？」

「可是啊，關口老師，光是地形或建築物的話，還有可能是錯覺，但是鄰村的村名……與光保先生記得的一字不差呢。這一點說不過去吧？」

「唔，或許是如此，但也可能是他跑到了另一邊去呢。得先確認這點才行。不是有地圖嗎？」

「沒有。」

「沒有？」

「沒有，那座村子本來就沒有記載在地圖上。舊地圖的話，因為人口太少，只畫了一座山而已。」

「可是，妹尾先生，參謀本部的陸地測量部——也就是現在的建設省吧？那個機構不是從明治時期開始，就持續在進行測量調查嗎？戰後聯合國應該也下令要盡快修復地誌、地圖等等。有些地圖的縮尺比例，甚至連每一戶人家都有記載。不可能那麼荒唐，會有村子沒畫在地圖上的。」

「哦……」妹尾蜷起了背。「聽說那個地區頗為混亂不清。最近的地圖當然是有，不過上面好像只有鄰村……」

鄰村確實存在。然而……卻有地圖上不存在的村子……，這種事可能在日本發生嗎？

「……說起來，什麼地圖修復、地誌調查、地形測量，也都是從都市地區開始進行吧？山區都被擺到後頭。而且不管再怎麼詳細調查，也沒有樹海(註)的地圖，不是嗎？」

「應該……沒有，……可是……」

「不過那個村子好像沒有樹海那麼落後啦。」

「警……警方怎麼說？警方應該有紀錄吧？既然當時都設有駐在所了。」

「這個啊，資料好像毀於戰火了。警方相關人員不是戰死就是退休，再加上警察法經過幾次修正，據說記得當時的事的，已經沒剩下

註：樹海指如大海般遼闊的樹林，日本最著名的樹海為青木原樹海，位於富士山西北麓。

幾個人了，而且都只有零星的記憶。」

「那……，政府機關之類……對了，還有政府機關啊。不可能有政府機關不知道的地址吧？而且應該也有戶籍。要是沒有地址，就沒辦法征稅了。」

「沒錯，當然光保先生也調查過了。但是聽說政府機關的紀錄當中……也不存在這樣的村子。」

「不存在？」

怎麼可能？

「可是就是沒有。也問過郵局了，一樣沒有。不過關於這一點，倒是可以做出一些推理。我想那個hebito村只是一個俗稱，實際上登記的土地資料是別的名稱。所以搞不好那塊土地的名稱原本和鄰村是一樣的。」

「居民的戶籍呢？光保先生應該記得居民的名字吧？」

不可能沒有戶籍。為了廣為徵兵，政府連山村離島都不放過，仔仔細細地查遍了每一個國民的姓名、出生地、住址、親屬關係。日本不可能有人沒有戶籍，生活在這個國家的人，一定都被登錄、加以管理。

「戶籍在戰爭時期好像也幾乎全遺失了。我還以為那一帶不像東京，遭受到的空襲應該不怎麼嚴重，這算是一種偏見嗎？當然，戶籍什麼的很快就補齊了，不過資料登記的全都是現在住在那裡的居民，沒有半個光保先生記得的名字。」

「姓佐伯的人呢？」

「沒有人姓佐伯。」

「沒有……？」

「與其說是沒有，應該說是不知道。別說是住址了，連是生是死——不，現在連那戶人家**是否曾經存在都無法確定**。」

妹尾說完，又發牢騷似地說：「人這麼多，就算是國家，也不可能每個都掌握得住吧。」

心情變得十分複雜。

我並非強烈主張，只是隱隱認為，老早以前就對以國民的身分被國家登錄這件事感到抗拒。一方面也是因為受到徵兵，歷經苦難之故。更重要的是，我不願意被國家這種莫名其妙的東西給管理。可是……

例如說，只因為沒有戶籍，連存在都無法證明的話……

那也教人不願意。

理由我明白。

如果社會是一片汪洋，個人便是漂浮其中的藻屑。如果歷史是沙漠，那麼人生就只是一粒細沙。即使如此，對於人類而言，只有自己的人生才是全世界。只有透過自己的眼睛知曉的世界，才是唯一、絕對的世界。所以如果不將一粒細沙與沙漠、將藻屑與汪洋視為等價，人就活不下去。人無論如何都想相信自己永遠是自己。對個人而言，否定個體就等於否定全世界。所以個人總是強調：我就是我。

然而，我真的就是我嗎？有時候我無法確信。我不曉得今後我是否一直都能夠是我。所以會想要證據，想要別人來保證「你就是你」。客觀的記述在這種時候特別有用。

藉由被記錄，個人能夠暫時獲得一種被歷史認知的錯覺，感到安心。

儘管是因為存在所以有紀錄，而不是有紀錄所以存在。

──本末倒置。

我嘆了一口氣，還是不想認同。

「因……因為沒有戶籍，連存在都無法確定……，沒這種事的。戶籍這種東西，不過是短短幾行記述罷了。那種東西就算燒掉，也不代表那個人或那個人的過去消失了。在某個地方一定有人記得那個叫佐伯的人。」

「是的，光保先生就記得，只是……那

場戰爭裡……」妹尾說道，又大大地嘆了一口氣。「失去了許多事物啊。」

的確，這個國家失去了許多事物。人命、財產、建築、資源……。但是……

難道說連過去都失去了嗎？

「這……妹尾先生……」

「總覺得教人厭倦哪，真的沒有任何人記得。佐伯一家自不用說，連hebito村也是。」

那樣的話……

「那麼，究竟該怎麼看待這件事才好？」

「是的。」妹尾恭敬地這麼應了一聲。「話題總算漸入佳境了。唔，一般的解決方法只有一個。很簡單，那就是光保先生**腦袋有問題**——換句話說，叫hebito村的村子原本就**不存在**。hebito村是只存在於光保先生腦中的村子——這麼說就通了。」

「哦……」

這是一個解法。

只是這麼說的話，總覺得似乎太簡單了。

「光保先生腦袋有問題是嗎……？」

「就算不是整個有問題，也可能是搞錯了或記錯了，或是錯覺、幻覺，攪在一起的話，**什麼事都有可能**吧？」

「唔……是啊。」

也不能說沒這個可能。

「光保先生的腦子回溯時間，擴張空間，創造了架空的村子以及未曾體驗的過去。所以他記憶中的村落景象還有人名，一切都是虛構的——就是這樣的解釋。」

「可是，也有符合的部分吧？」

「那個村子原本就不存在於這個世上，那種瑣碎的記憶，事後要怎麼修正都行吧？關口老師不也說了嗎？這正是似曾相識的錯覺。」

妹尾說的沒錯，我不由得沉吟起來。

因為我發現，對於怪異現象應該是懷疑派的我，不知不覺間竟做出了肯定的發言。並非我願意承認怪異現象，只是無法釋然而已。

「而且，也可以這麼想。」妹尾繼續說。「例如說，他——光保先生，其實是他說的村子的鄰村駐在所警官。」

「也就是說，光保先生創造的部分只有村子和人名等屬性，其他像是風景和地理條件等舞臺布置是真實的嗎……？」

「沒錯，所以他才會去到那裡。」

有道理，我幾乎就要接受了。但是……

「所以呢……請看這個。」

妹尾將手中一直把玩的文件袋放到榻榻米上，推到我面前。我伸手拿起文件袋。「這是什麼？」我問，妹尾恭敬地回答：「請打開來看。」我解開繩子，打開封口，裡面裝了幾張褪色的舊報紙。

「請看，有一篇用紅筆做記號的報導。」

妹尾抬抬下巴，我望向報導。

視線掠過標題。

「靜岡縣山村疑似發生大屠殺」

「大屠殺？」

「是的。這是全國性報紙，上面聲明了是未確認消息，對吧？地點是靜岡的山村。」

「大屠殺……」

「是大屠殺啊，**整個村子全部**。」

「怎、怎麼可能……」

【桐原記者・三島訊】靜岡縣某山村疑似發生村民全數失蹤的重大案件。儘管尚未獲得證實，但消息指出，極有可能是一起大屠殺事件。韮山等鄰近警察機關協商後，認為縱然是謠傳，亦可能造成民心不安，決定於近日展開調查。

「這是昭和十三年七月一日的報導，但沒有後續報導。可能是假消息，或有其他什麼理由，這就不知道了。所以我查了一下地方報紙等其他資料，結果找到了下一張……」

另一份報紙上也有用紅筆圈起來的報導。

「這是六月三十日的地方報紙，上面也刊登了類似的報導……，不過比較詳細。」

【韮山訊】縣內部分地區繪聲繪影地流傳著村民於一夜之間全數消失的詭譎傳聞。傳聞中神祕消失的H村位於縣內中伊豆，是個擁有十八戶、五十一名村民的小村落。傳聞的來源是中伊豆地區的巡迴磨刀師津村辰藏先生（四十二歲）。津村先生每半年會造訪一次H村，但是他於日前六月廿日造訪時，發現村中竟空無一人。據推測，由於H村平素與其他村落幾乎不相往來，所以延誤了發現時間。一說屋內濺滿了大量血跡，或屍體堆積如山，但消息真偽仍未經證實。由於津山事件甫發生不久，甚至傳出大屠殺等駭人聽聞的說法，還有集體潛逃、食物中毒、傳染病等臆測，流言蜚語甚囂塵上，盼有關當局能夠盡快查明，揭露真相。

「這個報導……」

令人難以置信。

我慌忙尋找後續報導，但是畫了紅圈的報導只有這兩則。

「您有所懷疑對吧？這可不是造假。」

「我並沒有懷疑是造假。如果是鳥口就算了，我才不會懷疑妹尾先生呢。不過這種事還真是……」

前所未聞。

大屠殺事件過去可能發生過幾次，但是規模應該沒有如此龐大。在我的認知裡，就像妹尾說的，津山事件應該是最慘絕人寰的紀錄。如果報導不假，不管怎麼樣，都不該無人知曉。就算不是命案，而是傳染病或漏夜潛逃，也是起重大事件。

妹尾得意地笑著，說：「怎麼樣？」

「什麼怎麼樣？」

「所以說，光保先生說的hebito村，正位在這兩篇報導所述的區域啊。」

「你的意思是……H村就是hebito村？」

妹尾笑得更燦爛了：「好像是。」

「可是妹尾先生，光靠這些，還不能斷定就是吧。」

上面只寫了H村，只要是村名拼音開頭是H的村子，哪裡都有可能。

「不，目前那一帶並沒有符合條件的H音開頭的村子。」

「可是，hebito村是只存在於那個叫光保的人腦中的村子吧？這……」

難道說捏造的記憶溢流出來，化為過去的事實了嗎？

「……這怎麼可能？」

妹尾相當平靜。「也不是完全不可能。光保先生**頭腦有問題**——這完全只是個假設而已。他本人可是非常**正常**的。」

「可是，雖然對光保先生過意不去，不過除了接受這個假設以外，現實中想不出其他任何可能的結論啊，妹尾先生。」

「這樣嗎？我倒不這麼覺得呢。而且最奇妙的是，這則報導就此沒了下文，完全沒有後續消息。」

「因為只是空穴來風吧。如果只是謠傳，也就不會刊登後續報導了。『大屠殺純屬虛構』——那個時代可沒那麼悠閒，刊登這種愚蠢的報導。」

「是嗎？我總覺得哪裡不對勁。這要是真的大屠殺事件，津山事件可是完全沒得比。受害人有五十人以上呢。」

「沒有……那種事吧，完全沒聽說過這類傳聞，也沒有任何人知道。死了五十人的大慘案，卻沒有任何人記得，這根本說不通。」

「所以啊……」

「所以什麼？」

「所以，**津山事件不也一樣**嗎？就連這個實際發生過、受到大肆報導、造成轟動的大事件，現在也逐漸淡化，被大多數的人遺忘了。要是沒有被報導出來的話……」

「沒有……被報導出來？為什麼？」

「天知道。」妹尾歪了一下頭，馬上又擺正。「例如，也有大本營發表（註）的例子。資訊操作。」

「那是……因為當時是戰時啊。」

「這也是戰時發生的事啊，日華事變的時候。」

「可是……」

就算隱瞞這種事件，也不會為國家帶來任何好處；相反地，即使揭露，也不可能對戰況造成影響。

妹尾微笑。「總之……只要沒被報導出來，不管再怎麼重大的事件，也幾乎不會有人知道。」

「可是當地人會知道吧？人說悠悠之口難杜，馬上就會傳開的。」

「報紙上寫著那裡與其他村子沒什麼往來。」

「就算是這樣，或多或少還是會有吧。總會有親戚朋友之類的吧？不可能有村落完全孤立。又不是交通完全斷絕的海上孤島。縱使他們自給自足，那種生活也不可能成立。」

「哎、哎。」妹尾伸手制止。「用不著這麼激動。我啊，又不是斷定就是怎麼樣。聽好了，關口老師，這裡有兩篇報導，報導上儘管暗示這是全村慘遭殺害的歷史性大慘案，卻就此沒了下文。我想知道事情的來龍去脈。另一方面，有個人懷疑幾乎就在同一個地區，有個村子消失了。而這個消失的村子的拼音首字母，與全村遭到殺害的村子相同……」

「共同點只有這樣而已啊。」

「要寫成雜誌報導，這樣就綽綽有餘了……」

「哦……」

原來是來邀稿的。

妹尾笑嘻嘻地搔搔脖子。「所以就算不是也無妨。就算只能證實那些報導是謠傳，也算是種收穫，對吧？而且光保先生能夠確定是自己搞錯的話，也能解除疑惑了。如果還能夠順便找到他原本待的村落，豈不是一石二鳥嗎？」

「你要我……寫這份稿子？」

「沒有其他人選了。鳥口在追的事件愈來愈棘手，可是雜誌不快點出刊就糟糕了，這可關乎《實錄犯罪》的存亡呀。採訪費用我會先預付給您，您不願意嗎？」

「呃……」

老實說，我困窘了。

連日來的不適，讓我整個人癱瘓了，這是事實。但我也覺得需要找個機會轉換一下心情。

而且就算光坐在書桌前瞪著稿紙，也只是坐痛自己的屁股罷了。硬是要寫，也只寫得出劣作；就算不是劣作，寫出來的稿子也未必能登上雜誌。上個月刊載的稿費早已拿去償還債務，家計現在已經是捉襟見肘，若不盡快想想辦法，危機已迫在眉睫。

「可是……」

這是個混沌模糊的任務。

完全不曉得該從哪裡著手才好。這與其說是採訪，更像調查。我是個作家，不是偵探，完全不知道調查的竅門。我遲遲不作答，妹尾便說：「如果您答應，我會介紹光保先生給您認識。」

「就算這樣……」

「聽說光保先生每天都在懷疑自己是不是

註：指第二次世界大戰時，日本的軍事最高統帥機關大本營所做出的八百多次官方發表。其中誇大日軍的戰績、掩飾死傷狀況等，許多發表與實際戰況相去甚遠。

腦袋有問題，疑神疑鬼地過日子。如果去年自己去的地方是hebito村，為什麼會住著自己不認識的村民？為什麼村子的名字會不見？他說他無論如何都想知道。還有，如果其他地方真有hebito村存在，他怎麼樣都想去一趟。」

「為什麼？」

「他說有事要找佐伯家。」

「有事啊……」

這個時候，我忽地想起。

儘管我從容不迫地聽著妹尾的話，認為這是可以用道理釐清的問題，但如果這是……

這世上沒有不可思議的事……

這是朋友經常掛在嘴邊的話。我有時候也這麼認為，但有時候卻無法這麼認為。有沒有可能這件事其實就是這麼離奇不可思議……？

我默默地望著骯髒的窗戶。

2

光保公平這個人有如一顆雞蛋般，難以捉摸。就像妹尾說的，他紅潤的肌膚充滿光澤彈性，額頭非常寬廣，上頭只是敷衍似的長了幾根如羽毛般的頭髮，顯然他已瀕臨禿頂危機。他的小眼睛如嬰兒般渾圓，還有小鼻子及小嘴巴，幾乎沒有眉毛。

「我這個人啊，很膽小的。」光保說道。他雖是笑著說，看起來卻像一臉苦惱，又像在生氣。總之，幾乎無法從他臉上的表情看出心情。

「我小的時候，每次走夜路，總覺得會有怪物從背後追上來。那個時候我很喜歡吃麩餅，所以總是一邊告訴自己：回到家就有麩餅吃嘍，回到家就有麩餅吃嘍，一邊拚命地往前走。就像在馬的鼻子前面吊紅蘿蔔那樣。」

「哦……」

「不好意思！」光保突然大聲說。

「啊？」

「請問您……重聽嗎？」

「啥？」

「您重聽嗎？」光保再次詢問，指著自己的耳朵。看樣子是因為我的反應太少，被誤認為有聽覺障礙了。

「呃，這……不是的。」

「哎呀，失禮了。其實我因為遭到轟炸，右耳受創，有些不靈敏，以為關口先生也是這樣。真不好意思。」

「不會……」

「啊，我拜讀了您的大作。不過，耳朵聽不清楚，嗓門自然而然就會變大，實在不適合密談。」

光保放聲大笑。「也因為這樣，我算是個傷殘軍人……，也加入了傷殘軍人的援助團體。」

「哦，這樣啊。」

我這個人在個性與人格上也有著重大缺陷，不過光是如此，應該無法指望得到光保的援助吧。

「這非常不容易。」

「什麼東西不容易？」

「援助活動。我自以為是誠心誠意地在幫助別人，但是有時候他們會覺得遭到歧視，覺得我是在同情。真的很難。他們會說：『你傷得輕，我傷得重，所以你瞧不起我，同情我，幫助我，陶醉在優越感中。』我覺得很受傷。哎，說我是自我滿足，或許沒錯，可是我並沒有歧視別人的意思。」

「哦，我了解。」

光保雖然看起來有點神經質，不過似乎性情溫厚，與惡意完全沾不上邊。他應該真的是出於善意而提供援助吧。

不過心意這種東西，鮮少能夠真正傳達給

對方。所以如果如實地傳給了對方，還是把它當成偶然比較好。

換句話說，能夠傳達的時候，什麼都不用做也能夠傳達；傳達不到的時候，無論怎麼做都傳達不了——就是這麼回事。

「哎，問題並不單純。確實，世上充滿了偏見與歧視。就算說話的人沒那個意思，也總是有種受到歧視的感覺。相反地，不管受到多麼嚴重的偏見與歧視，只要承受的一方一無所覺的話，就等於沒有。」

「確實如此……」

「關口先生，身為一個作家，您怎麼想？」

「呃……」

打從一開始……就是我不拿手的話題。

苦思惡想之後，我發表了一段莫名其妙的意見。

不僅不明所以，有可能連語言本身都說不通。我吞吐又結巴，光保附和著認真聆聽，過了半晌後說：「不愧是鑽研文學的，講的話真是深奧難解哪。」他是太高估我，把我的話想得太深了吧。雖然覺得總比讓他目瞪口呆要來得好，卻也沒甚差別。

不管怎麼樣，光保是以認真的態度面對這些問題，我這種愚蠢的意見自然不能成為參考。

結果，我默默低下頭去。

據說光保從事室內裝潢工作，他的事務所地板異常光潔。

遲遲無法進入正題。

我莫名地想抽菸，把手伸進內側口袋。忽地，一個念頭湧上心頭：或許光保討厭菸味。

我覺得如果光保討厭香菸，那麼即使我只是出聲要求抽菸，就會遭到輕蔑，結果我硬是把抽菸的欲望按捺下來。

「不是有個叫野篦坊的妖怪嗎？」光保再

次唐突地發聲說道。

「什麼？」

「像這樣，光溜溜的。」

「那、那怎麼了嗎？」

「人家說我很像野篦坊，呵呵呵呵呵……」光保笑道。

我不曉得該如何回答是好。

「我年輕的時候很瘦，不過從那個時候起就常被人家這麼說了。我明明就有眼睛鼻子，卻長得跟野篦坊很像，非常像。我是不覺得討厭啦，還經常模仿落語（註一）還有……呃，模仿八雲的**那個故事**裡的：『是長得像這樣嗎……』逗大家開心，這很受管用。」

八雲指的是小泉八雲（註二）——拉夫卡迪歐・漢，而**那個故事**，指的則是他寫下的怪談〈貉〉吧。

那是運用所謂「二度怪異」手法的短篇小說。

所謂二度怪異，指的是一種怪談故事的形式：遭遇怪異，第一次嚇得逃跑，放下心來，鬆了一口氣的時候，又遭遇到相同的怪異，再次受到驚嚇。

藉由反覆怪異，達到嚇唬人的效果，大多數時候，會同時運用慢慢降低音量，在結尾的部分「哇」的大聲嚇人的手法。在這種情況下，聽眾的確會大吃一驚，這個花招可以多次使用，但是有個缺點，就是嚇過一次後，大致的手法就會曝光，驚嚇度也會隨之半減。所以講述怪異故事最有效果的次數是包括第一次在內的兩次，因此稱為二度怪異。

註一：日本傳統表演藝術，類似中國的單口相聲。

註二：小泉八雲（一八五〇～一九〇四），原名派崔克・拉夫卡迪歐・漢（Patrick Lafcadio Hearn），為出生於希臘的英國人。一八九〇年以特派記者身分渡日，與日本女性結婚，歸化為日本人，改名小泉八雲。著有《怪談》等與日本文化相關的作品。

但是，如果能夠讓聽眾認為既然被嚇過一次，應該不會再有第二次的說故事功力，那麼第三次也能夠成功。只要敍述者具備讓聽眾不斷卸下心防的說話技巧，那麼反覆四次、五次也有可能，只是隨著次數增加，會產生出一種預期配合的心理。但是即便如此，還是能夠獲得極佳的演出效果，使「要來了要來了」的期待感，激發出相對的恐怖感——當然，這也視敍述者的技巧而定。

總而言之，二度怪異是將攪亂過一次的秩序恢復到原本的狀態後，再次加以推翻，是一種大逆轉的怪談。

「只是，」光保繼續說。「我記得在那個故事裡，**野篦坊**是貍子變成的，貍子。」

是貉——我想糾正，卻打消了念頭。

因為光保的口氣聽起來很愉快，我不忍心為了這點小事澆他冷水。不管是貍子還是貉，反正都是一丘之貉。光保繼續說下去。

「可是在我的想法中，野篦坊一定不是像那個故事裡出現的那種妖怪。」

「不是嗎？」

「不是。」光保不知為何，滿足地點頭。「八雲的故事，嗯，是貍子的故事。主角在路邊被女人嚇到後，去到蕎麥麵店一看，沒想到店老闆也變成同一張臉——是這樣的故事吧？」

「是啊。」

小泉八雲很正確地蹈襲了二度怪異的形式。〈貉〉的情節如下：

一名男子經過紀伊國坡途中，發現一名女子蹲在路邊，便出聲叫喚。女子狀似痛苦，遲遲不肯轉頭露臉，男子想要攙扶她，於是女子回過頭來，手往臉上一抹。結果，那張臉上竟沒有眼睛，也沒有鼻子和嘴巴。

男子大驚，倉皇失措地逃離現場，不久後，他看見夜間營業的蕎麥麵店燈光，跑了進去。老闆訝異地詢問他為何如此驚慌？男子便說出剛才發生的事。但是當他說明女子的長相時，老闆卻伸手往臉上一抹，於是老闆的眼睛、鼻子和嘴巴也跟著不見了……

燈光驀然熄滅。

故事突然終結。

光保用手往臉上一抹。

「這表示那個蕎麥麵店的老闆也是**野篦坊**吧？」

「是啊。」

「就是這裡不對。」

「你的意思是……？」

我不懂他在說什麼。這個故事是小說，無所謂對或錯吧。

光保說：「這故事不是**野篦坊**變成賣蕎麥麵的老闆在做生意吧？不是吧？」

「我想……應該不是吧。」

「當然了。這並不是**野篦坊**化身為人類，然後顯現出真面目的故事。故事的最後，是以燈火突然熄滅作結吧？」

「是啊。」

「您覺得後來怎麼了？」

「後來……沒有後來吧？」

正因為在那裡唐突地結束，所以才會是怪談。我認為小泉八雲做為一個怪談作家，技巧十分高明。這篇故事一點都不像是外國人寫的，也不像原本是以外國語言書寫的文本。而且既然文本就到此為止，自然沒有下文。

我這麼說。

「那只是他沒寫而已吧？因為這是故事，所以寫到那裡而已，一定還有後續。」

「這……呃……是這樣嗎？」

「關口先生，我是這麼想的：燈光『啪』一聲熄滅，然後男子回過神來，發現**又回到了最初的場景**……」

「最初？……你是說紀伊國坂嗎？」

「對，就是那個坡道。」光保說。「又回到最初發現女子，攙扶她的場所。換句話說，一切都是**假的**，時間也幾乎沒有流逝。或者是到了早晨，男子發現自己睡在那個坡道上。這個故事就是這樣。」

「是這樣嗎？」

「沒錯。所以呢，這是貍子的故事。因為不是常有這樣的故事嗎？主角救了姑娘，姑娘為了謝恩，招待主角到豪宅去，享用山珍海味，結果主角回過神來，發現自己吃的是馬糞，溫泉其實是堆肥……」

「或者是在同一個地方來來回回地打轉？」

「沒錯沒錯。以為是茶室，沒想到竟是八張榻榻米大的某某東西（註一）……，有這種故事吧？就跟那個一樣吧？一樣的。」

確實，貍子可提供所有的幻覺場景。在幻覺中，連時間都可以任意延長縮短。無論是幾小時、幾天、有時候甚至是幾年，都能在一瞬間進行。就如同光保說的，〈貉〉的故事，也能夠視為大部分貍故事的一種變型。

不——應該這樣看待才對吧。因為小說的標題就叫做〈貉〉，既然特意以此為標題，應該有什麼含意才是。出於作品的性質，作者或許想要隱瞞怪異的種類，所以直接題為〈野篦坊〉會有諸多不便，但是話說回來，應該也沒有必要把怪異的真面目拿來當做標題。像是〈紀伊國坂之怪〉，還是〈蕎麥麵店老闆的臉〉，可以用的標題多的是。

不僅如此，作者不但把作品題為貉，甚至在開頭就聲明這是貉的故事。故事中也根本沒有揭露怪異真面目的必要。我想這不只是因為小泉八雲蒐集到的傳說偶然是貉的故事，更是一種別有用心的技巧。記得有個說法認為，不是因為故事中有野篦坊出現，所以是恐怖小說，而是二度怪異這個形式本身就是恐怖小說。

我表示同意，光保便好似心滿意足，高興不已地說：「這樣的話，**野篦坊**就算換成一目小僧（註二）也可以吧？」我回答：「應該沒關係吧。」

當然，小泉八雲所採用的「沒有眼睛鼻子和嘴巴，有如雞蛋一般」的臉，就演出效果而言出類拔萃，不過若是優先考慮二度怪異的構造，就沒有一定非是野篦坊不可的必然性。事實上，民間傳說或故事中的二度怪異裡，是野篦坊的例子雖然不少，不過也未必一定如此。

光保繼續說道：「我是會津人，在當地也有類似的故事，主角是叫做『朱盤』的妖怪。」

「朱盤？」

「對，紅色的，盤指的好像是圓盆之類的東西。臉像這樣，紅通通的，非常紅，一片火紅，然後巨大的眼睛炯炯發光。很可怕吧？太可怕了。小的時候，我曾經夢見過好幾次。」

「哦，這類故事有很多。據我朋友說——書名我忘記了——好像是中國的古籍裡就有這類故事的原型。那個故事好像是有人遇到一個一樣是穿著紅衣服的女子，那就是野篦坊，不過在其他書籍的記述裡，就變成了單純的怪物，所以並不一定。」

「哦，這樣啊。」光保佩服地說。「您有熟悉這些事的朋友呀？」

「嗯，有一個。」

這些都是得自朋友中禪寺的牙慧，中禪寺這個人精通有關妖魔鬼怪的古書漢籍。對於妖

註一：日本民間傳說裡，貍子會張大陰囊罩住人作怪，使人以為置身豪宅，大小據說就有八張榻榻米大。一說則是由於貍皮延展性佳，以貍皮包覆金粒敲打，可製成八張榻榻米大的金箔，故有此說法。

註二：日本一種通俗的妖怪，形象為小和尚，只有一顆眼睛，會突然現身嚇人。

怪，他知之甚詳。我這麼說明，光保便高興地說務必要介紹給他認識。

「我想知道那本中國古籍的名稱，非常想知道。我想看。」

「哦。那傢伙跟我不一樣，什麼都記得，只要問他，馬上就可以明白了。……可是光保先生，恕我失禮，您為什麼會想要知道呢……？」

他似乎對野篦坊相當執著。

光保搔搔頭，表情意外地和藹可親。

「哎，我想您也察覺到了，我因為有**野篦坊**這個綽號，所以開始對它產生興趣，因此特別留意，自然聽見、看見了許多事，人就是這樣吧。不知不覺，我對它也有一定的了解了。」

「哦，經常是如此。」

「就是吧？我想說的是，在我的想法裡，野篦坊並不是狸子。不是那種只要嚇嚇人就高興的輕浮妖怪。單純嚇人的例子裡，根本是狸子幻化成人似地**變成野篦坊**罷了。」

「喔……」

有可能。

「不懂嗎？不好懂吧。」光保重複了好幾次。「這是我的……呃，一介室內裝潢師傅的意見，不是學者的高見，您可以嗤之以鼻無妨。例如說，狸子會幻化成許多東西吧？」

「對呀。」

「諸如一目小僧啦。」

「嗯，大入道（註一）之類的。」

「對，還有轆轤首（註二）等等。可是，我想這並不代表一目小僧或大入道、轆轤首的真面目就是狸子。狸子會化身成姑娘，但是姑娘並不是狸子。如果有人主張全世界的姑娘的真面目都是狸子的話，那麼這個人腦袋一定有問題。」

「嗯，是謬論。」

「真正的姑娘另有其人，對吧？一目小僧或大入道、轆轤首也是一樣的。我調查後，才知道一目小僧可是大有來頭的。而且大入道也是那個……大太法師（註三）嗎？那種東西從以前就有了。還有，因為我在大陸待了很久，也很清楚飛頭蠻（註四）的故事，那很可怕。所以啊，這些都各有本尊。貍子只是化身成那些東西而已。」

「哦，原來如此……」

「您了解了嗎？有和貍子無關的一目小僧，或是和貍子無關的大入道。啊，我的意思並不是它們真的存在，請不要誤會了，關口先生。」

「這我明白。」

「您明白啊。嗯，該說是存在，或說是傳說中存在呢？話說回來，關於野篦坊，這個就……」

「就……？」

「沒怎麼聽說了。所以我才會尋找**不是**貍子變成的野篦坊。啊，也不是真的走訪尋找，關於這部分……」

「我明白。」

「那我就放心了。剛才說的這些問題，雖然不是很明確，但我從約二十年前就在想了。當時我才十八九歲，還很年輕呢，是個毛頭小子。只是……我的老家是賣魚的，因為家裡幹的是這一行，也沒法子念什麼書。而且我是次男，不能繼承家業，也沒有錢。總之，調查這類事情，是我的興趣。」

「這樣啊……」

註一：日本通俗妖怪之一，形象為巨大的僧人，但有時候只是巨大而模糊的影子或巨人。

註二：日本妖怪之一，外表與人類相同，但脖子異常地長，可自由伸縮。傳說會伸入民宅舔燈油。

註三：日本傳說中的巨人，各地有許多窪地傳說皆是大太法師留下來的足跡。

註四：中國一種飛頭妖怪。

調查研究野篦坊這種事，也不可能當成正職來幹。

「然後，在我二十二歲的時候，得到了天啟。」

「天啟？」

「天啟。恰好就在我當上警官那一年，我偶然得到了一個古繪卷。是我愛好藝術的舅舅過世後，當做遺物分給我的……」

光保略微坐直，轉過身去，望向房間右上角，像在確認什麼。我隨著他的視線望去，那裡祭祀著一個小神龕。光保站起來，來到神龕前拍手拜神，行禮後，把下面的椅子當成踏腳臺，從神龕裡取出了一樣東西。

「……就是這個卷軸。我沒有請人鑑定過，所以不曉得值不值錢，不過這一定是明治以前的東西。上面寫著鳥羽僧正（註）御真筆。我也不曉得鳥羽僧正是什麼樣的人物……」

「啊，那個……」

——我知道這個繪卷。

「……記得是……」

——我是在哪裡知道的？

「您知道？不愧是小說家，真不愧是小說家。」光保絮叨地說。「您知道鳥羽僧正？」

「嗯，鳥羽僧正我也知道……，重點是那份繪卷，呃……那是……」

「您知道這個？這是妖怪的畫呢。」

「果然……」

八成是從中禪寺那裡聽來的。我完全不記得是在何時、在什麼狀況下聽到的，但我記得曾經聽說過，據傳是鳥羽僧正所畫的妖怪繪卷在某處流傳。

不過我記得朋友好像也說，據傳是鳥羽僧正所畫這一點，應該是杜撰的。

「也不算是知道，只是從我剛才提到的那個朋友那裡聽說罷了。」

光保的眉間擠出一條小皺紋。

「這樣啊。哎，世間廣闊，竟有如此博學多聞之人呢。不過我竟然能夠碰上連這種東西都通曉的人，這又讓人感覺世間狹小了。世界究竟是大還是小呢？愈想愈不明白了。」

光保說著奇妙的道理，萬分謹慎地在桌上展開卷軸。

「您知道的話就好說了。這是題為《百鬼圖》的卷軸，上面畫了好幾種妖怪。因為很可怕，我沒有仔細算過。喏，這畫很恐怖吧？東西十分古老，紙也破破爛爛了。這個怎麼讀呢？我看不懂這種像蚯蚓爬的字。這個是平假名，還讀得出來哪。」

光保抓起小型眼鏡的鍊子。

「欸，這個字是……休嗎？是咻啊。咻嘶卑……吧？這個是……嗚汪嗚汪，長得很恐怖呢。這個是天狗吧。哎呀，真是太奇形怪狀了。」

他的眼睛熠熠生輝。

光保早已忘了我的存在，埋首畫中。那有些脫離常軌的態度讓我有點畏縮，不過生性愛湊熱鬧的我，最後還是探出身體，望向古繪卷。

變色的紙上，橫行著一大群帶有異國風味形象的異形。儘管已經褪色，而且處處斑駁，有著艷毒鮮麗色彩的妖怪畫經過漫長的歲月，依然散發出十足的妖氣。

「喏，好厲害。關口先生，快看啊。真是噁心。這個是……呃，姑獲鳥。旁邊有寫假名的讀音。這個是……唔，歐多羅歐多羅嗎？感覺好像會被抓去吃掉似的。這個不會念呢……是塗嗎？塗……佛嗎？」

我矇矓地回想出來。

註：鳥羽僧正（一〇五三～一一四〇）為平安時代後期的天台宗僧侶，法名覺猷，精於繪畫，據傳為《鳥獸戲畫》的作者。對密教圖畫的研究整理極有貢獻。

朋友向我說明過，雖然不知道真偽，不過傳說這些畫是狩野派（註一）一個叫什麼的畫師的作品，被弟子一一臨摹而流傳下來。記得當時聊到它也是中禪寺所收藏的《畫圖百鬼夜行》這本江戶時代的妖怪畫大全的底本。《畫圖百鬼夜行》我倒是在中禪寺那裡看過好幾次，記得它的線條相當流暢，畫工精巧，稱得上是畫得好的一類。

若比照這個記憶，現在攤在桌上的《百鬼圖》中的妖怪，上頭描繪的異形形態確實相似，但是每種妖怪的畫法都顯得樸拙俗氣。就連外行人也看得出來。

但是正因為不洗練，我覺得《百鬼圖》的畫更令人毛骨悚然。

「這個，就是這個。」光保說。「喏，野篦坊。關口先生，讀得出來吧？這是野，然後這是篦，然後是坊。請看……」

我的視線落向光保浮腫的指尖。

是一團東西，肥胖柔軟的東西。

是灰褐色的肉塊，或者形容為腐肉比較恰當？

鼓脹鬆弛，浮腫皺起。

但是仔細一看，肉塊上有著像是手腳的東西。

肉塊長著如象腿般的雙足。

上頭那醜陋、鬆弛的皺紋，看起來也像是一張臉。

表情像是在笑，也像是悲傷。

巨大的臉上……長著手腳。

這實在不像是這個世上的生物，是個醜怪的肉塊，畸形極了。

「這就是……野篦坊……嗎？」

「是野篦坊啊。所謂野篦坊，並不是沒有臉的妖怪。它不僅有臉，而且這豈不是一張大臉嗎？所以和有沒有臉沒有關係，這種**平滑**的質感才是重點。所謂野篦坊，是沒有凹凸、無法捉摸的平滑妖怪。所以這樣就對了。」

「你說它……指的不是沒有臉的妖怪？」

「因為它有臉啊，根本是只有臉吧？」

光保說的沒錯。

「我沒看過哪一張古畫的野篦坊長得像人的。」光保說。「但我並沒有積極地調查，所以或許有吧。不過妖怪歌留多（註二）之類的也沒有野篦坊吧？」

「呃，我沒見過你說的妖怪紙牌……」

光保這麼一說，我也覺得確實如此。小泉八雲的小說裡出現的妖怪——也就是無臉人的畫，的確並不常見。關於這一點，我亟欲知道喜愛妖怪的朋友的意見。

「那麼……光保先生，你的意思是，野篦坊這個名字用來指稱人形的無臉妖怪，是後世的事嗎？」

「沒錯，我想要讀讀您說的中國古籍的理由就在這裡。那本中國的書裡，不是有無臉女子登場嗎？可是不叫做野篦坊吧？」

「這……因為是中國的書籍……」

中國話裡有相當於野篦坊（nopperabō，意為平滑）的字彙嗎？在我詢問之前，光保開口了：「我在中國待了很久，也學會了當地的話。可是，我想並沒有意為**無臉人**的單字。日本也是吧？先有nopperi或nupperi（註三）這類單字。然後，先是畫在這裡的肉塊妖怪被這麼稱呼，之後無臉的妖怪也跟著被這麼叫……」

「哦……」

「……野篦坊這個字啊，與其說是妖怪的

註一：日本自室町時代中期至明治時代畫壇最大的流派，以狩野正信（一四三四～一五三〇）為始祖。江戶時代，此派畫家探幽等一門為幕府的御用畫師。

註二：歌留多為一種遊戲用的紙牌，上面印有各種圖樣花紋或詩句。

註三：意思皆為平滑、平坦。

名字，更應該說是形容詞。是形容平滑沒有凹凸的模樣。例如：這傢伙就像個野篦坊一樣。也有愚鈍的意思，我們也說nopperapon（呆板的人）呢。像是norarikurari（左右閃躲）、nurakura（滑溜溜），還有nupperi（光滑）也是。而這些詞變成了妖怪的名字。調查方言的話，還有nuppeppō、nopperapō、nuhhehhō等等。」

「哦……」

大同小異。

「關口先生，聽好了……」光保似乎很興奮。「……野篦坊的**坊**並不是指和尚的坊喔（註一）。如果是和尚的坊，會有一種擬人化的感覺，但是如果是和尚的坊，音就不應該會變成**hō或pō**。」

「哦，或許是吧。」

「是的，就是這樣。」光保薄薄小小的嘴角滿是泡沫。「我們不會稱和尚（お坊さん，obōsan）為opōsan或ohōsan吧。坊主（bōzu，僧侶）也不說pōzu或hōzu吧。」

「是不會這麼說。」

「就是吧。然後，也有叫做zunberabō或zuberabō的妖怪。這些名字好像是來自於鬆散無力的**zubora**（懶散）或**zubera**（吊兒郎當）。」

「哦，難怪……」

「所以，所謂zunberabō，就是**zumbera的bō**。我認為所謂野篦坊（noppera-bō），同樣指的也就是**noppera的bō……**」

「**bō**？」

完全不曉得他在講什麼。

「什麼叫bō？」

光保不曉得從哪裡拿出手巾來，擦了擦額頭和嘴巴。然後語氣極為冷淡地說：「總算要進入正題了。我認為，那個字原本應該是**hō**。」

「hō……？」

「沒錯。坊主（和尚）的坊（bō）字再

怎麼變，讀音也不會變成hō，但是hō的話，倒是有可能變成bō。上面連接別的字的話，有的時候清音會變成濁音不是嗎（註二）？風呂（furo，浴室、入浴）也是，像一番風呂（ichibanburo，第一個洗澡）或五右衛門風呂（goemonburo，鐵鍋澡盆），furo的讀音會變成buro。蒲團（futon，棉被）也是，像是羽根蒲團（hanebuton，羽毛被）。塀（hei，圍牆）也一樣，板塀（ita-bei，板牆）、黑塀（kurobei，黑牆），一樣會變成濁音。池袋（ikebukuro）也不念做ikefukuro。ha、hi、fu、he、ho的發音會變成ba、bi、bu、be、bo。」

「是這樣沒錯……，所以你說的hō指的是什麼？我不曉得什麼hō。是指鳳凰（hōō）的鳳嗎？」

「先別急。」光保揚手。「那個hō是什麼，正是我長年以來的課題……」

光保抹了一下臉。

他在擦汗。

「……長久以來，我一直弄不懂。因為我只是一介賣魚郎的兒子，就算想調查，也無從調查起。話雖如此，這也不是什麼不弄清楚就會死的重大問題。」

「但是啊，關口先生……」光保再一次正襟危坐，上身前傾。「就像我剛才說的，我得到這個繪卷的同一年，從會津遷到靜岡，當上了警官。至於為什麼是靜岡，因為我舅舅就住在那裡，是他給了我繪卷……」

「那個愛好藝術的？」

「對。他是家母的哥哥，熱中於研究國學

註一：日文中的「坊」字，原指僧侶的住居，後世沿用來稱呼僧侶。

註二：日文中，清音為k、s、t、h（f）音起頭的字母，濁音則為g、z、d、b音起頭的字母，另外，p音起頭的字母稱為半濁音。有時候兩個詞彙複合為一個詞彙時，後接語的語頭清音會有濁音化現象。

（註一），動輒蒐集古物，惹得舅母生氣。舅舅對我說：『你與其遊手好閒，倒不如去幹點對國家有貢獻的工作。』還說：『到我這裡來，讓我從頭鍛鍊你。』沒想到我一過去，他就心臟病發過世了。但是啊，關口先生……」

光保露出一種難以形容的複雜表情。「巧的是……這問題的關鍵也在靜岡。」

「關鍵……？」

「沒錯，關鍵。舅舅過世時，我從舅母那裡連同這個繪卷，得到了幾本古文書。當然就算收下，我也看不懂……。那種古文書，我不可能看得懂，所以我全部賣掉了。不過裡面摻雜了一本江戶時代的隨筆，叫做《一宵話》。」

光保這次從辦公桌的抽屜裡取出一本線裝書。

「就是這個，只有這本書我後來要回來了。這說是偶然，也是偶然。我賣書的那家舊書店，似乎原本就覬覦著舅舅的藏書，而且老闆也是個好事者……」

「開舊書店的多半都是好事者。」

「這樣嗎？老闆說他閒暇時讀了買來的書，這本書好像是尾張藩的御用學者，一個叫秦鼎的人寫的隨筆，聽說直到不久前，還因為某些理由——詳細情形我已經忘了——被認為是別人所寫的作品。而一位姓森的學者發現了古本，才推翻了定論。這好像就是比較舊的那本書，所以價錢相當高，也是一本大有來頭的書，老闆忍不住拿來讀了。結果內容意外地有趣，因為太有趣，他聯絡了我。」

「特地聯絡你？」

「是的，他寫信給我。因為我大方地出售了許多珍本，所以讓他很有好感吧。雖然現在想想，或許我是被坑了。不過我也不曉得書的行情怎麼樣，所以也無所謂啦。我想他或許是以出乎意外的便宜價格買到了珍本，感到內疚吧。而我當時在三島擔任警官，舅舅的家還有那家舊書店都在沼津，所以我輪休的時候，就去了那家舊書店。我永遠忘不了，那是十八年前，昭和十年的元月。」

當時還是個菜鳥警官的光保到訪，舊書店的老闆非常高興，將隨筆的內容生動滑稽地講述給他聽。

「我聽著他冗長的說明，突然被某句話給觸動了，就是這個部分。關口先生是作家，應該讀得懂這些吧？根據我所拜讀的您的大作來看，這類作品正是關口先生的世界吧？是關口先生的世界吧？」

改變音調，重複著同一個句子，似乎是光保的習慣。我激烈地搖手否定，幾乎快把手給甩斷，誇張地反應說：「我不懂，我看不懂。」

「這樣啊，我感覺您應該讀得懂。這是其中叫做〈異人〉的章節。旁邊寫了些什麼對吧？聽說寫著：這似乎發生於慶長十四年（一六〇九）四月四日的事，但實情不詳。」

「慶長……一六〇〇年嗎？江戶幕府剛成立的時候？」

「是啊，應該是吧，我對這方面不清楚。然後呢，這裡寫著：神祖——聽說這指的是家康公（註二）。神祖居駿河時……」

「駿河指的是駿府城嗎？」

「應該是吧，那個時候家康是住在駿府城吧。雖然不曉得是不是偶然，不過那個時候，庭院裡出現了**怪東西**。」

「怪東西？」

「對。呃，上面寫道：形如小兒，或稱

註一：國學指研究儒學及佛教等外來思想傳入日本以前的日本固有文化及精神的學問。

註二：德川家康（一五四二～一六一六），成立江戶幕府的第一代將軍。

肉人者。還說有手，但是沒有手指。它用沒有手指的手指著上方。眾人都大為驚恐，說是妖物。要是有那種東西突然冒出來，那真的很可怕。但是呢，關口先生，重點來了，這上面寫著『肉人』兩個字。就是這裡，真的這麼寫著。字您看得懂嗎？」

我識字，但是看不懂古文。我只是不擅長辨認變體假名和古文罷了。

仔細一看，確實可以看出一個像是「肉」的字。

「什麼叫肉人呢？」光保問。

「不曉得。」

「這種形容不尋常吧？既然叫做肉人，形狀應該近似人類，但說是人形的肉，也很奇怪對吧……？」

光保這麼說，我還是不曉得該怎麼答腔。

「人類和野獸都有肉。特地強調肉的理由……是因為沒有毛嗎？」光保說。

「應該是吧，會不會感覺像是剝掉毛皮的動物？」

「我也這麼認為，可是上面寫的是肉——**人**。人一般是沒有毛的。啊，不是因為我頭快禿了才這麼說，我說的是身體。啊，關口先生這種型的，上了年紀也很危險，**腦袋瓜**都是有一天就突然禿光的。」

「什麼？」

「嗯，這要是豬還是猿猴，那還可以理解。像是肉豬或肉猿……就是沒有毛的動物嘛。可是上面寫的是肉**人**對吧？並不是說沒有皮膚之類吧？要是筋肉裸露在外的話，不是應該會寫無皮人嗎？如果是肉很多……那應該會寫肥，那樣一來，就單純是個巨漢了。然後上面還說沒有手指，換句話說，這指的是光溜溜、沒有凹凸、肥肥軟軟的東西。卻又有手腳，所以是肉的人，也就是……」光保指向野篦坊的畫。「我認為就是這個。」

「原來如此。的確，這有肉人的感覺。」

「沒錯吧，沒錯吧。」光保一連點了好幾次頭。

「可是，光保先生，光是這樣……」

「問題不在這裡。」光保皺起眉頭，手指按上眉間，調整眼鏡的位置。「接下來的記述才是問題。上面寫道，家康公說這個肉人很噁心，吩咐下人把它趕走，結果它被趕到另一邊的山裡去了。但是肉人被趕走以後，來了一個人，說他們真是暴殄天物。」

「暴殄天物？為什麼？」

「這裡寫道，那個人說只要吃了那個肉人，就會力大無窮，英勇無雙。」

「吃？這……是拿來吃的嗎？」

我望向圖畫，多麼古怪的食物啊。

「是拿來吃的。然後，根據那個人的說法，這一定是出現在《白澤圖》的封（hō）。」

「封……？」

「沒錯。**封**，封建時代的封，信封的封。這裡有寫。喏！是封吧？這不念做fū，而念做hō。我啊，終於找到了……，我找到hō了！」

「哦……」

多麼漫長的路程啊。雖然只是聽了將近一個小時的話，我卻似乎完全被光保感染，彷彿終於邂逅了尋覓多年的答案，感到一股奇妙的滿足。

「如果這是封的話，事情就簡單了。平坦的封叫nopperabō，平滑的封就是zuberabō吧？聽說也有nuribō或nuribō，也全都是這個封。一定是的。」

「……是、是這樣嗎？」

「就是這樣啊。」光保自信滿滿地說。「當時我大叫快哉呢，十八年前，我心想：就是這個！忍不住抱住舊書店老闆的肩膀，大叫謝謝。明明不是什麼大不了的事，我卻蹦蹦跳跳地回家去，高興了好一陣子。因為這是我長年以來的心頭之謎。可是過了一段時間，我卻覺得只有這樣讓人心裡不踏實……」

光保闔上《一宵話》。

「……沒有其他記述，這不是很奇怪嗎？如果真的是這樣的話，找不到其他關於封的紀錄，豈不是很奇怪？如果野篦坊的坊本來是封的話，應該還有更多其他的紀錄才對。而且如果這本書的記述——或者說裡面那個人說的話是真的，那本《白澤圖》裡應該會有封才對。」

我更想去請教中禪寺了。

他或許知道些什麼。

「有其他紀錄嗎？」

光保這次搖了好幾下頭。

「沒有。我也請教過大學的教授……，但是沒有。」

「那本《白澤圖》的書呢？」

「據說《白澤圖》這本書，是記錄一頭叫做白澤的神獸，在上古時代對中國偉大的帝王——是黃帝嗎？——講述的話，裡頭記載了一萬數千種妖怪的名字和特徵，但是聽說這些說明本身就是神話了……，所以現在也找不到這本書了。」

「黃帝啊……」

「對。聽說白澤這種神獸是漢方藥(註)的守護神，現在說的『白澤圖』，指的是畫有那種神獸形態的護身符，可以避邪。」

「可是《一宵話》裡出現的那個人，不是說的很有自信嗎？現在可能找不到，但在過去的那個時代……應該有吧？」

「有的。」光保若無其事地說。

因為他說得太稀鬆平常，我差點就這麼聽過就算了。

「你剛才……說什麼？」

「有啊，白澤圖，還有……封。」

「在哪裡？」

「就在……」光保說。「**hebito村的佐伯家裡**。」

「啊……」

怎麼會有這種事？此時我不像樣地張大嘴巴，表情一定十足呆蠢。

說起來，我原本就是為了詢問hebito村的事，才來到位於南千住的這家光保裝潢店的。口才笨拙的我怎麼樣都無法進入正題，而光保熱心講述野篦坊的事又相當有趣，所以我不小心就錯失了開口的時機。不，我應該沒錯過開口的時機……

「啊……所以……」

仔細想想，光保應該打從一開始就知道我拜訪的理由了。光保應該是委託人，不管他人再怎麼怪，也不可能會沒完沒了地淨扯些毫無瓜葛的事。一直以為毫無瓜葛的我才有問題。

「沒錯，就是這樣。記得……我是在十六年前的昭和十二年春天被派遣到hebito村的駐在所，關於這個部分，關口先生已經知道了吧？」

「嗯，我聽說了。」

前提是妹尾說的內容正確無誤，但是我多少還有些存疑。

「那麼……我就不再多做說明了。就如您所知道的，也可能一切都是我的妄想。那樣的話，我一定相當……不，是完完全全地**瘋了**。但是我無法判斷。我只是述說我所知道的，我認為真實的狀況。」

我想，完全無法相信自己的記憶，一定令人極度不安。因為我也曾經陷入相同的精神不穩定狀態。但是我的情況是自己沒出息、沒

註：漢方相對於和方而言，指中國傳至日本的醫術，漢方藥即中藥。

用，而我對於這樣的自己，半自主地感到不信任。不安的要素存在於內部，我並沒有遭到外部的否定。然而光保的情形不同。

否定他的記憶的是外在的人，是第三者。

光保取下眼鏡。

「如此這般，我得到了天啟，發現封就是野篦坊的真實面貌。您可能會覺得我這個說法太誇張，但是對我來說，那真的就是天啟。因為這完全是在機緣巧合下得到的結論，但是我卻從此無法再前進任何一步，陷入膠著狀態。要是舅舅還活著就好了，我只是從一介賣魚郎的兒子變成了一介巡查罷了，根本束手無策呀，毫無辦法。」

這……是當然的吧，無從調查起。

「所以我尋找熟悉駿河以及伊豆歷史傳說的人，詢問他們的意見。我想，或許會有一些關於封的傳說流傳下來。就算沒有紀錄，或許也有口傳留下。但是，完全沒有線索。在調查當中，我收到了任命書，被調派到中伊豆山中的駐在所。hebito村，字是窗戶的戶、人群的人。或許您會奇怪，戶怎麼會念做he，不過青森也有八戶（hachinohe）跟三戶（sannohe）這樣的地名，就是那個戶。bito是人。至於村名的意思，我就不曉得了。」

原來如此，妹尾也說**有個戶字**。

光保捲起繪卷，慎重地用繩子綁好，有些輕率地擺到神龕上。他的動作讓人搞不懂他到底是珍惜還是不在乎那個卷軸。

「至於地點……」

光保一邊說，一邊踩出腳步聲，走到房間左端，從壺狀物裡抽出一個紙筒。壺裡插滿了成卷的壁紙及和式門窗紙的樣本。

「……這是地圖，最新版的。我拜託赤井，好不容易才拿到的。這是沼津一帶的五萬分之一應急修正版。修正測量還沒完成，這是根據美國陸軍拍攝的航空照片與兩年前美軍進行的當地調查資料修復完成的。市面上應該還沒有……」

光保從筒中抽出地圖。

然後他用粗短的手指靈巧地打開。紙似乎捲得很緊，不容易攤開。

「……就如同您所看到的，上面沒有那個村子。」

光保說道，但是我根本不曉得該看哪裡才好。而且地圖也還沒有完全打開。

「呃……」

「田方一帶有一座韮山村吧？傳說賴朝（註）被流放到那裡。在右下方，喏，那裡。」

我找不到。

我不太會看地圖。

「不是有駿豆鐵路嗎？沿著下田街道，從地圖上方通到下方的鐵路。循著它往上看，有一個原木車站吧？」

我用手指頭沿著地圖上的鐵路查看，尋找那個地名。他說的應該是「原木」這兩個字。

「啊，有了。」

「就在它底下，有個韮山車站，四日町附近。韮山與原木正中央，有一條往山上去的路吧？」

「啊……啊，有了。」

「從那條路走上去，越過毘沙門山後，循著沒有路的山地北上，一直走，就在那一帶。」

「全都是……山呢。」

「對，什麼都沒有吧？航空照片上可能拍不到吧。村子淹沒在樹林中，大白天裡也陰森森的。」

「就算如此，至少看得到田地吧？」

註：源賴朝（一一四七～一一九九），鎌倉幕府的初代將軍。在平治之亂中被流放到伊豆，後來奉以仁王之命討伐平氏，開創鎌倉幕府。

「都是些貧瘠的梯田，勉強足夠自給自足而已，規模比家庭菜園大上一點罷了。即便照片上拍到了，也只會被當成雜物吧，雜物。」

「這樣嗎？可是……」

有地圖上不存在的村子嗎？江戶時代或許有可能，但明治以後，國內的每一寸國土都被一一徹查，仔細記錄下來不是嗎？

「我在駐在所任職的時候，村子也未登錄在地圖上。這一帶只有明治十九年時測量過一次。第二次測量，是我遠渡大陸以後的事了。昭和十八年，是為了徵兵而進行的調查吧。所以一定調查得非常縝密，而那個時候，戶人村……」

已經**不存在**了嗎……？

「不存在了吧。」光保說。「不，或許打從一開始就不存在。可是啊，我是記得的。到底是怎麼樣的來龍去脈，才會決定要在那麼偏僻的地方設置駐在所？這我就不曉得了。當時警察是由內務省管轄，應該是上頭決定的吧。可是你不覺得正因為如此，才更有可信度嗎？因為我根本沒有理由那樣妄想。」

「我也這麼認為，但是光保先生，會不會你其實是在鄰村的駐在所……」

這是妹尾想到的。

「鄰村……，您是說是奈古谷嗎？以村來說的話，那裡已經算是韮山村了。」

「韮山嗎……？」

這和我的想像相去甚遠。我從妹尾的說明得到的印象，是山的地表上有好幾個小村子，而當中的一個消失了。也可能是因為我怎麼樣都沒辦法跳脫最初想到的合併或廢村等最符合現實的印象吧。但是……

從地圖上來看，緊鄰的村子——韮山村很大。相反地，戶人村是個連地圖都沒有記載的小村子。這太小了，規模相差太遠，根本無從比較。再加上從相關位置來看，戶人村只能說是獨自坐落於山中。前往戶人村的道路，並不能通往戶人村以外的村落。所以……

不可能搞錯。

「這……那……」

我想不出該問什麼問題。

光保似乎察覺了我的心情。

「哦，您從妹尾那裡聽說了什麼是吧？是去年我去找村子時的事嗎？那一帶的住址記載的是韮山。說是鄰村的話，也算是鄰村啦。」

「那……不可能是搞錯路，或是記錯地址嗎？」

「不可能。」光保說道，用食指敲敲額頭。「唯一能夠想到的可能性，就是我的腦袋已經錯亂到無可救藥的地步了。或許真的是這樣，不過您就當做妄想，姑且聽之吧。收到任命書以後，我沒有理由違抗，再加上原本我就對這塊土地不熟悉，一點都不覺得這個命令哪裡奇怪。只是現在回想，是有些不對勁。」

「怎麼個……不對勁？」

「呵呵呵……」光保抿嘴笑了。「我記得好像有人對我說：『怎麼會被派到那種鬼地方去？』」

「是誰說的？」

「上司。」光保說。「不過，我只是隱約記得啦。當時的警察就像軍人一樣，不能對命令有任何質疑。所以都過了十五六年，我才覺得好像有這麼一回事，不能指望我的記憶確實呢。」

光保很冷靜，要是我的話，「這麼覺得」一定會在一眨間的功夫變成「絕對如此」吧。我會這麼信以為真，所以我才更不能相信自己。

「我收拾行李，當天就前往當地了。那裡電話自然不用說，連電都沒有。話雖如此，當時和現在不同，這是很稀鬆平常的事。但是我是警察，沒有電話還是很不方便。那時我

心想這真是傷腦筋，萬一發生狀況，若要請求支援，都得跑上好幾個小時的山路呢。我沒有自信可以勝任。可是卻有人莫名其妙地說什麼正因為村子偏僻落後，所以更需要派駐警察……」

事有蹊蹺，實在說不通。

「……村子入口有一家三木屋雜貨店。說是雜貨店，也只是進一些乾貨、繩索等村裡沒辦法自行生產的東西來賣，賺些跑腿錢，不算是經營雜貨店，只能說是非務農的人家罷了。那一家的老闆是個有趣的老頭子，對……他說女兒嫁到韮山村去了，還有孫子什麼的，孫子現在應該也年紀不小了吧。如果我的腦袋正常的話啦。」光保說。

「雜貨店前面——說是前面，也距離相當遠——有一戶養馬的人家，姓小畠，馬只限於有急事到韮山時使用，他們並不是靠販賣牲口來維持生計。只是沒有他們的馬，村民會感到不便，所以才待在那裡，其實也是農家。姓小畠的還有其他五戶，全都是農家。貧農，而且全都是老人。」

「年輕人呢？」

「有是有。小畠本家的繼承人，一個叫祐吉的，當時才二十五歲左右……，現在大概四十了吧……，如果實際存在的話。」

不是「如果活著的話」，而是「如果實際存在的話」，感覺實在很不踏實。

「然後還有六戶姓久能的人家，三戶姓八瀨的人家。因為沒有店號，叫姓的話會混亂，所以大家幾乎都是直呼彼此的名字，整個村子就像個大家庭。然後村子的正中央……」

「是佐伯家嗎？」

「沒錯，佐伯家。佐伯家裡有七個人。當家的是癸之介，太太叫初音。上代當家甲兵衛已經退隱，還有當家的弟弟乙松、繼承人亥之介。然後還有分家的兒子，一個叫甚八的年輕人，像個傭人般被使喚。還有當家的女兒布由，布由長得非常漂亮，就像竹久夢二（註一）畫裡的美人一樣。真是漂亮。」

「年輕……嗎？」

「還是個姑娘，很年輕。當時才十四、五歲吧。我不識好歹，喜歡上人家了。啊，真丟臉，竟然說出口了。」

光保羞紅了臉。

「這事暫且不提，以佐伯家的宅邸為中心，四周遠方散布著我剛才說的十六戶人家。然後出口……說是出口，再往前走也是山，算是盡頭了，那裡住著一名醫生。」

「那樣的深山裡有醫生？以位置來看，會去求診的只有村人吧？」

「雖說是醫生，可不能想像成一般醫院喔，只是棟小屋而已。那是佐伯的分家，就是剛才說的甚八的父親，名叫佐伯玄藏。他是個漢方醫，至於有沒有證照就……。他幾乎是個仙人了，會煎藥草給病人吃，我吃壞肚子的時候，也喝過苦極了的湯藥，很有效。跟一般的醫生不一樣。」

「駐、駐在所呢？」

「佐伯家旁邊有一間空的小屋。」

「小屋……？」

「嗯，小屋，簡陋的臨時小屋，應該是倉庫吧。我會去撿拾柴薪，劈柴生火，自己煮飯，簡直成了山中小屋的看守者。伊豆群山，淡淡月光（註二）……才沒辦法有那種閒情逸致呢，而且也沒有舞娘會經過……」

描述都非常具體。如果這是妄想，光保這個人的妄想症肯定已經病入膏肓了。

註一：竹久夢二（一八八四～一九三四）為日本畫家、詩人。其插畫作品以表情哀愁的美女畫為特色。

註二：此為一九四八年由古賀政男作曲、近江俊郎演唱的暢銷曲〈湯町悲歌〉的歌詞。

「一開始我遲遲無法融入其中。村人也……怎麼說，好像藏有祕密似的，說話吞吞吐吐的，而我雖然有維持治安這個名正言順的理由，卻沒有什麼具體的工作。就像在監視村人，感覺坐立難安。」

「每個村落多少都會有些封閉之處啊……」

對於小型共同體而言，國家派遣過來的警官，完全是個異物。就像家裡混進了陌生人，等於是不速之客吧。

「……他們遲遲不願意打開心房嗎？」

「我不記得曾被惡意對待，可是也不記得他們對我有多親切。這也是當然的，因為沒有共同的話題嘛。」

這話雖說得直接，不過確實如此。

「只是，佐伯家的人還算親切。他們說我是為了村子而來，處處照顧我。像是入浴啊、三餐，幾乎都是麻煩佐伯家。當家的和退隱老爺都是很嚴肅的人，很少見到他們，而且也沒說過話，不過太太十分平易近人。然後我跟亥之介還有甚八年齡相近，過了半年左右，也變得熟稔了。布由小姐也……那個……呵呵呵呵。」光保把手按在嘴上，抿嘴笑道。「雖然我們之間什麼都沒有啦。我是個警官，要是有什麼就糟糕了。可是她真的是個溫柔的好姑娘，然後……」

光保像在做夢般遠遠地望向斜上方，述說著不知道是事實還是妄想的過去。

他說事情發生在秋天。

光保住進村裡，過了約莫半年。

「……那時，我和亥之介已經很熟，兩個人會聊天了。至於甚八，他總是公桑、公桑的叫我，三不五時就會拿酒過來。所以我聽說了不少佐伯家的事……」

據說佐伯家系流傳已久，甚至不知道現在是第幾代了。

村裡的三個家族——小畠、八瀨、久能，全都是佐伯家傭人的後裔。

主從關係表面上雖然已經解除了，但村子裡依然存在著不成文的嚴格規範。

「……甚八說，不曉得為什麼，佐伯家的媳婦儘管是附近城鎮身家良好的女孩，卻願意嫁到這種深山來。他總是說自己是分家的人，而且祖父那個樣子，害他連個媳婦都娶不到，抱怨個沒完。」

「……祖父那個樣子，是什麼意思呢？」

「哦，甚八的祖父——也就是醫生玄藏的父親。我不知道叫什麼名字，他是退隱老爺的胞弟，與本家不和，年輕時就時常惹是生非，破壞村裡的秩序。這是很久以前的事了。最後他被趕出村子，好像成了蛇橋一帶某戶望族的養子，結果在那裡也惹出事端，最後離家出走。流浪了幾年後，他在明治末年帶著兒子玄藏回到了村子。雖然回來了，可是還是和村子裡的眾人合不來。結果一下子離開、一下子回來，就這麼來來去去的。玄藏對父親忍無可忍，在大正年間斷絕了親子關係，成了佐伯家的養子，改姓佐伯，定居在村子裡，娶了村裡的姑娘，生了甚八——內情就是這麼複雜。真的很複雜哪。甚八雖然算是分家的人，但是在村子裡總是多少抬不起頭來。」

甚八這個青年，似乎為了自己尷尬的身分感到羞愧。

「哎，說起甚八，母親是村裡的姑娘，所以他也等於是傭人的後代。可是我想他應該沒有受到明顯的歧視，反而甚八在待人接物上格外客氣。至於那個近乎斷絕關係的祖父，當時每年都會回來個一兩次，每次一回來，就大吵一架。反倒這件事才麻煩……。不過甚八和繼承人亥之介倒是相處得還算好。」光保說道。

「他們很要好嗎？」

「普普通通。現在想想，或許甚八是迷

戀上了布由小姐，但也有可能不是啦。總不會是愛上太太吧……？不知道，人心是很難捉摸的。感覺上，他對本家有種難以割捨的依戀……」

「記不得那是九月，還是已經十月了……」光保望向更遠處說。

村裡來了一名陌生男子。

男子肩上背了一個極大的江戶紫（註一）包袱，深深地戴了一頂鴨舌帽，腳上紮著綁腿……

男子一步步地爬上山來。

男子看見光保時，吃了一驚。

他一定沒想到這樣的深山僻野中竟然會有警官吧。

光保詢問對方身分，男子回答他是個賣藥郎。

經他這麼一說，仔細一看，男子的確是鎮上經常看到的越中富山賣藥郎打扮。

「以往負責的人因為久病不癒，不能過來了。從今年起，換成小的負責這一帶。」男子殷勤有禮地說。

「那個人是來找玄藏先生的。還很年輕……，是啊，大概二十出頭，氣色很糟，他是所謂的家庭藥品推銷員。」

玄藏好歹也是個醫生，醫生怎麼可能會買家庭藥品呢？光保感到懷疑。

「……此時正巧亥之介過來，向他打招呼說：『咦？新的賣藥郎嗎？辛苦了。』聽甚八說，玄藏先生在村子定居下來以前，住在富山一帶，拜某個漢方醫師為師。雖然玄藏先生平素會摘些附近的藥草，或煎或磨地調製藥劑，不過開業以後，每年春秋兩次，都會請富山的師父送些丸藥、解熱鎮痛劑、丸金丹（註二）之類的藥過來……」

賣藥郎和亥之介在光保面前，說著前任賣藥郎因為風濕而行走不便、賣藥的反而不顧身子等話題，融洽地聊了一陣子。

「……我本來只是漫不經心地聽著，然而就像我剛才說的，突然聽到一句話，接下來話就這麼傳進耳中來了。」

「什麼……話？」

「當然是和**野篦坊**有關的話。」

「什麼？」

「白澤圖。」

白澤圖——這三個字從賣藥郎的口中冒了出來，耳尖的光保自然不會錯過。

光保慌忙注視兩人。亥之介霎時臉色一白，賣藥郎一臉狼狽。亥之介把賣藥郎往光保的小屋拉過去，並且小聲、激動地在說些什麼。光保馬上察覺這是不能讓外來的警官聽見的事，卻無法保持沉默，他湊到旁邊去，豎起耳朵來。他硬是說服自己，既然想隱瞞警方，肯定不是什麼正經事。

亥之介逼問賣藥郎：

——這話你從哪裡聽來的？

——這……之前巡迴的人。

——說謊，那個男的不可能知道。

——小的沒有說謊。

賣藥郎哆嗦著，從懷裡取出一張紙攤開。

——這、這是小的白澤圖，是我們避邪的護身符。

——白澤是我們的守護神，因為之前的人每年都會過來，在偶然的情況下得知了貴府的那個……

——因為名稱相同，詢問之下，才知道原來是傳自上古的藥方。

亥之介從賣藥郎手中搶下紙來，凝視片刻，揉成團收進懷裡，靜靜地說：

註一：一種日本染色名，為偏藍的紫色。

註二：一種提神、解毒，適用於各種症狀的黑色丸藥，是日本從前的家庭常備藥。

——是玄藏叔說的嗎？還是甚八？難道是叔公？

——算了，總之無論如何，你千萬不可以在這個村子提起那個名字。

——幸好聽到的是我，要是被老爺聽見了……

——你就等著吃不完兜著走。

——小的沒有惡意，小的不敢再提了，請大爺原諒小的……

賣藥郎直賠不是，連滾帶爬地離開了。

「賣藥郎走掉以後，我一把抓住亥之介，把他拖進自己的小屋，關上了門。我把那扇歪斜斜的門給扎扎實實地關上了。」

「然後……你問了緣由嗎？」

「是啊，我問了。」

光保答得很輕鬆。碰上那種狀況，換作是我，絕對問不出口吧。

「其實我也覺得那樣做似乎很不恰當，可是我就是按捺不住，完全沒辦法。所以我直截了當問他：『你說白澤圖怎麼了？』沒錯，我問了。『你知道白澤圖嗎？難道白澤圖在這裡嗎？白澤圖……』」

光保平日大而化之，此時卻激動不已，亥之介被他嚇了一跳，安撫馬匹似地勸阻他後，回答道：「拜託，請你當做沒這回事……」

「怎麼可能就這麼算了呢？我好歹也是個警官，必須維護村子的治安。我說：『亥之介啊，我忝為村子的一員，鞠躬盡瘁到今天，一直以為和你是一家人，沒想到你竟然如此不信任我……』，然後又說：『你可別把我和那種居無定所的藥販子拿來相提並論。』此時……」

此時甚八溜了進來。看樣子，甚八一直躲在暗處觀看這場騷動。甚八說：

——亥之兄，你不是總是說嗎？

——說你不願意被這個家束縛，說你已經

受夠這些老掉牙的規矩了。我也同意你的話。

——我的身分不能繼承家業，但是只要佐伯家存在一天，我就是傭人、奴僕。——亥之兄，你不是這麼對我說過嗎？

——說輪到你當家以後，絕不會再這樣繼續下去。

——說你要把這個家連同山林一起賣了，把錢分給我和家父玄藏。

——把你束縛在這個家的舊習，它的根源就是**那個東西**吧？

——我不曉得它有幾百年、幾千年的歷史，但全都是因為有**那個東西**……

亥之介聽著甚八的話，露出極為沉痛的表情，思量良久，回答：

——公平先生，不可洩露白澤圖之事，這是佐伯家——戶人村的規矩。

——可是就像甚八剛才說的，我已經受夠了。

——但是……

亥之介在猶豫。

「他在猶豫到底還要不要遵守老掉牙的迷信嗎？」

「那算迷信嗎？」光保說，眨了幾次眼睛。「就意義來說，算是迷信吧。然後，我突然同情起亥之介來了。因為這事對他來說很嚴重吧？很嚴重的。然而說到我，我追問的動機只是為了野篦坊，並沒有太重要的理由。所以我把我為什麼想知道白澤圖的理由，全部告訴他們。我告訴他們說：『如果你們覺得這理由可笑的話，就不必說了。』然而……」

亥之介卻說出來了。

——白澤圖這東西，是佐伯家代代由當家繼承的祕傳古文書。

——它被安置在禁忌的內廳，只有佐伯家的當家才能夠閱覽。

——剛才的賣藥郎不知何故知曉了這個祕

密。

——過來商量說能不能讓他看看。

「我渾身發顫，哆嗦個不停。我覺得是野篦坊把我引導到這個村子的，這是命中註定。」

「說是命中註定會不會太誇張了些？」我說。

「一點都不誇張。」光保回答。

「可是光保先生，白澤圖是賣藥郎都會隨身攜帶的東西吧？那樣的話，富山等地不是更多嗎？」

「不，不是那樣的。賣藥郎身上帶的，說穿了是避邪的護身符。而佐伯家流傳的是古文書，也就是書籍，書籍喲。」

「或許是吧，但是真正的白澤圖已經佚失……，沒錯，那應該是黃帝時代的夢幻珍本，不是嗎？不管是地點或時代，都相差太遠了。」

光保笑得像個孩子似的。「我想，一般都會這麼認為的吧。」

他的口氣像是在說「事實上並非如此」。我問：「難道還有什麼嗎？」

光保答道：「沒錯。那個啊……**真的就是**，關口先生。」

「真的就是？是什麼？」

「這是佐伯家的……祕密呀。」

「祕密……？」

古老望族的祕密。這句話感覺似乎經常耳聞，實則鮮少聽到。同時它也是平凡無奇，卻又超脫現實的一句話。

光保繼續說下去。「其實，被安置在內廳的，不只有白澤圖而已。佐伯家一族其實祭祀著**某個東西**，代代守護著它。」

「某個東西？」

「是的。白澤圖只是附屬品，本體是別的東西。那個東西呢，亥之介說……是個**形似人**

類，不會死的生物。」

「不、不會死？」

「……亥之介是這麼說的。亥之介說，佐伯家代代一直守護著**它**。它住在宅子的內廳裡，不會動，但也不會死，就這麼一直活著。您相信嗎？」

怎麼可能相信？我老實地搖頭。

「我想也是。」光保說。「沒錯，那時我也無法置信。一般人才不會相信，而且亥之介和甚八好像也不相信。但是他們兩個人也說，內廳裡肯定有什麼東西。然後呢……」

「然後？」

「它……被稱為**君封大人**（kunhō）。」

「君封？」

「沒錯。君……**封。這不就是封嗎**？**是封吧？**」

「是封吧？是封喲……」光保說著，忙碌地挪動身體，一點一點地往前逼近。我慢慢地往後退去。

「聽好了，關口先生，那是形似人類的生物耶，而且還有白澤圖，再加上伊豆是駿河的鄰國，越過一座山，就是駿河了。這一定是那個駿府城的封沒錯吧？不會錯吧？」

「呃……」

到了這步田地，我的興趣突然急速減退了。談話的內容似乎有點超出我可接受的範圍了。雖然光保最初說的內容就已經瀕臨我的臨界點，但是直到中盤左右，我都還能認同光保。

但是……

為了維持我渺小的常識，我揚手制止有些亢奮的光保。但是光保卻不讓他小小的嘴唇稍事歇息。

「關口先生，請聽我說。亥之介說，那個**君封大人**不僅永遠不會死，只要吃了它的一部分，就能夠獲得永恆的健康與長壽。只是，能夠吃它的只有被選中的人——像是皇帝或帝王。除此之外，都不准吃它。」

光保站了起來。

「根據傳說，被選中的人遲早會來到戶人村。在那之前，藏匿、守護**君封大人**，就是佐伯一族的使命。每隔幾年，當家會獨自進入內廳一次，依照白澤圖所記載的處方照顧**君封大人**。那個時候，就能夠享用一些**君封大人**的餘惠。所以佐伯家的當家都很長壽。這更接近《一宵話》中的封了。《一宵話》不是說，只要吃了封就能夠身體健康嗎？」

「請、請等一下，光保先生，確實是這樣沒錯，可是難道你……」

光保連眼神都變了。「難道……什麼？」

「難道你是認真的……？」

光保別有深意地「呵呵呵呵」笑了，然後說：「我當然是認真的。」

「可是……你剛才說一般人不會相信的……」

「那是一般人啊。」

「什麼一般人，你……你冷靜點啊，光保先生。那種東西……那種奇怪的東西不可能存在的。首先，根本就不可能有什麼不死的生物，這你應該明白……」

「不不不。」光保搖頭。「關口先生，的確，我原本也不相信有那種東西。十六年前聽說這件事的時候，我也只把它當成一個傳說。那時，我只對《白澤圖》有興趣。但是現在不同了，我現在深信不疑。**君封大人**是不死身的肉塊，是長生不老的神藥，返老還童的妙藥，能使受傷的肉體痊癒的祕藥。」

「光保先生，你……」

「關口先生，我啊，長達十二年的時間身在大陸，親身體驗到了超越人類智識的事物存在。我深切地體會到了。然後，我逐漸確信佐伯家內廳的那個東西也是真的。」

「什、什麼真的……，你……」

「我在大陸遭遇了許多恐怖的事，目睹了不可思議的事物，也經歷了奇妙的體驗。話說回來，關口先生，您知道『視肉』這東西嗎？」

「是肉？」

「視覺的視、肉體的肉。據說這是深藏在名山裡的肉，或者是埋藏在皇帝的陵墓裡。這東西雖然是肉塊，卻是活的，而且還有兩顆眼睛。這種肉不管怎麼吃都不會減少，無論怎麼切，都會不斷地增長，恢復到原來的模樣，也不會死。這根本就是**君封大人**呀。還有，據說打敗諸葛亮的司馬懿擊敗公孫淵之前，遼寧出現了一個怪物，就很像這個視肉。那個肉塊有好幾尺長，上頭有張大臉，肥顫顫地行走。這根本就是駿府城的肉人吧？」

「這、這只是傳說……」

「還有，中國有個叫『太歲』的東西。」

光憑我的勸說，根本無力阻止光保。

「所謂太歲，是埋藏在地底的一種無固定形狀的柔軟物體，不過這東西也有眼睛，而且眼睛很多。太歲本來是指木星，傳說大地的太歲會配合木星的活動，在土中移動。但是這個叫太歲的東西萬一被挖出來，就會發生可怕的災禍。」

與其說這是傳說，毋寧說是神話，已經超出現實了。

「不不不，這可是真的，」光保說。「我隸屬的部隊在大陸就挖到了太歲。」

「挖、挖到太歲？」

「嗯，挖到了，挖中寶了。當時我們在挖壕溝，挖到太歲時，我們慌了手腳，立刻把它埋回去，但緊接著就發生了傳染病，死了三個人，死了三個人呢。」

「這……」

「那種東西是真實存在的。」光保斬釘截

鐵地說。

「可是，光、光保先生，這、這個世上……」

「這個世上還是有許多不可思議的事的。」光保說。「一定存有種黏答答、滑溜溜的未知生物，只是不知為何，鮮少出現在世人眼前而已。野篦坊原本就是種未知的生物，在不知不覺間，它成了沒有臉的妖怪，但還是一點一滴地流傳了下來。那幅畫上肥肥軟軟的臉……，您也看到了吧？」

畫是看到了，可是……

「真的很抱歉，可是說它真的存在……我還是無法相信。雖然大陸那裡或許還有許多未知的生物……」

「還有很多啊，」光保使勁皺起淡淡的眉毛。「就算有封也不奇怪。」

「不，請等一下，重要的是……對，姑且不論那種脫離常識的東西是否存在，那種陌生的傳說留存在靜岡的山村裡這件事更教我難以信服啊，光保先生。說起來……」

那個村子本身或許就是一場妄想，不是嗎？

不，這已經不是虛妄或現實的問題了。

這如果是真實的，那麼它就是無限接近虛妄的現實；這如果是妄想，只能說是脫離常軌的妄想。而如果一切都只是光保的妄想，就算這類巧合再多，也毫無意義。

如果一切都只是光保虛構的，那麼細節部分會吻合，反倒是天經地義的事。如果這一切都是光保的腦子構築出來的情節，沒有道理會不合情理。如果有矛盾的話……

——是與現實之間的矛盾嗎？

那麼，就算糾正也沒有意義。

「不，光保先生，這樣好了。我們退一步想，假設你的體驗是真實的好了。即使如此，那種傳說……對，例如那個——亥之介跟甚八嗎？——有沒有可能是那兩個人在捉弄你？」

「捉弄……？我實在不這麼認為。就算是我，最初也不是完全相信那個傳說，而且還相當存疑。可是啊，關口先生，欺騙警官又有什麼好處呢？而且那個祕密傳說會被揭露，也是由於一個外來的賣藥郎，可以說是不可抗力。所以內廳裡一定有《白澤圖》，也有被稱做**君封大人**的某物——不，某種生物，這是確實的。這教我怎麼冷靜得下來？」

「這……是這樣沒錯，可是……」

藥商，富山的賣藥郎。不知為何，這讓我十分掛意。

「可是光保先生，雖然你說它確實存在，但是你看到它了嗎？」

「怎麼可能看到呢？」光保若無其事地說，再次坐下。「聽好了，關口先生，我也退讓一步，假設不死的生物是漫天大謊好了。可是佐伯家的退隱老爺和當家的癸之介先生好像都對這個傳說深信不疑。不，連村中的老人也似乎全都相信，當時好像還舉行了數年一次的儀式。所以那裡面應該有什麼東西，不管是迷信也好、假的也行、騙人的也罷，總是有什麼東西在那裡，而村人守護著那個來歷不明的東西，這一點是千真萬確的。而且不是我這個外來者能夠輕易窺見的東西。」

光保說到此，嘆了一口氣，說：「盲目的信仰真的是很可怕哪，關口先生。日本人也曾經在大陸做出令人髮指的行徑吧？就算是戰爭，一般人是做不出那種事的。可是我們卻相信著國家至上，動手了。就算動機並不如此單純，也是因為相信，才做得出來。要是懷疑的話，就不可能做得出那種殘酷的行徑。美國也是相信自己是正義的一方，才扔下了原子彈吧？若非如此，絕對不可能做出那種事來。所以啊……，不管怎麼樣，對那個村子的人而言，那就是真實。」光保總結說。

確實，盲目的信仰是駭人的。但是正因為如此，我有些害怕眼前這個人。

我將不知何時早已別開的視線……轉回光保臉上。

光保的眼神是認真的。

「那個時候，亥之介答應我。他說：『輪到我當家的時候，**一定會讓公平先生看看它。**』」

「光保先生……，所以你……才會去到那個村子……」

光保閉上眼睛，皺起眉頭，慢慢地、深深地點了點頭。

「從那之後已經過了十六年。毫無疑問，佐伯家的當家應該已經是亥之介了。所以我才會去，我想看看**君封大人**……」

光保的眼睛不再注視任何東西。

「……所謂被選中的人，指的應該不是當權者吧？而且或許不只限於一個人。例如，有沒有可能說，人權遭到當權者蹂躪、幸福被榨取的人，才有資格分得它，被選中？它或許會為傷殘軍人——為了所有為國犧牲奉獻而身體殘缺的人派上用場，對吧？關口先生，您覺得呢……？」

光保公平光溜溜的臉探向我。

我別開視線，不知該往哪兒看。

我默默地，望著亮晶晶的地板。

3

風光明媚——我這麼想。可是這種感想，只要伶俐一點的孩子都會說，所以我沉默不語。玻璃拉窗擦拭得非常乾淨，得以將山巒和花草樹木等悠閒景色盡收眼底，看起來就像上了框的畫一般鮮明。我心想：這樣看起來晶亮有光澤，比直視還要美麗。或許是因為有了邊框的關係。

年輕警官從鋁製大茶壺將不知道是熱水還是熱茶的液體倒進茶碗裡，開口說道：「這真是奇怪，你問過政府機關了嗎？」

「問過了。」

「沒有收穫？」

「沒有。職員全都是年輕人，上了年紀的都是有地位的，對於這方面的事……」

「不太清楚是吧。」警官——淵脇巡查口吻輕佻地說。「我到這裡也才兩年。戰爭結束以後，許多事都面目全非了。當然也不是說過去就這麼沒了，可是感覺上就像是重新清算過一次，過去的都**不算數**了。清算的是上頭的人嘛。但是像我們，就算被清算，也沒有什麼不方便的，至於不方便的部分，都給忘了嘛。」

淵脇笑道。

他才二十五、六歲吧。

我磨磨蹭蹭地活了三十幾個年頭，卻仍然沒有變成大人的感覺。我認為自己永遠都無法完全成熟。不是青澀，而是不成熟。即使如此，像這樣面對年輕人，還是會感覺有一道鴻溝。我雖然不是大人，卻也不年輕了。

我笑不出來。

「你問過這一帶的阿公阿婆了？」

「問過了。不過也只是沿著道路在院子前招呼，問過七八個人而已。得到的答案都很模糊，像是『有那種村子嗎？』『好像有呢。』『或許有吧。』還說去看看就知道了。」

「說的也是。」淵脇又笑了。

無憂無慮。比起警官，他更適合去做生意。

「至少我不知道。請看，這是這一帶的地圖。喏，每一戶都有寫名字吧？登記冊上記載了家庭成員和職業等資料。一有人搬來，我就會立刻過去拜訪。你說的地方是……」

淵脇用食指劃過地圖。

「哦……哇，這可真遠，我只去過一次

呢。可是這裡住的是熊田家，還有田山家跟村上家。這戶是空屋，這裡也是空屋，這裡……是須藤家。完全不一樣。」

「是不一樣。」

「會不會是搞錯了？這一帶的居民全都是老人。雖說從事的是農業，不過應該是靠家人寄來的生活費過日子吧，我去拜訪時這麼聽說過。然、後……嗯？」

淵脇露出一臉納悶的樣子。

「沒有那麼大的宅子啊。你說的應該是這一帶……，我沒有去過。這份地圖連空屋都記載上去了，不過不是測量描繪的地圖。用途不一樣，是要填寫每一戶人家資料的。沒有哇，你說的那個佐……」

「佐伯家。」

「對，沒有佐伯家。」

「沒有嗎？」

「沒有。」淵脇依舊快活地說。「對了，住在這座山中村落的老人，偶爾也會下來村子。喏，像是歲末年終，不是會採買年貨嗎？就算住在山上，也是要吃年糕的。」

「哦，是啊。」

「像那種時候，就會彼此打打招呼，或是聊聊天。碰面時，他們也會說『警察先生，辛苦了』。可是像那種大宅子，我從來沒聽說過呢。」

「你說的是熊田家或田山家的人？」

「應該是吧。老實說，我不記得是哪一戶的居民，可是既然是從那邊下來的，就一定是山中村落的居民。基本上要來去那裡，都一定要經過這個駐在所前面的路。我想想……嗯，所以會經過這個駐在所前面的，就只有跟那個村落有關係的人，一定是的。不過我之前都沒有注意，因為這裡已經是村子邊緣了，其他全都是有事來駐在所的，一般而言不會經過。可是……很少有人會經過這裡，大概只有郵差吧。」

「郵差會經過嗎？」

「嗯……大概幾個月會經過一次。至於是去熊田家、田山家還是須藤家，我就不知道了。一定是送生活費過去吧。」

「既然有生活費……，就表示外地有家人親戚……」

那些老人是否真的在那裡住了七十年以上？……有必要確認。

「應該有家人吧。」淵脇說著，連同椅子一併旋轉，翻開桌上的基本住民登記冊，哼歌似地說：「這個不能給你看，不過呢……呃……有了，熊田家，上面有兒子的名字，緊急聯絡地址……也有寫。不過我沒有實際確認過住址……，哦，須藤家的也寫了。這些資料都是自行申報的，這一帶不會發生什麼緊急狀況嘛。但是還是得姑且問一下……。嗯，好像每一戶在外地都有家人。」

如果有家人親戚的話，他們就是歷史的證人。對於這些人來說，前方的村落應該就是他們的故鄉。

「那樣的話，應該也有這些人的家人來訪吧……？」

「咦？呃，可是我不記得有人來訪。你這麼一說，真的沒有人來過。這些家人真是冷漠，至少過年也該回家一趟嘛。」

淵脇噘起嘴巴，接著說：「真是不孝到了極點，就算回家露個臉，也不會遭天譴吧？本官的老家在熊本，不過盂蘭盆節（註）掃墓和過年還是會回家。登記冊上的親戚的住址……，哦，全都在靜岡縣內呢。住得不是很遠，不過不是這種鄉下地方，而是更大的城鎮……。對

註：佛教中於陰曆七月十五供養祖靈的活動。在日本與民間信仰相結合，習慣在這段時間返鄉掃墓、祭祀等。

了，與其在這種小村子探聽，倒不如去市公所或縣政府那邊調查怎麼樣？」淵脇說。「紀錄這種東西，愈接近中央就愈多吧。」

「不……到處都找不到紀錄，所以只能仰賴記憶了。」

靜岡、三島和沼津我都去過，也詢問過縣政府。來到這裡之前，我已經執行了所有想得到的方法，只是沒有半點收穫。

沒有人知道戶人村。

沒有留下任何紀錄。

這我已經預料到了。反正政府機關的文件也追溯不到百年前，我應該去調查更古老的紀錄或書籍的。但是我沒有時間去涉獵文獻資料，而且也不擅長這類作業。所以我想到去找精通古籍的中禪寺商量，在出發到伊豆前，打過一次電話給他。然而鮮少出門的書癡好巧不巧不在家，我輕易地就放棄了。

——再聯絡他一次看看吧？

我想。

——中禪寺不行的話……，還有宮村先生。

宮村香奈男是專營和書的舊書商。

——賣藥郎，賣藥郎？

為什麼？我突然想起這個字眼。賣藥郎讓我耿耿於懷，這麼說來……

——還有巡迴磨刀師。

「對了，行商的怎麼樣呢？他們不會去山裡的村落嗎？呃，例如說研磨刀刃的磨刀師……，或是賣藥郎之類的……」

「賣藥郎？你是說藥販子嗎？會帶些陀螺、紙氣球來賣的人是吧？不會，因為這條路是死路啊，做不了買賣。能夠穿過去，越過山頭的路在另一邊。」

「另一邊啊……？」

「對，另一邊。一樣是山中，不過奈古谷那邊有溫泉，還有一座名刹國清寺。有座佛堂據說是文覺上人(註)被流放的地方。可是啊，這條路再過去的話，就……」

什麼都沒有嗎……？真的？

「那麼……不就幾乎不會有人經過了嗎？」

「我就說沒有人會經過了。除了居民跟郵差……，我想想，啊，對了對了，這麼說來，去年夏天有美軍經過。可能是進駐軍吧。」

「進駐軍？」

「不過這一帶沒有基地。美軍開著吉普車經過這裡，不曉得車子可以開到哪裡。他們一下子就折返回來了……，到底去做什麼呢？」

淵脇放下喝到一半的茶杯，納悶地說。「……真奇怪。我剛才說過，會經過這裡，就是去那個村子。可是去做什麼呢？美國人去慰問貧窮老人家？怎麼可能。難道是去送巧克力嗎？啊哈哈哈哈。」

「會不會是測量之類的……」

光保說，敗戰後的地圖修復，主要是依據美軍的航空照片與調查結果。他還說，這一帶在兩年前做過調查。會不會是後續調查之類的？

淵脇的頭偏向另一邊。

「我覺得不是。如果要進行調查，我這裡會收到通知。美軍的調查，應該在我調派到這裡前就已經結束了。」

那麼……是什麼？

此時，我的心中升起一股詭異感，微弱地盤旋著。

雖然不到不祥的預感，卻是一種模糊的詭譎感覺。或許只是我多心了。

註：文覺（生卒年不詳）為平安末期、鎌倉初期的真言宗僧侶，原本為武士，誤殺同事妻子而出家。因復興神護寺之事觸怒後白河天皇而遭流放伊豆。後來幫助源賴朝建立鎌倉幕府，但賴朝沒後，被流放至佐渡。

但是視情況……

這或許是起規模龐大的事件。

怎麼個龐大法？為何我會這麼想？我沒有半點明確依據，然而在我心中，但覺那股厭惡感逐漸壯大。

「那麼……對了，我想大概是去年秋天，我剛才說的朋友，該說是朋友還是……，一個像這樣**光禿禿**的……」

光保真的來過這裡嗎？

「哦，**岡保**先生。」淵脇說。「對對對，你說去年是吧？去年啊……秋天的話，還不到一年呢。唔……哦，我想起來了。沒錯，那個人長得很像這把茶壺對吧？這麼說來，他好像頭頂冒著熱氣，爬著坡上去了。對對對，我想起來了。」

「你想起來了？」

「想起來了。」淵脇高興地回答。「原來如此，是因為這樣啊。這麼說來，那個人過了近半天的光景，突然臉色大變地跑了下來。他衝進來，大叫著說什麼村怎麼了，鬼吼鬼叫的。我也不曉得剛才你告訴我的這些因由，只能叫他先冷靜下來，結果變得像在雞同鴨講一樣。」

「雞同鴨講？」

「雞同鴨講……，是啊。然後我給他看了這份地圖，告訴他沒有他說的那個什麼村，結果……他當場昏倒了。」

原來如此，光保親身體驗了二度怪異的情境。

「我忙著照顧他，真是累壞了呢。」淵脇說。「現在想想，那個人的確是叫**岡保**，實在讓人印象深刻。可是，我覺得他好像有點不太正常。所以那些胡說八道，應該都是他的幻想吧？是妄想。你也真是個好事之徒，竟然為那種事千里迢迢地跑到伊豆來。」

無可否認，我就是好事之徒。

「不過，這裡是個可以悠閒度日的好地方，治安又好。你可以去泡個溫泉，療養療養身體。我來到這裡以後，胖了一貫（註一）呢。食物美味，又沒有犯罪事件，到目前為止，我只出動過一次，去勸導家庭聚賭而已。」

淵脇洋溢著發自心底的、沒有一絲陰霾的溫和笑容，請我喝淡茶。飲盡後，餘香掠過鼻腔，我才發現自己喝的是番茶（註二）。

我望向外面。

窗框中的情景悠閒至極。

蒼穹高遠清澈，綠意深邃剔透。非常適合「洗濯生命」、「洗滌心靈」、「心境煥然一新」等等形容。

我一時沉醉在景色當中。

確實，有一種受到洗滌的心情。

但是受到洗滌的似乎只有表面，中心的黝黯依然頑固地殘留著。分不清是神清氣爽還是暮氣沉沉，不上不下地，教人厭煩。

我從內袋裡取出摺起的剪報。

就是那篇記載了大屠殺謠言的報導。

「淵脇先生，請你看看這個。」

「什麼？」

我遞出報紙，淵脇說：「我瞧瞧。」

我有些緊張。

淵脇不為所動，說：「這怎麼了嗎？」

「這……你怎麼想？」

「怎麼想……，就像這上面寫的，只是傳聞罷了吧？那麼久以前的傳聞，哪有什麼感想？」

「你怎麼能夠斷定它是傳聞？」

「因為我根本沒有聽說過這種事啊。」

「那個時候，淵脇先生幾歲？」

註一：一貫相當於三·七五公斤。
註二：以茶葉摘剩的硬葉製成的次級煎茶。

「呃……九歲。」

「那……還很小。」

「的確還是個孩子，可是如果發生了這麼重大的事件，一定會知道的。上面說村人全部遇害不是嗎？不可能不知道啊。比如這篇報導裡面引用的——津山事件是嗎？這個我就知道。兇手拿著獵槍跟日本刀，像這樣一個接一個砍殺三十多名無辜的村民，對吧？我在《新青年》(註)讀到的。」

「你……你說的是《八墓村》吧？淵脇先生，那是偵探小說啊，橫溝正史寫的。」

「啊？對呀，這麼說來，那裡面有名偵探登場，現實生活中不可能有名偵探嘛。這樣啊，原來是創作啊。可是……我記得……」

「沒錯。津山事件好像是那部小說的原型，或者說靈感來源。可是真正的津山事件你就不知道了吧？」

「你這麼一說……」淵脇說，用中指輕搔頭部，就像個自告奮勇地舉手，卻說錯答案的小學生。「……我確實不是很清楚。」

「當時正值日華事變，所以津山事件雖然是起重大案件，卻沒有被大肆報導。但是即使如此，大事件還是大事件。雖然沒有聳動的報導，消息還是傳開來了。不過像你這種年紀的人，就不知道了吧。」

「哦……」

如同妹尾說的一樣。

「那樣的話，關口先生，你的意思是這篇報導中說的村民大屠殺是真有其事嗎？只是我不知道而已，而你……不，某個歲數以上的人都知道嗎？」

「不……」

不是這樣的。

「這件事沒有任何一個人知道，我也不知道。不過，我只是覺得沒有人知道，並不能成為否定事實的根據。其實我也覺得難以置信。」

「不不不，不可能有那種事啦。」淵脇發出青蛙般的嘶啞叫聲，再次讀起報導。「咦？上面說是發生在這附近的事耶！」

看樣子他是跳著讀的。

「沒有沒有，絕對沒有這種事。是這一帶對吧？沒有啊。H村？根本就沒有那種村子。H音開頭的話，三島那邊是有個叫二日町的地方……。不，不可能。」

「所以說是……戶人村……」

「就跟你說沒有那種村子了嘛。根本不存在的村子，要怎麼發生殺人事件？」

「話……是這樣說沒錯……」

「就是啊。不過這是知名的全國性報紙，應該不會亂登些空穴來風的假消息，所以就像這裡頭寫的，是惡質的謠言吧……」

淵脇把報紙往前一推。「……你去問問報社就知道了。」

「我問過了，分社跟總社都問過了。可是撰寫報導的桐原記者已經戰死了，當時留任至今的員工也所剩無幾，沒有人記得這件事，詳情不明。另一份地方報紙在戰爭時與其他報社合併，包括經營者在內全都更迭了，連報紙名稱都換了，根本無從追查起。只是……」

「只是？」

「地方報紙上……刊登了津村辰藏這個名字對吧？」

淵脇把推出去的報紙又拉過來，再次確認。

「說是消息來源的人……？」

「是的，好像確有其人。」

註：日本的推理小說雜誌，一九二〇年至一九五〇年間發行。除了翻譯介紹海外推理小說，亦培育了許多知名推理作家，如江戶川亂步、夢野久作、橫溝正史、小栗虫太郎等。

「你怎麼知道？」

「這一帶的老人家記得。我剛才也說過，我只問了七、八個人……，但是每個人都知道他。」

「每個人都知道？」

「是的。關於戶人村，沒有人明確地記得。可是那個人——磨刀師阿辰，每個人都記得他，說他直到十五年前，每年都會過來。他喜歡喝酒，口頭禪是：『俺以前是個刀匠。』」

淵脇露出奇怪的表情，探出頭詢問：「關口先生，你問了哪些人？」我說出我尋訪的人家。「哦，那個老爺爺跟那裡的老伯啊。」淵脇說著，露出更訝異的表情。

「……那些老人家的話，腦袋還很清楚，也不是會說謊的人。那樣的話，應該是真的吧。然後呢？如果是真的又怎麼樣呢？」淵脇把臉更往前探。

「就是……即使大屠殺只是謠言，那也是這一帶的謠言吧？而散播謠言的人也真的存在的話，至少那篇報導所指的地方應該存在。若非如此，根本不會變成謠言。」

「哦，對耶。」不知為何，淵脇垂下肩膀，身體縮了回去。「那……不過……可是……」

年輕巡查思考著。我有種好似把自己的不安分給別人的奇妙感覺。

「那個磨刀師阿辰後來……現在在哪裡？」

「關於這一點……」

說到村裡的老人為何會那麼清楚地記得磨刀師阿辰，並不是因為磨刀師阿辰很受歡迎，而是他惹上了麻煩。磨刀師阿辰——津村辰藏，在昭和十三年的夏天，被憲兵給抓走了，老人們這麼說。

「憲兵？抓走一般民眾？」

「不清楚究竟是憲兵、警察還是軍人。綜合我所聽到的，磨刀師阿辰這個人每年都會從下田那裡上來，夏季就在這一帶巡迴，然後再從三島去沼津。聽說他在去三島之前，在韮山這裡被抓了。」

「為什麼？」

「不知道……」

聽說他是共產黨……

是俄國的間諜呀……

是國家的叛徒啊……

是賣國賊啊……

老人們接二連三說出完全時代錯亂的話來。

他被抓是當然的——每個人異口同聲地說。時代變了，所以正義的標準也變了，但是老人們並沒有這種認知。可是，若說他們全都是無法擺脫戰前與戰時意識形態的國粹主義者，似乎也不對。在他們的腦中，民主主義與軍國主義毫不衝突地共存一處。它們是不一樣的信念，卻也是相同的信念。

「……到底發生了什麼事呢？」

我沒有回答。

因為那應該不是事實。實情是老人們認為：如果民眾會毫無理由地遭到拘捕，那怎麼得了？所以既然被捕，一定是那個人做了什麼合該被捕的事，而國家會逮人的理由，除了**這類理由**以外，別無可能。

老人們將正義排除在外。

因為如果懷疑，有些事物就會崩潰。

「那麼……」我凝視淵脇的臉。「……你怎麼想呢？淵脇先生。」

淵脇瞬間露出困惑的表情，很快地低下頭，在地圖指指點點，計算戶數。

「呃……十五、十六，全部有十七棟屋子，不過有十棟是廢棄的，裡面的全都是空屋……。從這戶須藤家到下一棟空屋，距離相當遠……。如果這中間有那個佐……」

「佐伯家。」

「有那個佐伯家的話……，加上那戶佐伯家，總共十八戶嗎？十八戶，數字吻合。關、關口先生……」

淵脇抬起頭來，他的表情很無助。「……這、這到底怎麼回事呢？」

「我就是……為了查明這一點而來的。」

我應該也一樣一臉無助吧。

淵脇交抱雙臂。

此刻，我不安的毛病似乎已經完全傳染給這名年輕的巡查了。

「對了，還有一件事……，我從老人那裡問到一個有意思的消息。」

「什……什麼消息？」

「記得這件事的只有一個人，就住在這附近，那個十字路口前的豆腐店的退隱老爺。他說是十幾年前的事了，他有事到這個駐在所來，和當時的警官聊天。當時，退隱老爺似乎對郵資調漲的事大為光火。此時，有一個像是警官的年輕人，背著大行李過來了……」

「然後呢？」

「那名年輕人過來敬禮打招呼，聊了一陣子後，往山上去了。駐在所警官好像說『是新任警官』，但是退隱老爺不記得後來還有再看過他。這件事說不可思議，也算是不可思議。」

「那是……什麼時候的事？」

「我請人調查過了，郵資從明治三十二年起就沒有再調漲過，一直到昭和十二年四月一日才又調漲……。光保先生調派到戶人村，就是那一年春天。」

「那麼，那名新警官就是……」

「光保先生吧。」

我打電話向光保求證，他說從他上山到戶人村赴任，一直到被召回沼津的舅母家出征，這段期間一次也**沒有**和韮山的居民接觸過。每個月月初他都會下山一次，進行定期聯絡，但所有的事都可以在駐在所——也就是村子邊緣的這個場所辦妥。只要在這裡折返，就不會進去村子裡。光保的徵兵體檢是在沼津做的，當時他也是直接到車站去。春節就在山裡過，完全沒有被韮山的居民看見。

淵脇更加困惑了。

「可是那樣的話……請等一下，我來整理一下。虛實混淆在一起，亂成一團了。呃，首先是那個……干保先生？岡保先生？」

「光保。」

「嗯，那個人。假設那個人真的是十六年前派任到這附近的警官好了。雖然沒有確切證據，不過要是每件事都懷疑，會沒完沒了，就先當成真的吧。然後是磨刀師阿辰，據說真有其人。報紙上說，他在十五年前散播奇怪的謠言，然後遭到逮捕了。」

「是啊。」

「謠傳中的村子，與光保先生記憶中的村子一致。但是現實中卻不存在符合光保先生記憶的村子，紀錄上也沒有。」

「不過……」淵脇說，表情糾結在一塊了。「疑似光保先生赴任的地點，有一個村子的規模和報導中提到的相當。」

「是的。」

「可是，那裡卻不符合光保先生的記憶。」

「就是這樣。」

某些部分接合，某些部分兜不攏。

一切彼此證明一小部分，又彼此否定一小部分。真偽不明的事項全都是些瑣碎的問題，然而整體卻迷茫不清。

就彷彿看似無所謂、不值一提的錯誤累積，結果竟扭曲了整個世界似的，令人莫名地煩躁。

淵脇說：「這……是二選一。」

「二選一……？什麼意思？」

「嗯，首先是這篇報導……，無論這是謠言還是事實都無所謂。不管是謠言還是事實，都與主軸無關。問題在於這篇報導中提到，十五年前在這一帶，存在著一個擁有十八戶、五十一人的H村。關於這一點，並沒有太大的歧異。」

「為什麼？」

「因為這一帶實際上就有一個十八戶、五十一人規模的村落啊。不過現在只剩下十七棟屋子，七戶十二人。只有名稱不同而已。」

「H村……拼音首字母是H的村名嗎？」

「沒錯。某某村這樣的叫法，在頒布市町村制度以前就存在了吧？換句話說，它不一定是地址的正式名稱，說穿了只是村落的俗稱、綽號。這個韮山村裡面，也有多田、長崎、田中等等稱呼，仔細想想，只有這座山上的村落沒有名稱也很奇怪。所以或許在以前，它是以首字母H的俗稱來稱呼的。因為和其他聚落相距遙遠，所以加上村來稱呼，而現在那個名稱已經失傳了。」

「原來如此。」

這倒是有可能。

「所以我們先把這篇報導中的H村當做這前面的村落吧。十五年前，磨刀師阿辰去了前面的村落，偏偏沒碰見半個人，所以他便放出了奇妙的風聲——有可能是這樣。如此一來，問題的範圍就縮小了。」

總覺得淵脇很拚命，拚命地把問題拉往自己居住的世界。

「什麼叫做範圍縮小了？」

「光保先生曾經被派遣到那個H村，對吧？這件事剛才已經確定過了，為了方便起見，暫且把它當成事實。在那裡，應該發生了如同光保先生記憶中的事。」

「你是說，也有佐伯家？」

「暫且當做這樣吧。」

「可是……並沒有佐伯家。」

「不，不能說現在沒有，以前就沒有啊。磨刀師阿辰曾經提到，這篇報導裡頭也寫了，所以有可能發生了像是連夜潛逃，或是全家自殺這類事情吧。傳染病或大屠殺實在不太可能，所以十之八九是連夜潛逃吧。佐伯家和其他人家連夜潛逃了——在光保先生出征以後。」

「連夜潛逃……？」

「沒錯，潛逃，跑路了。」淵脇像是在說給自己聽。

「可是淵脇先生，現在住在那裡的田山家和熊田家，那些人又是從哪裡……？」

「他們沒有一起逃走啊。」

「可是光保先生並不認識那些人啊。」

「關鍵就在**這裡**……」淵脇拍了一下膝蓋。「……關口先生，聽好了，這並不是什麼複雜的問題，只是光保先生一部分的記憶悖離現實罷了。反正熊田家和田山家從以前就住在H村——我不曉得那是蛇村還是蜥蜴村，只是光保先生**記錯**了……」

「怎麼可能……」

「就是這樣啦。」淵脇再一次拍打膝蓋。

「關口先生，光保先生那個人，容貌是不是和年輕時差很多？」

「這……」

他說他變胖了，年輕時應該也還有頭髮。

我這麼回答，淵脇便滿足地點頭說：「就是嘛。他在那裡只待了不到一年的時間吧？熊田先生他們雖然還不至於老年痴呆，畢竟也上了年紀，他們忘記光保先生了。問題在於光保先生吧。因為光保先生也忘記對方，事情才會變得這麼怪異。再加上政府機關和警署與H村相關的紀錄都丟失了，才會搞得這麼複雜，如此罷了。」

「唔……」

淵脇說的沒錯。

「如果沒燒掉的話，佐伯家的人也……當然或許不叫這個姓，因為這是光保先生的記憶嘛。可是，相當於佐伯家的人的紀錄或許還保留著。不，或許只是姓氏不同，其實紀錄還保存在什麼地方。一定是這樣的，所以……」

「淵脇先生，請等一下。你剛才說……二選一……」

「是二選一啊。」

「什麼東西二選一？」

「也就是說，這並不是什麼村落消失、居民消失這類不可思議的事情。村子還在，人也住在那裡。所以不是光保先生記錯了，就是**村落的居民全都在說謊**……不是嗎？」

「居民全都在說謊？」

「不過這不可能啦。如果現在住在那個村落裡的十二個人全部串通起來說謊，當然就會變成這種狀況啦。可是光保先生會來訪，是碰巧的吧？他們不可能事先串通好。而且他們也沒有理由騙人吧？所以選項只有一個……」

淵脇的食指指向我。「光保先生精神錯亂了。」

是這樣子嗎？

雖然淵脇如此斷定，我卻無法就此接受。要是這樣就解決了，豈不是最初就解決了，我也不會大老遠跑來這種地方了。

淵脇闔起登記冊，說：「話說回來，那位光保先生為什麼沒有來？」

「那是……光保先生非常明白自己似乎陷入混亂了。換句話說，他極端害怕是自己的腦袋——精神失常了。他認為如果是自己異常，那麼無論看見什麼，聽見什麼，都不可能釐清真相，所以才由第三者的我作為代理人來探究真相……」

「他很有自知之明嘛。」淵脇大聲打斷我的話，恢復笑容。「精神狀況有問題的人，一般都不會承認自己異常，不過這個人倒是很有自知之明。但是，事實就像他所擔心的呢。」

「可是……」

「光保先生需要的不是事實，而是休養。去泡泡伊豆的溫泉，放鬆一下就好了。」

淵脇背過身去，一副「事情解決了」的態度。

我束手無策，又望向窗外。

——有人影。

一名男子悠然橫越窗框而去。

男子身穿和服，一件暗紅色的薄料和服披風披在身上，前方敞開，輕柔地隨風搖擺著。底下穿的像是作務衣（註一），不過應該是白色單衣（註二）搭配黑色窄口寬褲裙。打扮就像個茶人或俳人（註三）。男子手中提著一個老舊的行李箱，顯得格格不入。

「啊。」

我叫出聲來，淵脇回頭。

「那個人……」

路過這前面了。

路過駐在所前面的人……

是親屬嗎？——我一瞬間這麼想。

我打開拉門，把頭探出門外。

「請問……」

男子回頭。

他的眼神彷彿會射穿他人，下巴厚實，眉毛筆直。

出乎意外地男子似乎並不年輕，但凌亂膨鬆的長髮，使得男子的年齡難以判別。

註一：僧侶進行清掃作業等勞動時穿的衣服。上衣前面為交叉重疊式，底下則是窄管長褲。

註二：單衣是單層無襯裡的和服，於初夏至初秋時穿著。

註三：茶人指愛好茶道的人，俳人是精通日本詩詞「俳句」的詩人。

男子瞇起眼睛笑了。「有事嗎？」聲音洪亮。

「呃、那個，不好意思，你……」

「我要前往這前面的村落，有什麼問題嗎？」

「你、你……」

淵脇從後面探出頭來。「不好意思，可以請教一下你要去做什麼嗎？」

男人閉唇不語，笑意更濃了。「啊，你是這裡的警察先生嗎？辛苦了。這是盤問嗎？」

「不、不是的……」

「沒關係，這是你的職責所在。敝人名叫堂島靜軒，至於職業……，我在調查地方的歷史和傳說，算是個搖筆桿的吧。」

「歷史……和傳說？」

「是的。」男子──堂島格外清晰地答道。「我從幾年前開始，就在整理這一帶的鄉土史。大前年我曾經拜訪這上面的人家，採集了一些傳說，但是在調查當中，發現了一些教人納悶的問題。所以我想再次前往拜訪，確認一些問題……」

堂島說到此，壓低了聲音。「……這有什麼問題嗎？」

「呃？」

「發生了什麼事嗎？」

淵脇被這麼一問，轉向我這裡。這種狀況理應由我來說明，但是這件事原本就十分複雜，很難在一時之間簡明扼要地交代清楚、也很難向初識的人說明。而且對我這個有點社交恐懼症的人來說，這根本就是不可能的任務。

我含糊不清地蠕動嘴巴，發不出聲來。

堂島維持笑容，說：「我可以走了嗎？」然後他慢慢地行了個禮，朝上望著我們，就這樣緊盯著我們直起身子，說了聲「告辭」，轉過身去。

「請……請等一下。」我伸出手，只說了

這句話。

堂島只回過頭來，隔著肩膀望向我。

「我……我也要去。」

不管怎麼樣，也只能去了。

「我也……一起去。」

淵脇驚訝地看著我，然後死了心似地說：

「唉……我……也一起去吧。」

他牽起腳踏車。

但是，淵脇的腳踏車不到一個小時就被棄置路邊了。

「這麼說來，我都忘了呢。」巡查埋怨道。

路程並不平坦。

雖然算是有路，但到處崎嶇不平，或中斷，或彎曲，有些上坡嵌入木片或石板權充階梯，有些坡道甚至垂吊著鎖鏈，必須抓著鎖鏈往上爬才行。

我在路上自我介紹。

然後將難解的狀況，以難解的話語、難解的順序，難解地向堂島說明。堂島沒有看我，只是「哦？」「嘿？」的應和，有幾次難得轉過頭來，以極為清晰的嗓音說：「真不得了。」

從途中開始，淵脇加入說明，並解釋他提出的光保錯亂說。被他有條不紊地這麼整理後，感覺這似乎只是一件單純不過的蠢事。即使如此，我還是像第一次聽到時那樣，留下一種無法釋然的疙瘩。

約莫花了一個小時，才大略說明完畢。

堂島總算把整個身體轉向我們了，然後他用一種有些做作的口氣說：「原來如此……，聽起來像是不可能發生的事。」

我點頭，但淵脇搖頭。

堂島接著問：「可是……關口先生，如果你知道了真相，究竟打算怎麼做呢？」

我還沒有回答，他已接著說了下去：「總

不可能只是把它寫成報導吧？」

我不曉得該怎麼回答這個問題。

「我只會……把它寫成報導。」

「不，不可能。」

「不可能……？」

「你已經不計得失地想要知道真相了。你的口氣聽起來就是如此，你已經無法回頭了……，不對嗎？」

「這……」

吱吱吱——山鳥啼叫著飛過。

堂島背對山壁站著。「例如說……」

他的眼神像要射穿人一般。

「這個世界就是把幻想與現實視為對立，才會變得莫名其妙。我們活在名為現實的幻想懷抱中，同時也懷抱著名為幻想的現實而活。一般而言，這個世上的現實與幻想是等價的。對人而言，幻想無法與現實切割、區別開來……」

那雙筆直、端正的眉毛充滿力量。

「……所以，世上的**一切全都是不可思議**。我身在此處，還有你身在此處，若說不可思議，也全都是不可思議。這麼一想，無論是一個村落消失了，或多少人消失了，都不是什麼值得大驚小怪的事。就算過去全都消失不見，但我現在身在此處，你也身在此處，不是嗎？」

「這……」

「不能接受是嗎……？」堂島說。「……一定不能接受吧。你想要身為你自己。就是因為這麼想，你才會覺得不能接受。沒錯，人總是希望自己就是自己。對你來說，世界是只屬於你的。所以你想要把自己和世界區隔開來，視自己是特別的。你想要區別他人與自己，正因為如此，世界才會充滿不可思議。只要發現自己或許不是自己……，世上就沒有任何謎團了。」

「什麼……意思？」淵脇問道。

「何謂謎團？就是……不了解的事。謎團指的並非不可能發生的事。因為世上的一切事象，都是普遍地實際發生的事。發生不可能發生的事，這是矛盾的。無論人類知曉與否，太陽依然東升西落。太陽升起是很不可思議的事，對於不知道地動說的人而言，是一個謎團。但是只要了解天體運行的原理，就根本不是什麼謎團了，對吧？但是即使了解了原理，天體的運行也不會改變。因此所謂謎團，只不過是人類不了解的事罷了。只要沒有人，也就沒有謎團。那麼所謂人，指的是誰？沒錯，就是你……」

堂島看著我。「……因為有你……就有對你而言的謎。只要你不是你，就沒有對你而言的謎了。」

「我……不是我……」

「這個世界的一切都是真實的，只要照單全收，就沒有問題了。人總是置身真實之中，卻不承認這一點。若問為什麼，因為人想要以自己為基準來揣度世界。因為想用自我這個狹隘的模子套住世界，才會出現莫名其妙的事。只要領悟到一切都是不可思議，世界便屬於你。但是想要維持自己，同時又知曉世界——想要解開一切的謎團——就必須將自己這個容器無限擴大，直到與世界同大。這是件難事。所以……」

披風輕柔地飄動起來。

「……如果自我會阻礙我們領悟真實，捨棄那種無聊的東西，豈不輕鬆多了……？」

堂島壓低了嗓音。「……即使如此……」他的視線貫穿了我。「你還是想知道嗎？」

「我……」

我到底在做什麼？

……現在這種狀況，是現實嗎？

我是否只是被光保的妄想給吞沒了？

這一切是否都是虛假的？

我……

我是我。

我豁出去了，然後開口：「我……想知道。」

堂島瞇起眼睛笑了。「這樣啊。很好，我明白了。那麼走吧，天黑就麻煩了。」

「喏，就快到了。」不可思議的男子說道，甩動披風轉身。

我就像被吸引過去似地，踏出步伐。

回頭一看，淵脇一臉茫然地跟了上來。

沒有門，也沒有標誌。沒有任何指示村子境界的東西，山中極為唐突地出現了建築物。

那是……

根據光保的說法，那是一家叫做三木屋的雜貨店。

在地圖上，它現在是姓熊田的農家。

從外表看來，它並不像雜貨店。那棟飽經風雪的灰褐色半腐朽建築物，一副理應在此的模樣，完全與草木和山中的景色同化了。屋簷下掛著一些作物，卻也乾枯並褪成褐色，木板屋頂上雜草叢生。

屋後是綿延的群山。

「真是宏偉，看看那片山壁……」堂島仰望山脈。「……這裡的居民，就像緊緊攀附在這座大山上生活著。簡直就像苔蘚或岩海苔，依附在某些事物上，才勉強得以生存。」

堂島轉過頭來，露出笑容。「面對如此壯闊的大自然，人類簡直有如大象身上的蝨子——你們不覺得嗎？嘴上雖然了不起似地談論著什麼過去未來，但是蝨子不可能理解大象的時間。住在那些屋子裡的老人們，日出而作，日落而息。無論是雨是晴，都耕作著貧瘠的旱田，吃著芋粥，蓋被而眠。他們已經幾年、幾十年都這麼做了。日復一日，重複著相同的日子。沒有昨天，也沒有今天，只是活著……」

淵脇像是被什麼擊中似地抬起頭來，嘴巴微張，環顧應該已經熟悉的群山。我無法忍受幾乎要頭暈目眩的預感，痲木地望著淵脇的脖間喉嚨。

「明天和今天是同一天，今天和昨天也是同一天。如果只是相同的日子不斷地重複，豈不是等於沒有時間？三天還是一年、十年還是七十年，都是一樣的，關口先生。」

——不管十年，

——還是七十年？

「堂島先生……你……」

知道些什麼嗎？

「你剛才……不是說這個村落有什麼令你感到納悶的地方嗎？」

「是的，我是這麼說過。」堂島說道，又笑了。「沒什麼，不足道的小事罷了。」

「什麼不足道的小事？」

「就是不足道的小事。沒錯，習俗與風俗這類東西，不同的土地或人家，差異也非常大呢。」

堂島拱著肩，往建築物的方向前進。

「語言也是。同樣的東西，稱呼卻不同；同樣的名稱，指的東西卻不一樣。光是一個魚鉤，只要看看形狀，就可以知道是日本海側的，還是太平洋側的，甚至是瀨戶內海的。新年的裝飾、盂蘭盆節及五大節日（註）等年中節慶的慶祝方式、從吃飯的規矩到打噴嚏的方法，全都有微妙的不同……」

堂島站在門口。

「像這戶人家……」

門「喀噠」一聲打開了。

註：指一月初七人日、三月三日女兒節、五月五日端午節、七月七日七夕、九月九日重陽節。

一個老人面無表情地站著。

眼珠混濁，從高高凸起的顴骨上邊到太陽穴，布滿了密密麻麻的老人斑。曬得黝黑的頭皮上長滿了理短的雪白頭髮，就像撒了一層白粉似的。泛黑的襯衣上穿著鋪棉短外套，脖子上掛著像是手巾的東西。老人完全是景色的一部分，自然而然地存在於此。

「……什麼事？」

「哦，熊田先生，你是熊田有吉先生吧？」

堂島這麼說的時候，老人混濁的眼睛不知為何直盯著我看。

「我是。……你是？」

「熊、熊田先生……，我是駐在所的……」

「你是？」——這句話顯然是對我說的。淵脇被忽視了。

「你是……」

老人推開堂島般朝我走近一步。堂島大大地轉身，朝老人背後開口：「熊田先生，請讓我參觀一下府上裡面。太太在田裡嗎？喏，關口先生、警察先生，你們也一起進來吧。打擾了……」

堂島輕巧地穿過昏暗的門口。我向老人行禮後，跟了上去。

一片漆黑，眼睛適應不了。

這個家裡只有臭味和濕氣。

黑暗、簡陋、乾燥的家。

眼睛習慣後，卻看不到色彩。

黑白的泥土地房間裡，站著一樣是黑白的堂島。

「哎，要看的地方也沒多少。熊田先生，茅廁在哪裡……？哦，這邊啊。喏，請看，是這裡。熊田先生，這是什麼？」堂島指著某處問道。

梁上掛著裝飾品，我定睛細看。

——是御幣（註一）嗎？

看起來像是供奉在神龕或注連繩（註二）上的幣束。

上面夾著像幣串（註三）的東西，還垂著像是稻草的物體。每一個都相當老舊了，感覺像是被遺忘了好幾十年。

「那是廁所的裝飾。」熊田老人在門口說。「……一直沒更換。」

「我就是在意這個，這個……是人的形狀呢。」

這麼說來，的確是人形。

「而且有兩個。」

「這又怎麼了？」老人說。「那東西只是裝飾罷了。一直沒替換，也不靈驗了。你想要就拿去吧。」

堂島大概瞇起眼睛笑了。「我真的可以拿嗎？」

「無所謂。那種沒有放水流的**雛公主**，其實是污穢的。只是拿來擺著，也不會有什麼好事。」

堂島說：「那我心領了。」

然後他問道：「姑且不管這個，請問府上的神龕有牌位嗎？」

「那怎麼了嗎？」

「能否讓我參觀一下？」

老人一臉不悅，回答：「那不是什麼可以給外人看的東西。」堂島說「這樣啊」，慢慢地把頭轉向我。

「關口先生，這位熊田有吉先生在這裡住了七十年以上。你有沒有什麼問題要請教他？」

註一：御幣是幣束的敬稱，是一種祭神道具，用來祓除不祥。一般以兩條紙垂夾在細長木棒上製成。

註二：繫於神靈前方或祭神場地的繩索，以禁止不淨之物侵入。

註三：即幣束用來夾紙垂的木棒或竹棒。

「這……」

——這個老人會說謊嗎？

不能因為對方看起來像個好好先生就相信他。有些奸巧之徒會偽裝魯鈍，老謀深算的有識之士也經常誆騙別人。但是……

這個老人可能和別人串通勾結嗎？不，他這麼做有意義嗎？他有什麼不惜隱瞞也要守護的事物嗎？他有什麼即使扯謊也要得到的東西嗎？

就像堂島說的，這裡是時間的孤島。既沒有可以失去的東西，也沒有渴望的事物。

昨天與今天相同，今天與明天也相同……

「請問……」

但是……

「你記得十六年前，有一名警官被派遣到這個村莊的駐在所嗎？」

老人轉向旁邊看了一下，他在看淵脇。

「警察一直在下面的村子。」

「不是下面，是呃……這個村落。」

「不知道，不記得。」

「這一帶是叫做……」

「聽說是韮山村，寫這樣信就會送到了。」

沒錯……這裡的地址是韮山村。

「請問，有沒有類似俗稱的稱呼……？」

老人緊抿著嘴，摩擦著下巴。「不知道，這裡就是這裡。」

「那麼，你……一直在這裡、在這個村子、在這個家……長大嗎？」

老人面不改色，以毫無抑揚頓挫的聲音簡短地答道「是啊」。

「我爸和我阿公，八成連阿公的阿公都在這個家長大，死在這個家。我也和我爸一樣，在這裡長大，在這裡娶老婆，以後也會死在這裡。兒子已經離開了，不過我要死在這裡。」

「令公子是什麼時候……？」

「不曉得。好幾十年前離開，就這麼一去不回。只會送錢來，但是人從來沒有回來過。」

「不過也沒辦法。」老人說，進到屋子裡頭。被裁切成門口形狀的明亮戶外，只有淵脇一個人佇立著。

「幾十年之間……，一次都沒有回老家嗎？」

「我連他的臉都忘了。老太婆偶爾會想兒子，哭個不停，不過……沒辦法。」

「令公子現在在哪裡呢？我聽說是在縣內……」

「我也不清楚。我從來沒離開過這座山，只去過下面的村子。」

「令公子寄錢來的信封……還在嗎？」

老人無言地推開我，吧嗒吧嗒地走上木板地，粗魯地打開木板門。然後從櫃子的抽屜裡抓出一疊信封，再次吧嗒吧嗒地走回來，把信封遞向我。

我窺看堂島的反應。堂島望著天花板，老人維持著遞出信封的姿勢。結果，我先小聲地說了聲「謝謝」，收下那疊信封。

信封用捆包繩綁住，數量非常多。

「這……」

裡面好像還裝著紙鈔。

「沒地方花。」老人說。

不曉得有幾年份，累積的金額也許相當驚人了。

我確認信封上的寄件人。

熊田要一……

地址是下田。下田的話，確實離這裡不遠。和淵脇說的一樣。

這次我望向淵脇，年輕的巡查一臉疲憊。

我得到老人的許可，把地址抄在記事本上，正要奉還信封時，堂島叫道「關口先生」。

「你確認郵戳了嗎？」

「郵……郵戳嗎？」

我反射性地拿回信封確認，連去想這有什麼意義的工夫都沒有。

光線幽暗，戳記模糊不清，我看不清楚。

東……

東……中。

我拿起第一封信，看第二封。

東……東京中……

「東京中央？是東京中央郵局。」

「寄件地址寫的是下田，他是去東京有什麼事嗎？下一封怎麼樣？」

「咦……」

我連忙看第三封，這封信戳記暈開，無法辨識，但是第四封依然是東京中央局的郵戳。

我被一股詭異的焦躁感籠罩。我確認第五封、第六封、第七封……

「這到底……全都是從東京投遞的。」

不知為何，我輕微地發顫，望向熊田老人。

老人依然故我，板著一張臉站著。

「這……堂島先生……」

「已經可以了吧？再打擾下去，對人家也過意不去。關口先生，喏，快把東西還給人家，我們走吧。熊田先生，打擾你了。」

「啊……」

堂島隨便謝了幾句，走出屋外。我匆匆地將信封塞還給老人，迅速而含糊地道別後，連滾帶爬似地追上堂島。

我覺得害怕。

外頭褪色了，一片淡褐。

宛如置身夢境……

背後傳來關門聲。

堂島已經走了一段距離。淵脇一臉不安，一面頻頻回頭，一面跟了上去。

「堂、堂島先生……」

「關口先生，怎麼樣？你滿意了嗎？」

「什麼滿意……這到底是……？」

堂島停下腳步。

「你明白了吧？」

「明白什麼？我還……」

「我也莫名其妙。」

「哦？」堂島笑了。「莫名其妙的話，就這麼莫名其妙不也倒好？」

「一點都不好。我……這一帶也是我的管轄範圍，要是發生了什麼可疑的事……」

「沒有任何可疑的事。關口先生，你認為那位老人家在說謊嗎？」

「這……我想不是。」

換句話說，幾乎可以確定是光保錯亂了。不過，我也覺得沒有見過其他居民就這麼斷定，似乎太武斷了。另一方面，我又覺得不管見到誰，得到的答案都會是一樣。堂島笑得更愉快了。

「沒錯吧？那個人看起來不像會說謊。可是……」

「可是？」

「那個叫熊田的人，**不是本地人**。」堂島說完，又邁開步伐。

淵脇繞到他前面。「請等一下，那個人不是說，他是在這裡出生長大的嗎？」

「他是這麼說。」

「可是你卻說他不是本地人，這是什麼意思？你不是說他沒有說謊嗎？」

「他沒有說謊吧，他這麼信以為真。所以對他而言，這就是事實。他根據他的事實，老實地這麼告訴我們，所以他並沒有說謊。」

「信以為真？」

「沒錯。關口先生，你也看到那間茅廁的裝飾了吧？」堂島面朝前方，向我問道。

「看到是看到了……，那怎麼了嗎？」

「那個老人家稱它為『**雛公主**』。其實，

我是為了確定這一點才來的。例如說，廁所的神也有許多種，在寺院之類的場所，祭祀的是烏樞沙摩明王（註一），常會貼上它的符。中國的廁神叫紫姑神（註二），它的御神體是葫蘆。」

「這又有什麼關聯嗎……？」

「剛才我不是說了嗎？這類習俗會隨著地方或人家而不同。在廁所設置神龕，祭祀一對男女人偶，做為廁神的憑藉——這種習俗流傳的範圍相當廣，但是地方不同，祭祀的方法還是會有些微的不同。一般都會在每年正月十四或十六日更換新的人偶。熊田先生說已經很久沒有更換了，對吧？」

「他是這麼說。」

「所以那不是單純的裝飾品，過去一定是信仰的對象。熊田先生知道那個東西必須更換，這一點不會錯。伊豆這裡當然也有廁神信仰，不過我不曾見過那種形態的東西。如果那是這一帶信仰的一般形態，我覺得很耐人尋味。可是……」

「可是什麼？」淵脇問道。

「其實，我曾經在別的地方看過與熊田家樣式相同的廁神。是在宮城縣的某個地方，陳設的方法完全一樣。即使在宮城縣內，祭祀廁神的方法也不一而足，稱呼也不同。像是御分銅大人（註三）或御黑納大人（註四），祭祀方法也不同。但是在熊田家，他稱之為雛公主。」

堂島似乎很開心。

「雛公主……這是在特定的地區才通用的名稱，而非廣泛的稱呼。說到雛公主，一般指的是桃花節（註五）的女娃娃。那特殊的擺設法，還有特殊的稱呼都一樣的話，實在難以說是巧合。」

「那麼堂島先生，你是說那個熊田先生……」

「是的，他八成是宮城縣人。搬到這裡，頂多是十四、五年前的事。」堂島乾脆地說。

「可、可是……」

「他講話的腔調也不一樣，不是這一帶的口音。那個老人家沉默寡言，所以聽不太出來，不過他今天說了不少話，我完全聽出來了。他平素似乎也和村人不相往來，所以才沒有露出馬腳吧。還有那些信件……」

「啪沙」一聲，披風揚起。

「那是他兒子寄來的十四年份的生活費對吧？但是十幾年前離開家裡的其實並不是兒子，而是**熊田先生**。熊田先生離開宮城的家……」

「那……那麼……」

「這裡……一定就是那個戶人村。」堂島說。

淵脇怒吼道：「那你的意思是錯亂的不是光保先生，而是熊田先生嗎？」

「應該沒有人錯亂。熊田先生是**被賦予了過去**，被某人。」

「你是說……記憶被操縱了？」

「記憶？」淵脇發出奇妙的聲音。「怎麼可能有這種事……？可是熊田太太……」

「熊田太太也一起遷了過來——不，應該說這個村落的人全都是從外地遷來的。」

「簡直胡說八道，我才不信！」淵脇再次繞到堂島前面。「是用魔法嗎？還是忍術？這種事哪有可能辦得到！」

「辦得到，這一點都不難。不是把所有

註一：佛教中的神明，以聖火燒盡人世煩惱與污穢。由於廁所自古便被視為怨靈及惡魔的出入口，所以有藉由烏樞沙摩明王的火焰來清淨它的信仰。

註二：紫姑是中國民間傳說中一個遭正室嫉妒的妾，死於正月十五，因生前常被吩咐清掃廁所，故被奉為廁神。後人在正月十五以稻草等紮成人偶，以葫蘆等做為頭部，迎接其靈，為「迎紫姑」。

註三：音譯，原文作「オフンドウ樣」（ohundō-sama）。

註四：音譯，原文作「オヘーナ樣」（ohēa-sama）。

註五：即三月三日女兒節，這天有女兒的人家會裝飾女娃娃慶祝。

的記憶掉換，只要稍微改變一下對地點和土地的認知就行了。可是正因為如此，無所謂的部分——例如祭祀廁神方法的記憶，就這麼保持原狀了。」

「這、這……」

堂島笑出了魚尾紋。「據我推測，住在這裡的人，是從規模相同的其他村落集體遷徙過來的。因為人際關係的記憶是很難修正的。」

「騙人，我不相信！」淵脇說道。

我了解他的心情。這種事與其說是無法置信，更接近不願意相信。但是……我已經相信起堂島的話了。

因為我……

「警察先生。」堂島以嘹亮的嗓音說。

「這座村子的墓地在哪裡？」

「咦？」

「在日本，每個村落都一定有墓地。地下念佛信徒（註一）和地下基督徒（註二）姑且不論，檀家制度（註三）浸透了這整個國家，每一座村落都一定有菩提寺（註四）和墓地。然而這個村落卻沒有墓地。我以前調查時，終究也沒能找到。山腳的寺院沒有墓地，也沒有過去帳（註五）。這是怎麼回事呢？」

「所以你剛才才會打聽牌位和神龕嗎？」

「我想或許能得到一些線索，所以才問的。」

堂島前進的方向出現了其他人家。

「可以想到的推測沒有幾個。不，只有一個，那應該就是正確答案。」

「什麼答案！」

「這個村子裡……**還沒有死過人**。」

「哈！」淵脇大吐一口氣，抱起雙臂。

「堂島先生，捉弄人也該有個限度……」

「愚弄警官？我才沒有那麼膽大包天呢。警察先生，聽好了，我並不是在說這裡的村民長生不死……」

——長生不死。

不死的生物，**君封大人**……

我背後爬滿了雞皮疙瘩。

「……如果這個村落的人全都是十幾年前遷徙到這裡來的……，那麼還沒有人過世，也並不奇怪吧？」

「嗯……可是……」青年警官放開雙手，握住拳頭。「可是……」

「不過這也只是推測。我想他們家裡應該沒有牌位或神龕這類東西。他們——這裡的居民，雖然有過去的記憶，卻沒有過去的紀錄。他們應該沒有將這類東西**帶過來**。只是……儘管沒有這些東西，但是在他們的認知裡，應該不是沒有，只是不去看、不去思考而已。因為沒有的話，是很不自然的。」

「我……我去確定！」

淵脇就要跑開，堂島制止了他。

「沒用的。他們絕對不會讓你看牌位和神龕，也絕對不會承認家裡沒有這些東西。他們認定神龕就在家裡，只是不去看而已。對他們來說，這才是事實，他們不可能做出破壞事實的行動。萬一去找神龕，卻找不到，他們就會發現矛盾。如此一來，他們就不得不懷疑自己的過去，那麼現在的自我也會跟著消失了。」

註一：念佛指的是淨土真宗（一向宗）信仰，淨土真宗在日本南九州的舊薩摩藩和舊人吉藩等地，自十六世紀以來，三百年間遭到當權者的打壓，因而轉入地下，以「講」為組織，以各種偽裝守護著信仰。地下念佛信徒指的就是這些信徒。

註二：日本江戶時代，將軍德川家光發令禁止信仰基督教，一些基督教徒遂假裝改信佛教，私底下以各種方式繼續信仰著基督教，稱為地下基督教徒。

註三：檀家制度也稱寺請制度，為江戶幕府強制他宗信徒改信佛教而制定的制度。每一戶人家都必須歸屬於某一座寺院，成為該寺之檀家（施主），布施該寺，維持該寺財源。而寺院則有相當於現今戶籍之「宗門人別帳」，旅行或搬遷時必須攜帶寺院發行的證文。

註四：菩提寺泛指有祖先墓地、負責祭祀的寺院。通常為檀家制度中該戶隸屬的寺院。

註五：過去帳是寺院記錄檀家信徒法名、俗名及死亡日期的紀錄本。

「可是……」

「聽好了，熊田先生的生活費全都是從東京寄來的吧？住在下田的人再怎麼頻繁地上東京，長達幾十年間都從東京投郵，還是很奇怪吧？要我斷言也行，熊田先生的兒子不住在下田，應該也不住在東京。然後，寄到這個村落來的生活費，全都是從東京中央郵局寄出來的。對吧？你這麼想吧？關口先生……？」

「啊……」

「以這一點來說，這個村子是虛構的村子。可是呢，在前來這裡的途中我也說了，虛構與現實並沒有差別。因為儘管這是個虛構的村落，居民卻實際存在。這些居民也有過去，甚至有戶籍。這麼一來，虛實根本已經顛倒過來了。就像警察先生說的，關口先生的朋友所體驗到的事，才是虛構。」

「這、這麼抽象的事，我不懂。我是維護地方治安的警官，但是……但是這……關口先生，你從剛才就一聲不吭，難道你對這個人的話……」

「淵脇先生……」

我完全了解淵脇的焦慮。借用堂島的話來說，淵脇想要身為淵脇吧。年輕鄉下巡查的模子不可能容得下如此怪誕的事。我無法直視淵脇，結果轉向堂島開口：「那麼是誰……為了什麼……做出這樣的事？」

「不知道。」

「寄出生活費的人就是一切的主謀……嗎？」

「這我不曉得。」

「可是……」

廢棄的房屋。屋頂破漏，門板也掉了。山鳥啼叫。

「怎麼樣？兩位要就這樣回去嗎？或者還有什麼事要調查呢？再繼續走下去，就離開村落了。前面就是最後一戶……，我記得是須藤家，警察先生，對嗎……？」

淵脇的表情十分悲愴。

「……再過去就是草叢了。雖然有路，但應該沒有人居住。我要去調查一下，兩位呢？」

「你要……調查什麼？」

「墓地呀。這座村落很古老，我認為撇開現在的居民不談，應該有以前的村人的墓地才對。而且從兩位的話來看，前方或許有庄屋(註)或村長的家，那麼宅子的土地裡或許會有墓地。我想看看。」

「佐伯家啊……」淵脇呢喃。

「我也去。如果那裡有建築物……我應該要看一下。不管堂島先生的話是真是假……我都得確定一下才行。」

「真是盡忠職守。」堂島說。

路旁立著損壞的石佛。

表面磨損到連臉部的凹凸都看不出來，簡直就像野篦坊。略微偏西，染上橘色的斜陽使得它的輪廓更顯得曖昧。

繼續走了約十五分鐘。

幾乎無路可走了。雖然地面硬實，但也只是勉強能夠通過而已。

我低著頭，盡可能什麼都不去想，只顧著挪動雙腳。思考的話，或許可以得到某些答案，可是彷彿會有什麼莫名其妙的東西壓倒理性而湧上來，我一心只感到恐怖。

有野獸的氣息。

即便不是如此，山林原本就十分可怕。

我停止思考，只是注視著大地。

雜草、枯草、果實、蟲的屍骸、樹葉、泥土……

註：江戶時代，領主從村落中選出的管理者。多為地方望族，主要代替領主執行統籌納稅及其他行政事物，為一村之長。相當於現代的村長。

「啊……」

——菸蒂。

「……這是……」

淵脇跑過來。「什麼？啊，這是洋菸，而且有好幾根。這……哦，是那些進駐軍人留下來的嗎？咦？」

淵脇似乎眼尖地發現了什麼，以警官的機敏動作撥開山邊的草叢。

「關口先生！你看一下！」

我已經……什麼都不太想看了。

我墊起腳尖望過去。淵脇叫了聲：「好痛！」甩了甩手。他好像想拿起什麼。

「這……是有刺鐵絲網。真危險哪，竟然捲起來放在這種地方……，是丟在這裡嗎？啊，這是什麼？是沙包耶。破掉的沙包。是設了路障嗎？在這種地方？……為什麼……？」

年輕巡查抬起頭來。「……為什麼美軍要封鎖這裡？喂！」

警官的表情泫然欲泣。

我無法思考。

「警察先生，正確地說，應該是曾經封鎖這裡吧，是過去式。以時期來推斷，應該是占領解除了，所以在歸國前撤收了。可是這條山路十分險惡，而且這些東西也不值得帶回去，所以就這麼扔下不管了吧。噢噢……」

堂島說到這裡，停下腳步。接著他說：

「關口先生，你的朋友似乎沒有錯亂。」

「咦？」

「喏……那一戶就是佐伯家吧？」

堂島伸手指去，他的影子伸得長長的。

我害怕踩上他的影子。

「喏，你看。好大的宅子，簡直就像大本營。不，比大本營規模更大。大成這樣的話，**航空照片也拍得到**。」

「咦……？」

——怎麼可能？

航空照片不是沒拍到嗎？

淵脇跑了過去，我也慢吞吞地趕上他。

在我追上去之前，年輕巡查叫了出來：

「啊……這……這種地方竟然有這麼壯觀的宅第……，不敢相信！簡直就像古裝電影裡出現的大宅邸！」

淵脇稚拙的比喻在某種程度上是正確的。

那是一棟富麗堂皇的宅第。

我曾經想……應該有的。

我也曾經懷疑……真的有嗎？

我也曾經期望……不可能有。

可是，光保的妄想……如今在我眼前顯現出它鐵證如山的壯觀容貌。

那是一棟門面堂皇的宅第，庭院有土牆圍繞。

大門的旁邊蓋了一棟簡陋的小屋。

那應該就是光保住的小屋——駐在所吧。

「看看這規模，就算庭院裡有墓地也不奇怪吧。可是……這麼宏偉的宅第竟然空無一人，而且遭到棄置，這實在……」

堂島跨步走去。

我心想……

既然這裡有宅第，就表示過去有人住在這裡。那麼……

例如，這樣的推論能夠成立嗎？不見棺材不掉淚的我，如今仍然死命掙扎著想要維持自我。

我所想到的可能性，是全村共謀，殺掉了住在這棟宅第的一族。如果全村的人都是共犯，要隱匿犯罪，應該是易如反掌。

不管有誰詢問任何事，只要昧著惺惺使糊塗——裝做不知就行了。在這種封閉的環境下，只要默不作聲，犯罪甚至可能不會曝光。

——這種情況，磨刀師阿辰要怎麼解釋？

假設說，磨刀師阿辰其實不是來拜訪村子，而是來拜訪這棟宅第的呢？磨刀師阿辰偶然造訪，目擊到大宅裡的人慘遭殺害的屍體，嚇得落荒而逃。他的經歷渲染為村人遭到大屠殺這種聳動的流言，傳播開來，結果就像報紙上寫的，警察開始介入調查。可是如果全村人都是共犯，想要遮掩是很簡單的。之所以沒有後續報導，是因為犯罪被**完美隱匿**了吧。

——此時，光保來了。

犯罪被順利壓下來後十幾年，知道當時情況的人——光保公平竟然突然出現了。村人當然會裝傻。再怎麼說，光保以前終究是個警官。

這……

可是……

稍微走下坡道，愈來愈接近宅邸了。

——不行。

這個推論無法解釋任何疑點。

村人可是**全部被掉包**了。

我閉上眼睛，用力甩了一下頭。

光保的記憶是正確的。迫近眼前的宅第本身，它的存在就證明了這一點。那麼……就像堂島剛才說的，那個老人當時根本**不住在**這個村子裡。

——那樣的話……

堂島來到門前，停下腳步。

淵脇走下斜坡，也站在他旁邊。

接著他仰望門扉，深深地嘆了一口氣，「關口先生……」大聲呼叫我。

「關口先生，你來看看這個！」

淵脇指著門。我心想：根本用不著看。

「這個！佐……佐伯……，門牌上寫著佐伯！這下子錯不了了。光保先生是正常的，關口先生。他既沒有錯亂，也沒有混亂。換言之，這裡……是戶人村！」

沒錯。

這裡是戶人村。

剛才堂島不也說過了嗎？

淵脇做出氣得跺腳般的動作。

「這……這樣的話，那些老人似乎真的是從外地遷來的。可是，呃，他們的記憶被操縱什麼的，我一時實在無法相信……，因為一般根本不會有人去做這麼大費周章、而且荒誕的事。就算真的辦得到，首先根本就沒有動機這麼做，也沒有方法。不是嗎？堂島先生！」

堂島打開門扉。

「動機是什麼？你知道動機是什麼嗎？堂島先生！」淵脇大聲詢問。

堂島瞥了淵脇一眼，笑道：「我當然不知道。」接著他說：「不過……是啊，以前住在這裡的人，還有原本的村人都到哪兒去了呢？」

「大……大屠殺……嗎？」

「這個嘛……」堂島裝傻，穿過門扉。

「你是說大屠殺是事實嗎？堂島先生，可是從來沒有報導過那種事啊！」

「報紙不是報導過嗎？」

「那是傳聞，報導只說是傳聞！」淵脇像是要挽留堂島似地大吼著。「……而且那篇報導上說警方著手調查了。對吧，關口先生？你的意思是儘管警方出面調查，卻仍然無法揭露事實嗎？怎麼可能！為什麼？」

堂島打開玄關門，回過頭說：「這很簡單啊。」

淵脇又接著吼道：「為什麼！警方為什麼視而不見！」

「因為**村人的替身早就已經準備好了**。」

「啊……」淵脇這麼嘆道，回望遲鈍的我。「如果村人全部被掉包……是為了……掩飾大屠殺……」淵脇按住了額頭。「……這有可能嗎？」

有可能。

我也這麼認為。如果這是組織性的犯罪，可能性就更大了。而淵脇好像忘記了——或許

他是意識性地不去想——事件背後肯定隱藏著一個離奇的巨大影子。

那就是——軍部。

唯一的證人——磨刀師阿辰被憲兵綁走了。

軍部解散後，美軍在現場徘徊不去。

不管是對報社的資訊操縱，或是對警方的搜查施壓，如果軍部參與其中，那都是易如反掌的事。無論是抹消戶籍、竄改地圖、回收紀錄或洗腦——每一樣應該都不是難事。

不祥的感覺超越不祥的預感，凝結成不祥的圖像。

但是……為什麼？

「但是為什麼？」淵脇也說。「大屠殺的動機是什麼？我退讓一百步，承認掉包村人這種荒誕的粉飾是為了掩蓋大屠殺好了。那麼大屠殺的動機是什麼？」

堂島默默地走進屋子裡。

「兩位看看，所有的家具用品都還留著，連玄關的插花也就這樣枯萎了。」

「堂島先生！」

淵脇控訴似地大聲叫著，穿過玄關門。我也跟上去。堂島穿著鞋子，就這樣踩上客廳。

「這是廢屋了，沒關係的。」

只聽見他的聲音。

堂島不斷地往裡面走去。

落後的話……會迷路的。

嘹亮的聲音響起。「為什麼……為什麼為什麼，你們只會滿口為什麼。」

漫長的、鋪榻榻米的走廊，塗成紅色的窗格。

「你們就這麼想要製造謎團嗎？」

灰泥工藝的窗戶，污漬，污垢，灰塵。

「謎團不可能只靠謎團本身成立。」

榻榻米上一大片污漬……血跡。

「說什麼懂不懂……」

轉了好幾次彎。

「其實答案早就明擺在眼前了。不，世上只存在著答案。」

紙門開了。

「用不著問是什麼，蘋果就是蘋果。只有不知道蘋果的人發問，蘋果才會是謎。而這個謎題的答案則是：這是蘋果……。可笑。用不著問、用不著回答，蘋果不就是蘋果嗎？」

紙門開了。

「喏，你們尋找的答案就在這裡面。」

紙門開了，堂島回頭。「關口先生，你不是打從一開始就知道了嗎？」

沒錯，我早就知道了。

內廳。

禁忌的內廳裡的……

不死的生物……

君封大人……，這就是動機。

內廳十分寂寥，有些陰寒。透過紙窗、欄間（註），夕陽被濾掉大半，變得微弱，在無數榻榻米粗疏的紋路上起伏著。

堂島筆直地走過房間，來到壁龕前，拿下掛軸，用力拍打牆壁。

「嘰」的一聲。

牆壁不費吹灰之力地開啟了。

淵脇確認似地朝我望了一眼，接著頭也不回似地走向壁龕。然後他望進牆壁裡面，發出了不成聲的尖叫。

吃了即可長生的不死生物……

那不可能是這個世上的生物。

可是，如果它**真的存在**……

我認識一個科學家，為了追求不死，誤入冥界。提供那個人資金的，不也是帝國陸軍

註：設置於天花板與紙拉門上框，形似窗戶，做為採光、通風、裝飾之用。除一般格狀外，有些欄間雕工繁複華麗，富藝術價值。

嗎？那麼……

踏出一步。穿著鞋子踩上榻榻米的感覺好討厭。

再一步。

我知道，我知道那裡面有什麼。

近乎瘋狂的預期心理。

儘管期待，卻又恐懼……，這……

我站在壁龕前，然後……

我以模糊不清的眼睛，慢慢地望進裡面。

這裡，簡直是……

「簡直是異空間……」淵脇喘息似地說。

裡面是個漆黑模糊的小房間。

是因為光量太少嗎……？

房間中央，有個疑似祭壇的東西，上頭放著不知是哪一國的異形裝飾。

前面倒著一個乾癟的物體。

那是屍體嗎？或許是屍體，也或許不是屍體。祭壇上擺著一冊老舊的書本。更裡面是……

一個質感濕滑的塊狀物鎮坐在那裡。

沒有頭的胴體上，附著短小的手足……

——**君封大人**。

它陣陣微動著。

——**是活的**。

此時，突然有人拍我的肩膀。

回頭一看……

一個背著大行李的賣藥郎站在那裡。

燈光驀然熄滅。

＊

——就到這裡為止。

後來我的記憶中斷了。

只有賣藥郎的相貌烙印在視網膜裡。

而那段極度脫離現實的記憶之後，接著是模糊的、夢一般的山景。

舞臺布景般的天空，繚繞的雲霞，以及山巒。美麗的色彩在腦海中復甦。是朝陽嗎？還是夕照？還有那繽紛閃爍的，樹葉。那是棵大樹。我在景色中眺望著大樹。我是景色的一部分。

在廢屋昏暗的內廳看到的賣藥郎臉孔，與那片雄偉的群山及巨木的風景，在我的心中沒有間隔地直接連結在一起。就像從電影底片中抽出場景，重新剪接過一般。

這是不可能的。不伴隨時間經過而在空間中移動，是不可能的。那麼連續的情景就是夢境，那一定是夢的記憶。可是……

夢的情景就這樣成了現實。

察覺到的時候，我已經身在**與夢境如出一轍**的景色中。我站在大樹底下，被眾多男子包圍。他們抓住我的肩膀，抓住我的手。警察指著我嚷嚷：「這是什麼？是誰幹的？」

我仰望樹上，樹上……

女人的腳。

被五花大綁的裸女。

我覺得**把女人吊在那裡的是我**。

因為**我看到我站在這裡**，而我從這裡逃走了。

所以……所以我這麼說。

我將**我所看到的**照實說出。

警官說：「是嗎，是你幹的。」

我害怕地回答：「我什麼都沒做。」

警官說：「你剛才不就說是你幹的嗎？」

我再次回答：「大概是我幹的，可是……」

我什麼都沒做。

「開什麼玩笑！」眾人異口同聲地咒罵我。

然後我被麻繩捆綁，被好幾個人架住，從夢境延續的那棵樹下，被移到這棟有銅牆鐵壁圍繞的建築物。

接著整整兩天，我幾乎都沒睡。

一個表情看不出究竟是生氣還是厭倦的男子只是注視著我。光源斜照，男子的臉上彷彿刻著濃重的陰影。

——是我**幹的**。

眼前的男子這麼說。一次又一次，不斷重複地說。是你幹的是你幹的是你幹的——像鸚鵡一般，只是不斷地反覆。我漸漸地開始覺得，既然他這麼說，或許真是如此。可是儘管如此，我還是無法點頭承認。話說回來，我也無法用力搖頭否認。我只是痴呆了似地陷入遲緩，眼神渙散地盯著男子動個不停的嘴巴。

男人終於受不了我了。

他說：「夠了。」我覺得有點寂寞，覺得被拋棄了。在這種狀況被拋下，今後我還能好好地活下去嗎？——我打從心底擔憂。老實說，我還比較希望就這樣不斷地被逼問下去。

我被帶到陰暗的房間，被人家從背後被粗魯地一推。

啊，這裡一片漆黑多麼舒適啊。

後頸下方傳來「嘰」的金屬磨擦聲，「砰」的衝擊傳到脊髓，接著象徵監禁般「鏘」的微弱振動傳進鼓膜。

——監禁。

然後，大概經過了極為漫長的時間，黑暗的氣息深深地浸染全身，我幾乎要與情景同化似地不斷虛脫，總算恢復到稍微可以掌握自己置身的狀況。這……是現實。

我……被逮捕了。

2

嗚汪——

（前略）有一地亦稱妖怪為「汪汪」。如筑前博多，妖怪之幼兒語為「汪汪」，同地區嘉穗郡稱「梆梆」，肥後玉名郡亦稱「哇汪」，薩摩雖有「嘎哞」一語，對小兒仍稱「汪」，以「汪來了！」嚇唬小兒。

——《妖怪古意》／柳田國男
昭和九年（一九三四）

1

潮騷混合在春季的香味中，輕搔著耳朵的汗毛。

空氣通透得能將遠方景物盡收眼底，總覺得舒爽極了，朱美很久沒有像這樣，脫下鞋子，光腳踏上地面。

朱美不穿布襪。她不喜歡穿襪，覺得那簡直像纏足。真舒服。彷彿冰涼透明的天空自頭頂貫穿腳底，就這樣被吸入地面似的。

——我討厭城鎮。

朱美在山中長大的。

爬上高一點的地方，就可以看到大海。

朱美覺得這裡真是個好地方。

不久前，她還住在逗子。

因為租賃的房屋決定要拆掉了，她暫時前往東京。

但是半個月她就受不了了。

在逗子租的房子，是一棟極為老舊的屋子，總是聽得見海潮聲，不僅如此，還背負著令人避忌的來歷，那裡的生活實在稱不上舒適，即使如此，還是遠比都市艱辛的生活要來得好多了。

她懇求丈夫，帶她離開城市。

朱美的丈夫從事的行業，總是在外旅行。朱美對土地沒有執著，平素甚至老說無根漂泊不定的生活才適合自己的性子，所以她希望能夠和丈夫同行，然而她無法如願。

朱美在逗子涉及了一起可說是她人生分水嶺的重大事件。然後，她犯了罪。雖然不是大罪，卻也不是微罪，目前尚未有個結果，所以她必須清楚地交代居所才行。審理、審判等等讓她覺得麻煩極了，但是朱美是那種既然犯了罪，就得好好贖罪才行的個性，她非常乾脆地接受了現狀。

然後，她在這裡——沼津——安頓下來。

她原本是要去富山。富山是丈夫的故鄉，也是朱美戰時避難的疏散地。那裡有一些親戚朋友，丈夫説這樣也比較能夠安心，但是朱美懇求説既然要搬家，全然陌生的地方比較好。

世事難料。

所以擔心也沒有用。

不管是過去還是以往，已經過去的事，對朱美來説都無所謂，她覺得人擁有的只有當下。同時她也認為往後的事既無法預知，而老是看著過去未免也太不乾脆。而且回憶這種玩意兒不管是好是壞，總是有種黏稠的感覺。所以對於朱美這種女人來説，與過去有牽扯的地方，未免令人不快。

駿河這裡的空氣很適合朱美。

她小跳步似地跨出步子。

——好像少女。

不過朱美的少女時代並沒有快活跑跳的回憶，但她也不覺得這有什麼不幸。現在這種年紀還能夠像這樣跑跳，已經很不錯了。

朱美就是這樣一個女人。

海風吹拂。

眼前是一片松林。

放眼所及，全都是松樹。

老實説，朱美不怎麼喜歡松樹。

松樹這種樹木，春夏秋冬都是一個樣，總是一片青蔥，尖尖刺刺，誇示著它的生命力。就是這一點讓朱美討厭。而且她覺得松樹從種植時起，就已經不年輕了。就算經過百年，松樹還是一樣的松樹。

松樹打從一開始就是年老的，而且永世不變，這種存在令朱美無法理解，也不想理解。

每當看見松樹，她就這麼想，然後獨自一人暗自竊笑。笑自己把植物比擬成人，還一本正經地去思考。

——樹不就是樹嗎？

然後朱美笑了。

裡。

儘管覺得不喜歡、討厭，朱美還是常來這裡。

不曉得是真是假，據說這裡的松樹有千棵之多。

從狩野川河口一直到田子之浦，連綿不斷的千松原——這裡就是聞名遐邇的東海名勝青松沙丘。說是名勝，但這裡不光是景色優美而已，聽說這片松原還是一片防鹽林。過去沒有這片松原時，海風從駿河灣毫不留情地撲向這一帶，對居民造成了無可估計的鹽害。海風吹在臉頰上，感覺雖然舒爽，但若是超過一定程度，也會變成荼毒人類的凶器呢——朱美這麼想著。

不過，她也聽說此處原本就是一片松林。

聽說在以前——不過朱美不曉得是多久以前，也沒有興趣知道——一個叫武田勝賴（註）的武將把這些松樹全部砍伐殆盡了。

真是給人添麻煩。

雖說是為了作戰，但是不管理由有多麼名正言順，說穿了只是個人的妄念。

朱美不曉得武將有多偉大，可是那種妄念竟在經年累月後依然影響著後世，這讓她覺得十分反感。

時間是會過去的。

所以朱美覺得人也應該死得乾脆一點。想要在死後留下些什麼，根本是太貪心了。

——簡直是貪得無厭。

聽說把被砍伐的松林恢復原狀的，是比叡山延曆寺一位偉大上人的弟弟——一名叫長圓的僧侶。傳說那名僧侶偶然路經此地，立誓拯救為鹽害所苦的村人，一棵一棵地種下松苗。

明明只是路過而已……

聽說僧侶每種下一棵松樹苗，先前的就枯萎了。

是因為海風肆虐。朱美覺得要是一般人，應該很快就會放棄了。她不認為單憑一個人能夠種起一片樹林。所以順其自然就好。然而長圓不放棄，他念誦佛號，一直不斷地、不斷地種。這不是常人辦得到的。

結果現在成了一大片美林。

居民大為感激，甚至為僧侶興建寺院。

朱美覺得僧侶很了不起。可是……朱美還是覺得這只是另一種形式的妄念。

這麼想，應該會被斥責：「怎麼能把救濟眾生的大願稱做妄念呢？」但是無論動機是什麼、結果如何，朱美還是認為只要是超過個人能力範疇的行為，根源全都是妄念。不管結果是誰哭泣、是誰歡喜，那都是後話了，無論是信念還是邪念，若根本上沒有駭人的執著，無論什麼樣的偉業都無法達成，不是嗎？

打消武田勝賴的妄念的，是僧人長圓的妄念。

——不管哪邊，都一樣執念極深。

朱美撫摸粗糙不平的樹幹。

皸裂的樹皮間浮出松脂。

——一千棵份的和尚妄念。

現在依然造福著世人呢——朱美默不作聲地說道。

看見大海了。

丈夫今天也不會回來吧。

每當巡迴相模，沒有半個月是不會回來的。

朱美的丈夫從事巡迴販賣家庭藥品的行業。

他富山的老家經營藥店，是個如假包換的越中富山賣藥郎。這種生意並非一次買斷，而是把整箱藥品寄放在顧客家，隔些日子再來拜訪，只收取顧客用掉的藥品費用，是一種賒帳買賣。所以要是不經常巡迴拜訪客戶，就做不

註：戰國時代的武將，武田信玄之子。

成生意了。

丈夫一年有半年以上都不在家。

朱美幾乎都是一個人。

但她不覺得寂寞。不是因為她習慣獨處，只是她知道，即使身在百人之中，只要覺得人終究是自己一個人，仍然是孤單的。

——溫暖不是外在的。

她覺得還會向他人尋求慰藉，表示還沒有長大。

即使是人生的伴侶，依舊是別人。她認為幸福是追求不來的，而是要珍惜當下才能擁有。所以她不寂寞。

狗在吠叫。

朱美瞭望松原。

一町（註）遠的地方，有東西在動。

朱美用力伸長脖子，稍微探出身子。

好像是個男子。

男子在跳，但不像歡欣的雀躍。每當男子一跳，手中一條像腰帶的繩子就在空中飛舞。不久後，繩子勾到松樹凹凸不平的粗枝上。男子拉扯繩子，捋了幾下。

——哎呀呀。

朱美嘆了一口氣。難得人家神清氣爽地在這兒散步，這下子可怎麼辦才好……

男子將繩子結成環後，再拉了幾次，接著低下頭來，似乎在尋找什麼。

——何必在這種地方……

毫無疑問，男子正準備上吊。他八成是在尋找做為踏腳臺的東西吧。仔細一看，繩子所掛的樹枝，是棵枝葉繁茂的雄偉青松。若是其他的松樹，樹枝可能會折斷。

阻止嘛，是多管閒事；說教嘛，是不識趣。可是……

——既然碰上了，也是種緣分吧。

朱美穿上木屐。用不著焦急，繩子還沒掛好，要是就這樣上吊，人絕對會掉下來。

男人不曉得從哪裡找來木桶般的東西，站了上去，把脖子伸進繩圈裡。

「啊……小哥，不行呀……」

那個木桶——朱美準備叫道的瞬間，木桶的箍子彈開，整個四分五裂，男子抓著繩子就這麼跌了下來，繩子當然也從樹枝上滑開了。朱美跑了過去。

男子的腰好像摔著了，他躺在地上掙扎著。

「真是教人看不下去。偏巧不巧在我面前上吊，至少也吊得瀟灑些吧。來……」

朱美伸出手去，男子老實地抓住了。

朱美把他拉起來。男子按著腰，露出痛苦的表情。

男子口口聲聲叫著好痛。乍看下，是個三十五六歲、不到四十的落魄男子。

「什麼嘛，看你好手好腳的，不是個英挺的大男人嗎？現在這種時勢，或許你有什麼別人難以想像的苦衷，可是如果你真的煩惱到要自我了斷，也得好好想想方法嘛。你看看，難得的決心都給糟蹋了……」

男子疼痛地撫著腰際，呆呆的「噢……」了一聲。他穿著西裝，裡面是一件開襟襯衫。松樹底下擺了一只扁平的旅行袋。

「啊，好痛。」男子說。

「什麼呀，你這人怎麼這麼愣頭愣腦的……」

朱美雖然覺得有些過意不去，卻還是忍不住……啞然失笑。

「……真是的，這種時候，不是該說『不要阻止我』或是『不要問我理由』嗎？哪有人上吊還這麼悠哉的？」

「呃……是這樣嗎？」

註：町為長度單位，一町約一〇九公尺。

「當然是啦。」朱美說著，又笑了。

然後她說「喏，站起來吧」，再次伸出手。男子右手撫著腰，伸出左手，但是指尖一碰上，又慌忙縮了回去。

「幹嘛呀？難道又想繼續上吊了嗎？不過我看你腿軟成這樣，本來吊得上去的也吊不成嘍。」

「不……」男子把手撐在沙地上，爬了起來，說：「我打消念頭了，這行不通的。只是妳的手……呃，實在太冰冷了，所以呃……」

「哎呀，討厭，現在離天黑還早呢。我可不是幽靈呀。」

「我知道。」男子莫名一本正經地回應朱美的玩笑話，然後道歉：「失禮了。」被這麼一道歉，朱美也感到困窘。

「真是讓妳見笑了。我不是一時鬼迷心竅，不過我似乎被吊死鬼給附身了。托妳的福，附身妖怪離開了，我也從樹上掉下來了。」

男子外表看起來很老氣，卻出乎意外地相當年輕。

朱美再次準備要開口時，男子叫道「痛痛痛痛」，又屈起了身體。

「哎呀，是不是摔著什麼地方了？要是腰骨碰斷了，會有生命危險的。」

不過他本來就想尋死了。

看樣子，男子似乎摔得相當嚴重。

會不會是撞到樹根了？男子「嗚嗚」呻吟著，又蜷起身體。

「……想死卻沒死成，不想死卻摔死了，那可就本末倒置了。看你這樣子，還是休養一下比較好吧。我看你不像當地人，你住哪個旅館？我去叫人……」

「不……不，我沒有住旅館，已經退房了。」

想想也是，如果他真心尋死，也沒打算再

回旅館去吧。

「那……」

「不，呃，給妳添麻煩了。不要緊，我只要稍微休息一下就好了。」

「躺在這種沙地上，不管休息多久，跌打損傷也不會自己好起來。沙子治得好的頂多只有河豚毒。真沒辦法……」

朱美轉頭望向來處。

「……我家就在附近。是租的房子，雖然很小，不過如果你不嫌棄……」

「這、這怎麼行？男人去妙齡女子家裡……」

「哎呀討厭，什麼妙齡女子，說這種奉承話。要說麻煩，你早就已經給我添麻煩了。要是你倒在這裡，就這麼上了西天，教我晚上怎麼安心睡覺？」

朱美記得去年冬天也說過同樣的話，就是那宗逗子事件的開幕。

很難得地，她隱約有了不好的預感。

從大馬路彎進旁邊的小巷。

成列海鼠壁（註）的屋舍。

這個房子只有三個房間，十分小巧簡素。

朱美靠著路人幫忙，把男子帶回自宅。男子頻頻說著「對不起」、「我不要緊」、「對不起」，但是他好像連腰都直不起來，無可奈何。如果他滿口嚷著無論如何都要去死，那還另當別論，但既然他已無意尋死，也不能拋下他不管。

雖說萍水相逢也是前世因緣，但別說是前世了，今生都有了這麼深切的關聯，哪有任由他去的道理？朱美這麼想，但實際上她對此人充滿了好奇。

——真的……

註：一種在外牆貼方瓦，縫隙填灰泥的凸稜牆壁。

就是因緣際會吧。

男子的腰部撞出了一處清楚的瘀傷，果然撞得很嚴重。不過男子無法走動，似乎不是因為撞傷所致，而是右腳扭傷了。

朱美為他貼上膏藥。

這裡不缺的就是藥。

男子自稱村上。

「不好意思」、「真是丟臉」——即使如此，男子仍然再三如此反覆，然後有些僵硬地說：「不過真是嚇了我一跳，我還以為妳絕對是個十七、八歲的姑娘呢。」

「哎喲，你再繼續這麼胡說八道下去，小心嘴皮子爛掉。」朱美答道，闔上藥箱。「對著我這種半老徐娘，說我二十二、三也就罷了，什麼十七、八歲，簡直就像在挖苦人。」

「不，可是沒辦法啊，在我眼裡看起來真是這樣。說妳是十七、八歲，也絕對不會有人起疑的。對妳男人——啊，不，對妳先生雖然過意不去，可是妳看起來真的一點都不像已婚的人……」

「你這人真討厭。隨便少報十歲以上的年紀，神明會生氣的。而且外子也會笑我的。」

朱美笑了。雖然說話有些笨拙，但唯一可確定的是，這個自殺未遂者正拚命地讚美自己。他的心意朱美十分明白。村上非常惶恐，搔了搔頭。

「呃……話說回來，真是大恩無以為報啊。要是沒有妳路過，我現在真不曉得怎麼了。妳真是我的救命恩人。」

就算朱美沒有路過，他的上吊行動應該也會宣告失敗，如果摔得跟現在一樣，也沒辦法再次挑戰上吊，所以不算是朱美救了他的命。朱美這麼說，於是村上露出一種快打噴嚏般的表情說：「沒那回事。托妳的福，我打消尋短的念頭了。現在想想，我實在不曉得當時為何會那麼想死。該說是走火入魔，還是鬼迷心竅呢？要是沒有遇到妳，我或許會把摔傷當成更嚴重的不幸，爬過海灘，跳海自殺了。」

「這樣啊……」

朱美的心情變得有些愉快。

男子嚴肅的口吻反而有種獨特的滑稽感。他愈是一本正經，就愈顯得好笑。這名男子就是這麼有意思。

「……那還真是值得慶幸呢。」

「話說回來，呃，妳先生……何時回來？」

「天曉得。」

「天曉得……？呃，我給妳添了這麼多麻煩，說這種話實在過意不去，但我現在沒有辦法好好答謝妳，呃，我得在妳先生回來之前告辭才行……」

「如果你是擔心這個，暫時不要緊的。」

朱美說。「……外子出外巡游各地做生意，完全不曉得會在明天回來、下週回來、還是下個月才回來。」

「妳又開我玩笑了。」村上說。

「才不是玩笑。外子是越中富山的賣藥郎，現在正在相模一帶拜訪客戶。」

「賣藥郎？」村上突兀地驚叫。

「賣藥郎……怎麼了嗎？」

「呃、不……」

村上說「沒什麼」。

「什麼啦？」

「呃，就是……」

村上的臉色暗了下來。

不過也只有一瞬間，沒出息的男子很快就恢復一臉沒出息的表情。

「嗯，是我孩提時的事了……」

「孩提時？」

「是的，是我小時候的事。」村上趕忙解釋道。事實上，他的口氣聽起來像是突然遭到逼問，窮於回答，而臨時想到了藉口。

「呃，我小時候非常害怕賣藥郎……，不、呃、啊，失禮了。」

村上異常慌張地搖頭。「啊，真、真對不起，我竟然這樣說恩人的先生……」

「討厭啦。」朱美笑道，接著說：「你話像這樣說到一半，反而教人在意。」

「哦，欸，說的也是……」村上又扭扭捏捏、深感難為情似地惶恐不已。「是啊，在我的故鄉，有會拐帶走小孩的賣藥郎……，啊，這當然是為了嚇唬小孩編出來的故事。據說那個賣藥郎背著一個巨大的包袱，會在黃昏來訪。他戴著一頂壓得很低鴨舌帽，綁著綁腿之類的東西，會抓走黃昏時還在外頭玩耍的小孩，把他們裝進包袱裡帶走。還說他會把小孩子磨碎，做成藥來賣。嗯，家父等大人都會這麼哄騙小孩子。要是做壞事的話，賣藥的會來喲……」

村上說到這裡，仰望朱美的眼睛。「真、真是抱歉，我絕對不是在侮辱妳先生的職業……」

他急忙說道，像雞似的伸著脖子道歉。朱美倒是覺得這番話頗有意思，笑著答道：「沒關係啦。」但是村上卻說：「不，有關係，我不該說這種話的。」他更加惶恐了。

「我、我這個人也過於冒昧了，妳一定覺得很不舒服吧。」

「討厭啦。噯，外子真的不是人口販子，應該不是啦。可是很多地方都會拿這種話嚇小孩吧。我小時候也怕死按摩的了。我以前幫傭的地方，有按摩師傅會去幫大老闆推拿，那真的很可怕。現在想想，對人家按摩師傅真的很失禮。這麼說來，我更小的時候——我以前住在信州的深山裡——對，那個時候大人都會說，要是玩得太晚不回家，就會有背布袋的過來喲。」

「背布袋？」

「可能是貍子之類的吧。就像大黑大人（註）那樣，背個大大的布袋。然後一樣會把不乖的小孩裝進布袋裡。我不記得會被吃掉還是被殺掉，不過那跟拐人的賣藥郎是一樣的吧……」

村上應了聲「噢……」，用雙手抱住肩膀。

他的動作像是在忍耐寒意。

「拐人的真的很恐怖……」

「哎呀……」

多麼膽小的自殺者啊。

比起自我了斷性命，被拐走似乎更令他覺得恐怖。

村上害怕了一陣子後，說道：「那麼恕我告辭。」站了起來。——不，是想要站起來。

這個窩囊的自殺者開口閉口就是「恕我告辭」、「恕我告辭」，三番兩次想要辭別。但是再怎麼說，他還是無法走動，所以也無從離去。村上連站都站不起來，甚至還痛得哀嚎。朱美「噯噯」的安撫他。

從剛才就不斷地重複上演這齣戲碼。

村上再次低頭。「真、真是太丟臉了。我馬上就會告辭，呃，請妳再稍待……，啊，痛痛痛痛……」

「什麼馬上，看看你的腳，這兩三天是動不了的。如果你這麼討厭這裡，我幫你在這附近找家旅館吧，或者是請醫生來……」

「不，呃，說來實在丟人，我身無分文，旅館和醫生都……」

「那樣的話……就在這裡住下……」

「不，這也、那個……」

註：大黑大人即大黑天，為佛教中掌管破壞與豐饒的神明，後來轉化為司掌食物、財福之神。在日本與大國主信仰相揉合，成為七福神之一，也被稱為「惠比壽」，作為廚房之神受人信仰。

「如果你擔心外子，那你是多慮了，反正他也不會回來。」

「這、就是那樣才更令人傷腦筋呀。呃……怎麼說趁著丈夫不在，闖進只有一個女人家獨處的家裡……」

他說話變得口齒不清。

朱美心想：又來了。

大部分的男人都會說這種話。丈夫不在時來訪的男人全都是姦夫，老婆不在時來訪的女人全都是淫婦——世人大概這麼認定的吧。彷佛非得把所有的事情都往男女關係聯想才行。例如人們會說，一個人之所以醋勁大發，是因為自己也有內疚之處，可是其實只要不是一年到頭都在發情的色情狂，根本很少會發生**那種事**。說起來，眼前這個其貌不揚的男子，怎麼看都沒有半點魅力，就算丈夫這當兒回來了，朱美也不認為兩人有絲毫遭到懷疑的可能性。

不過要是把這番想法說出口，就太傷人了。

朱美覺得有點不知如何是好，實在沒辦法。

村上抬起上半身，說：「不管怎麼樣，我得告辭了。改天我會再登門道謝的。」就算朱美說「好吧，那你走吧」，把他給趕出去，他一定只撐得到門口，然後就蹲著走不動了。

朱美思忖後，決定離開家裡。

繼續爭論下去也不會有結果。

拜託他看家的話，他應該會乖乖待著不動，讓他一個人獨處，或許會稍微冷靜一點。如果他無論如何都想離開，只要在朱美回來之前離去就行了。不過朱美覺得就算他想走，應該也走不了。

而且仔細想想，朱美本來並不是要去松林散步。當然她也不是為了撿回上吊的男人才在外頭徘徊，她本來是去買晚餐材料的。因為春風太宜人，她才忍不住繞了路。

朱美好不容易勸住男子，說她有事外出，請他別想太多，暫時先在這裡休息，然後站了起來。

她走下泥土地，拿起丟在鞋櫃上的錢包，打開玄關的拉門。

她踩了一下木屐，踏出步伐。

才剛走出玄關口……

就響起一陣吵鬧聲。

聲音甫落，一名男子像要避開什麼似地從鄰家衝出巷子來。男子衝勢過猛，差點跌倒，待他重新站好時，臉望向了朱美這裡。

他們四目交接。

男子的打扮奇異。

他的服裝並不惹人側目，卻有點奇怪。當朱美注意到是因為他脖子上掛的圓形裝飾物時，男子把手伸向朱美，就要開口。

這一瞬間……

疑似煤球的物體從鄰家門口朝男子扔去。

男子往後一跳，煤球掉在巷子裡。尖銳的咒罵接著響起：「快給我滾！糾纏不休的，煩死人了！我家是車返的山王大人(註一)的氏子(註二)，才不會加入那種怪組織！」

男子被罵得狗血淋頭，頻頻瞄向朱美，好不狼狽，但是沒多久又響起了一道喝罵：「你要在那裡杵多久？快給我滾！噁心的東西！別以為我是女人就好欺負，小心我真的揍你！」

吼聲之後，接著是嬰兒的哭聲，鄰家的婦人從門口走出來了。她穿著寬鬆的棉外衣，背上背著嬰兒。男人露出尷尬不已的表情，最後還是匆匆地離開了。

「乖喲乖喲，對不起喲，真可憐，把你吵醒了。」婦人努力安撫嬰兒，罵道：「撒個鹽

註一：山王大人指日枝神社的祭神山王權現（權現意為示現、化現）。車返為聖域等地，車子無法進入而折返的地點。

註二：指氏神（當地神）所守護的土地的居民。

驅邪好了。算了，浪費鹽。」然後她總算發現朱美站在那裡。

「哎呀，朱美，被妳看到啦？」

「看到了……。呃，奈津姊，那個人是誰啊？看妳罵得那麼凶。」

「氣死我了，那人有夠討厭！」主婦——松嶋奈津皺起那張童女般的臉龐說。

母女擺在一起看，會讓人搞不清楚哪個是母親，哪個是嬰兒。不一樣的只有臉的大小而已。

不只母女臉長得相似。說起來，奈津這個女人雖然已經有孩子了，本身卻也像個孩子般。如果說朱美看起來像十七、八歲，那麼奈津看起來頂多只有十五、六歲。

「是上門推銷的嗎？」朱美問。

奈津當下回答：「比推銷更惡劣哪，是莫名其妙的傳教，真是氣死人了。突然闖進來，說什麼『想不想長生呀』，真是開玩笑。我把他趕走好幾次了，可是還是一直來。噢噢，乖乖……。趁著我老公不在，大搖大擺地闖進門來，真是有夠厚臉皮的。朱美，妳也要小心一點哪。」

——趁著老公不在啊。

朱美沒有答腔，於是奈津又抱怨個不停。朱美漫不經心地聽著，望向奈津背上的嬰兒。嬰兒不知不覺間香甜地睡著了。朱美望著嬰兒的睡臉，奈津也注意到了，「啊，終於睡著了，我讓她躺下就來。」說完折回屋子裡。

朱美感到困窘不知該怎麼辦。「讓她躺下**就來**」，意思是奈津打算再過來吧。那麼我應該等她嗎？就這樣默默離去，的確也滿奇怪的。

而且連續兩次出門橫生枝節，朱美實在提不起勁去買東西了。原本採買這事就不急，她也只是不曉得該怎麼應付撿到的自殺者才離開家門，朱美心想乾脆在這裡和奈津站著聊聊再回去好了。

不過奈津這個女人，無疑是那種會打亂朱美生活步調的人。

朱美搬到這裡三個多月了，但是每次一碰到奈津，都有種又酥又癢、難以形容的感覺。奈津非常親切，而且處處關照朱美，可是該說她精明還是厚臉皮呢？朱美在不知不覺間為奈津操勞的情況反而比較多。當然，這是沒什麼打緊，但……

只是以朱美來看，自己的生活步調確實被打亂了。不過最近卻有點樂在其中。換言之，朱美肯定是喜歡這個與自己沒有任何共通點的鄰家主婦吧——就在朱美胡思亂想之際，一派輕鬆的奈津再次走出玄關口。

「讓妳久等了。」

只看臉的話，奈津真的就像個小女孩。

「朱美，重點是剛才那個男的，那個臭傢伙，昨天跟今天都在那孩子剛好睡著的時候跑來。我忙得要死，那傢伙知不知道對有孩子的母親來說，嬰兒睡著的時間有多寶貴啊……」

奈津一出來就滔滔不絕。

如果只聽她年輕的口吻和聲音，完全就是個小姑娘。

一說到激動處，當地話就冒了出來，這也讓人覺得可愛。可能是因為朱美是外地人，這個熱心助人的聒噪鄰居似乎刻意不在朱美面前講當地方言。不過這與其說是顧慮到朱美可能聽不懂，或許只是想裝裝高尚罷了。

「……可是啊，最近很多呢。那是叫什麼？新興宗教嗎？最近這陣子接二連三冒出來，聽說有好幾種。喏，這一帶不是能清楚地看到富士山嗎？會不會是這樣緣故？我看絕對跟富士山脫不了關係，妳不覺得嗎？富士是日本第一名山嘛。」

朱美苦笑。她心想：奈津說的寶貴時間，這樣浪費好嗎？

「那個……叫什麼來著？對了，是叫『成仙道』。喏，天神原還是本宿那裡，不是蓋了一棟金碧輝煌、稀奇古怪的祠堂嗎？」

「我不曉得耶。」

「很奇怪的一座祠堂，品味有夠差。屋頂什麼的放了一堆奇怪的裝飾。妳也去看看，有夠好笑的。然後，剛才那個男的，就是那裡的人。他的脖子上不是掛了一個圓圓的怪東西嗎？就像這樣，花紋像神社的太鼓、奇形怪狀的……」

朱美也看到了。那是個飾品，約有手鏡大小，上面有著黑與白兩色的巴紋（註）。看起來雖然陌生，卻不是沒見過，那個圖樣朱美曾經在哪裡看過。

「他要奈津姊信教嗎？」

「就是啊。」奈津噘起嘴巴。「我怎麼可能加入那種怪宗教呢？我真是無法理解怎麼會有人被那種怪宗教騙去。然後，朱美，成仙道好像有很多信徒。雖然不能大聲說啦。」

奈津掃視周圍兩三次，壓低嗓音，身子前屈。「聽說這一帶也有不少。聽說小林家就信了，大野家的阿婆也是，還有清水家。他們表面上雖然都裝著一副沒事人的樣子，可是私底下竟然相信那種低俗的成仙道耶。」

「成……鮮道？」

字怎麼寫呢？

「說是信那個的話，就可以長命百歲，活上一兩百歲，真是胡說八道。喏，這一帶的水不是很乾淨嗎？所以他們會喝什麼湧出來的泉水。可是那種東西，在家裡喝不也一樣嗎？誰會特地花錢去喝啊？」

「才不喝咧、才不喝咧……」——奈津揮揮手。「聽說三島這一帶滿多據點的，真是沒把人看在眼裡。三島已經有三島大社了，我們家代代也是山王大人的氏子。像我曾祖母就很自豪，說她曾經在運白砂的隊伍裡擔任照顧婆呢。」

「運白砂？」

朱美還不熟悉這塊土地。所以雖然她不懂什麼成仙道，但奈津說的山王大人，她也莫名不知所以。三島大社她還知道，至於運白砂，就一頭霧水了。

朱美如此表明，奈津便將她栗子般的眼睛睜得更圓，說道：「就是祭典呀。妳不知道嗎？要從狩野川的河堤運石頭過去，做成一個祭壇，然後一大群人排著隊，把它搬到山王大人那裡。聽說以前的隊伍就像諸侯出巡般盛大，那個時候不是從河邊，而是從海邊——就是千松原的海邊，從那裡搬石頭過來。那裡不都是石頭嗎？」

「山王大人是……？」

「神社啦神社，車站那邊的……是叫日枝神社嗎？哎喲，我不知道它正式的名字叫什麼啦。」

奈津放聲大笑。「所以說，信奉的神明怎麼可能隨隨便便說換就換呢？家裡還有神龕呢，而且是代代流傳下來的。辦葬禮不是也有寺院嗎？我們是檀家嘛。什麼新宗教，根本不需要。可是啊……」

——神明。

朱美不太喜歡這個字眼的語感。

朱美是個性情淡泊的女子，所以和其他許多事物一樣，她對於神明也沒有什麼特別的感覺。只是說到朱美聽到神明二字時的感想，大概與一般人大不相同。

朱美最近才發現自己的這種特質。她長年以來一直掩蓋著它，等到總算掀開蓋子一看，朱美的半生卻有如被神明這個字眼給戲弄了一

註：巴紋是一種形似蝌蚪，或太極圖單色邊的圖形，依數目不同，稱一巴、雙巴或三巴。這裡的黑白兩色巴紋，指的其實就是太極圖案。

般。不知是否受到這樣的影響所致，朱美似乎無法像常人一樣接受信仰這種事物。對於這部分，她無論如何都無法坦然面對，連自己都覺得厭惡。

就在朱美陷入思考時，忙碌的主婦又說出一堆話來了。朱美想答也答不了，只好敷衍地笑笑。

奈津整張臉都在笑著，問道：「那朱美，妳現在出來做什麼？」

「做什麼……？」

沒做什麼，可是……

情勢使然，朱美不得不說出她在千松原撿到一個上吊者的事。奈津眼裡浮現好奇之色，說：「哎喲，真不得了。那麼……他在嘍？」

奈津的視線瞄向朱美的家，朱美點點頭。

「做好事也該有個限度呀。」奈津說。

「那妳打算怎麼做？」

「那個人堅持要走，要離開。我跟他素不相識，也不欠他什麼，他只是個路過的陌生人罷了。要是他能走的話，我會要他馬上走。可是看他那樣，實在沒辦法拋下不管。」

「他站不起來嗎？」

「是啊。要是把他趕出去，救了他的我不知道會被罵成惡鬼還是蛇蠍呢……」

「啊哈哈哈，真是倒楣。那也沒辦法，妳就暫時照顧他一陣子吧。我去幫妳一起跟他說，叫他乖乖待著。話說回來，妳不想問問他自殺的理由嗎？」

「理由……？」

「對，理由。到底什麼事把他逼到這種地步……？這種人可不是隨便就碰得上的。妳也想知道吧？而且妳說他還是個窮光蛋，不叫他說點有趣的事來聽聽，妳豈不是虧大了？總之，妳先去買東西吧。」

奈津拍了一下朱美的肩膀。

「朱美，妳幹嘛一臉怪表情啊？隨便去

附近買條竹筴魚就行啦。我家老太婆也快回來了，她一回來，我就去妳家。喏，快去吧。」

奈津推推朱美的背。朱美在催促下走了出去。出去之後她才想到，一如往常，她又完全被捲進奈津的步調裡了。

她就這樣走出大馬路。

原本舒爽的風已經停了。

天空也暗下來了，上頭雲霧籠罩。

明明還不到太陽西下的時間。

——問他自殺未遂的理由？

朱美連想都沒想到。

她也不想探聽自殺者的心情。

說起來，換作自己是村上，會向別人吐露這麼重大的事嗎？殷切渴望赴死的人，會……

——他已經不想死了。

朱美也覺得，或許問問他反而比較好。

朱美也曾經想過要尋短，但是她從來沒有試圖自殺。

也不知道為什麼，只能說她就是這種性子。但唯一可確定的，並不是因為她很幸福。

證據就是……殺人。朱美曾經想過，但那是老早以前的事了。

但是……

也許不管殺人還是自殺，都一樣。同樣都是討厭、憎恨、怨恨、痛苦、悲傷、空虛這類負面情緒凝聚在一起，只是發洩的對象不同罷了。

如果真是如此，那種念頭或許並非與不幸直接相關。

比照自己的經驗來看，朱美這麼認為。當然，無論在任何情況下，人都有各式各樣的理由，而且那或許不是能果斷釐清的事。

過去……朱美曾經對某人懷有深切的殺意。可是，那時候朱美究竟是討厭那個人？憎惡那個人？還是怨恨那個人？

似乎都不算是。說憎惡的話確實憎惡，

而且也不是不怨恨吧。朱美應該也不喜歡那個人，那麼或許就是討厭。可是，朱美應該也不會因為這樣就想殺了對方，她覺得絕對不是。說起來，因為憎恨就殺掉對方，也不能怎麼樣。

沒錯，不能怎麼樣。所以……

——所以啊……

如果能怎麼樣的話，事情早就解決了。就是因為不能怎麼樣，而且知道不能怎麼樣，人才會費盡心機，設法將那種道理說不清的事化成具體。朱美覺得那就是在某個瞬間，由微不足道的契機凝聚而成的殺意。所以那個時候、那一瞬間，不是憎惡也不是怨恨。而那種有如熱病般的殺意朝外發露時，就成為殺人行動，朝內發露時，就成為自殺行為……，會不會只是這樣而已呢？

——真正是附身妖怪。

那個人——村上，也說附身妖怪離開了。

——真的離開了嗎？

朱美有些不安。丟下那個人獨處真的沒問題嗎？反倒是陪在他身邊，像奈津說的，追根究柢地問些無聊事，是不是比較好呢？

所謂真實，是比想像中更恣意任性的。一旦訴諸語言，真實立刻會微妙地偏離原本的位置。然後不可思議的是，它會就這樣坐落在偏離的位置上。那種偏離，有時候會使殺意消失。朱美在逗子的事件學習到這件事。

——回去吧。

朱美這麼想，轉過身的瞬間，她感覺有人在看她。

她環顧周圍，卻沒有人影。還是老樣子，視野十分清明。雖然有些微陰，但春季的城鎮極為潔淨清澈。不過她覺得城鎮原本清新的空氣似乎有點變質了。

——騷然不安。

道路遙遠的彼方，有一個男子背著巨大的

行李。

男子拖著沉重的步伐前進。

那是……

——賣藥郎。

不是丈夫，丈夫不可能在這裡。

朱美定睛凝視，卻模糊一片，看不清楚。雖說空氣清新，遠景卻像隔了一層扭曲的鏡片般，暈了開來。是光線的關係嗎？

不……或許是因為朱美有些感到不安了。

極目望去，更遠處，賣藥郎前往的方向浮現出鮮豔的色彩。黃色、綠色、紅色，原色滲了出來。那不是一般的色彩，色彩彷彿熱氣般悠悠擺盪，逐漸靠近過來。

那是成群結隊的一大群人，是剛才聽說的新興宗教嗎？賣藥郎漸漸地遠去，而不可思議打扮的一群人則靜靜地逼近過來。

——坐立難安。

風停了，城鎮卻騷動著。

狗在叫。

忽地往旁邊一看，胸前垂著圓形飾物的男子，正茫然站在木板圍牆邊。

2

生藥獨特的香味沁入有些乾燥的眼睛裡。氣味是從褪色的江戶紫大包袱裡散發出來的，朱美有種想要拿冰水洗臉的衝動。

「那麼……」尾國誠一淺淺地坐在脫鞋處的木框上，含了一口朱美泡的第三杯茶，飲下後接著說：「……那位村上先生現在怎麼了？」

「在醫院。」朱美答道，然後嘆了一口氣。

昨天……

朱美總覺得內心騷然不安，打消採買的念頭，折了回去。

她也不想和打扮奇異的一行人錯身而過，但是從大馬路彎進巷子後，那種焦躁感更加強烈了。

轉角雜貨店的老看門犬平時老是在睡覺，幾乎不會吠叫，此時卻好像被人踢了一腳似的，狂吠不止，可能是狗叫搞得她心神不寧吧。狗會叫，八成是因為那個成仙道的人還待在圍牆後面。

然後……

朱美小跑步穿過巷子，回到家裡，打開玄關門的瞬間……茶箱「砰」的一聲翻倒了。

仔細一看，靠庭院的拉門上框吊了一個東西。

是村上，村上再次試圖自殺了。

朱美急忙衝上去，抱住村上的身體，從簷廊大叫奈津。奈津鬼叫著跑來，結果演變成左鄰右舍全部出動的大騷動。雜貨店老闆把村上抱下來，眾人將他放在門板上，抬到鎮上醫生那裡去了。

千鈞一髮，村上總算保住了一命。

醫生說，要是朱美再晚個幾分鐘……，村上恐怕就沒命了。

「真倒楣哪。」尾國說。「竟然在別人家裡上吊自殺……，他只是個萍水相逢的陌生人吧？只能說是飛來橫禍了。再怎麼說，人家救了你，你卻在人家家裡上吊，簡直是恩將仇報。」

「就是啊，真是給人添麻煩。」朱美說，客套地笑。

「不過那個人不是扭傷得很嚴重，連站都站不起來嗎？竟然還能上吊。」

「是……啊，醫生診斷說，好像腳骨裂開了，要是平常人，根本痛得站不起來。」

「看樣子他一心想死。」尾國說。

但是朱美覺得並不是那樣。

村上的樣子確實有些奇怪。但是說到哪裡

奇怪，他只是看起來有些**納悶**，與其說是想不開，人反倒很開朗。

「不過妳折回家，真是做對了。要是妳去買東西的話，那個人就會吊死在這裡了，對吧？」

「他是在那裡上吊的嗎？」尾國指著簷廊問。朱美點點頭，被拿來當踏腳臺的茶箱還在原處。

「朱美嫂，妳事先感到什麼不對勁嗎？」

「嗳，雖然不到忐忑不安的地步……，我這算預感嗎？」

朱美沒有這樣的自覺。

那時，朱美的確覺得非回家不可。

可是她認為這個判斷並不是基於村上可能再度自殺的預測。雖然覺得不太放心，但她並不擔心。朱美之所以回家，說起來，是因為整個城鎮騷亂不安，讓她內心忐忑了起來。而她之所以覺得城鎮變得騷亂，是因為空氣變得又乾又刺，陽光變得沒有生氣。

「會不會是預知呢……？」尾國開玩笑地說。

「應該不是吧。」朱美回答得不怎麼篤定。

朱美幾乎一夜沒睡。

或許如此，老實說，她昨天的疲勞還沒有恢復。

昨晚……上吊騷動告一段落，朱美回家時，都已經深夜了。村上的狀況與其說是自殺未遂者，更接近倒在路邊的可憐人。幸好他很快地恢復意識，得以免於驚動警察，但是要讓一個身分不明的人住院，是件相當麻煩的事。

當朱美收拾好零亂的家裡，簡單吃了點食物時，東方天際已經泛白了。即使上床也睡不著，就在將睡未睡間，也接近中午了，所以朱美放棄睡覺，爬了起來，此時尾國來訪。

尾國是丈夫的生意夥伴——也就是賣藥

郎。

他們認識已有四年之久。

不過尾國並沒有向夫家的藥品批發商承銷商品。就這點來說，尾國等於是丈夫的競爭對手，但是尾國是這一行的老前輩，很照顧丈夫和朱美。

朱美的丈夫做為行腳商人的資歷尚淺。他原本是個軍人，戰後不久才做起賣藥生意。而尾國從十八歲起就從事這一行，是個擁有二十年資歷的老手。丈夫原本就待人和氣，不適合當軍人，但從要求絕對服從的階級社會轉職到服務業，似乎也不是那麼簡單的事。將待客的初步要訣教給這個門外漢的，不是別人，就是尾國。

或者說，丈夫能夠擺脫過去的猶豫，決定幫忙老家的生意，一定是因為認識了尾國。

為他們張羅這個住處的，其實也是尾國。

聽說尾國自從初出茅廬，就一直巡迴駿河伊豆一帶，當他得知朱美夫婦正在尋找新住處，立刻向他們推薦說：「靜岡的氣候風土都十分不錯，要住的話就住靜岡吧。」甚至還幫他們尋找租屋處。朱美才能有現在的生活。就某方面來說，尾國是朱美夫婦的恩人。

搬家後，這是尾國第一次來訪。也因為是他介紹的，他似乎一直很掛意。

一問之下，原來尾國兩天前來到沼津，巡訪客戶，那麼朱美昨天看到的賣藥郎或許就是尾國。

朱美並沒有特別詢問。

尾國說：「可是……總覺得這件事很不可思議，令人費解。首先，那個人到底為什麼要上吊？妳問過他有什麼隱情了嗎？」

「這個嘛……」

——我**少了什麼**……

——他說他少了什麼。

朱美不明白。

昨晚……

村上躺在床上，總算平靜下來後，朱美聽聞了一些狀況。當然，問出來的不是朱美，而是全身上下充滿了好奇的鄰家主婦——奈津。奈津也算是救了村上，她用一種母親斥責做錯事的兒子般的口吻詢問。村上十分惶恐，卻也沒有刻意隱瞞的樣子，一面述說生平，一面順著詢問吐露實情。關於感到自殺衝動的經過以及動機，村上首先這麼說：「我**少了什麼**……」

「什麼是什麼？錢嗎？還是女人？」奈津追問。

「就是因為不曉得是什麼，才會這麼害怕……」村上這麼說。

少了什麼，但是不知道少了什麼——膽小的男子說他受到原因不明的失落感折磨，才會想要了卻生命。真是無法理解。

「什麼叫做少了什麼……？」

「不曉得，我想……大概是覺得很虛幻吧。」

「虛幻？」尾國那張平坦的臉皺了起來。「聽起來好像少女小說中會出現的詞呢。虛幻啊……，人會為了那種棉花糖般的理由去死嗎？我實在不了解那種心情。不是因為生意失敗，還是老婆跑了這類理由嗎？」

「他說他經營的螺絲工廠倒閉了，不過那似乎對他沒什麼影響。他說因為加入了什麼研修會，也漸漸振作起來。」

「噢，呃……叫做『指引康莊大道』之類的。可是那個團體很可疑。我聽說那是一個詐欺團體，專以中小企業經營者為下手對象，給他們一些草率的建議，算是一種靠心靈課程來斂財的團體吧。我認識的朋友家人也上過當。」

「我對這種事不太了解。管它是騙人的還是胡說的，只要生活平順就好了吧……」

——自殺的動機。

朱美終究無法理解。但是她又覺得自己十分體會村上的心情。尾國和朱美不同，熟諳世事，見識也深，朱美心想他或許會懂，所以才告訴他。

尾國望了草鞋一會兒，低喃道：「嗄，大概是……生病吧。」

「是……生病嗎？」

「應該是生病吧。這不是心態、想法如何的問題，就是沒什麼理由的。我聽說那種人只是被蚊子叮了一下就會想死。」

「有那種病嗎？」

「嗯，有一種氣鬱之症。」

「氣鬱……」

「是啊，會變得憂鬱。我聽說得了那種病的人，會突然想死，沒有什麼理由。對本人來說，應該是相當嚴重的事……，不過家人更辛苦吧。病人會突然想死，必須時時刻刻盯著才行。」

「真棘手呢。」朱美說。「就是啊。」尾國應道。

「那種病治得好嗎？」

「有些溫泉對精神方面具有療效，也有藥物……。我手上也有那種藥，不過過去一般人根本不會把它當成一種病吧。現在不是有那種治精神疾病的醫生嗎？所以大家也知道那算是一種病了吧……」

朱美不認為村上是得了那種情緒低落的病。

因為恢復意識以後，村上連一絲憂鬱的模樣都沒有。他好像在害怕什麼，卻沒有陰鬱的樣子。就像第一次救了他的時候一樣，十分窩囊，只是不停地道歉。不過，他雖然道著歉，卻也頻頻地像是在自問自答。

——這就是他生病的徵兆嗎？

或許連他自己都不明白自殺的動機。那就

像發作一樣嗎？朱美提出疑問，於是尾國說：

「就像波浪一樣，一陣一陣的吧。時好時壞，所以才是病。如果是痛苦得不得了而想不開，就不會如此陰晴不定了。」

尾國這麼作結。

是這樣嗎？朱美心中暗忖。就算是痛苦得不得了，想不開而尋死，決定自殺的瞬間，不也像發作一樣嗎？

——否則的話……

「話說回來，」尾國轉過上半身。「聽說那個人很怕賣藥郎？」

「他是這麼說的，他似乎很膽小。」

「這也不一定。」

尾國蹺起腳來，身子又轉過來一些。「我說這種話也滿奇怪的，不過我也不是不了解大家為什麼會害怕賣藥郎。我們就像候鳥一樣，從一地到一地、從城鎮到城鎮，不斷地飄泊。對當地的人來說，我們是一年只來一次的外來客。就算再怎麼熟悉，隔了一年，人會變，人情也會變。老人會過世，嬰兒會出生，一些夫婦也會離異，而我們又同樣地出現在那裡。喏，鬼啊神的，不也是每年來個這麼一次嗎？跟這個是一樣的。但是咱們的面相又不像神明那樣令人崇敬，連我自己都覺得可疑哪，跟鬼是一樣的。」

尾國笑得像咳嗽似的。「巡迴諸國當中，可以聽到許多傳聞。至於小孩被拐的傳聞，則是到處都有。什麼藏小孩的盲人啊、抓小孩的老太婆，每個地方說法都不同。天狗也會抓小孩，就是所謂的神隱（註）。以現代的講法來說，就是拐小孩的。」

「拐小孩的啊……」

「沒錯。什麼取兒肝啊、榨童子脂啊，

註：神隱指人神祕失蹤的現象，古人多認為是天狗或山神所為。

主要是畿內地方的說法。就像字面上的意思，把抓來的小孩活活挖出肝來，或榨取脂肪製成藥，據說對於不治之症、難治之症具有療效。噯，那都是胡說八道。我……不不不，妳先生當然也沒有經手那種東西。只是，或許也有些人深信不疑吧。」

「或許……吧。」

朱美知道一個男子，深信人體能夠變成靈丹妙藥，因而誤入歧途。她也聽說在不遠的過去，相信此道的人引發了好幾宗獵奇事件。所以雖然朱美不知道那種藥究竟有沒有效，但傳說、迷信現在依然具有影響力吧。

朱美大略說明自己的想法，尾國說：

「噯，是啊。以前真的有。」

「你的意思是……？」

「就是取兒肝哪，我想過去真的有拐小孩的吧，以前有這門生意的。因為雖然名稱不盡相同，全國每一個地方都有這樣的傳說吧。如果做壞事，妖怪會來喲……，拐小孩的會來喲……」

「那是妖怪吧？」

「就是妖怪啊。要是送來恐嚇信的話，那就是犯罪，不過就算拐走小孩，就這麼殺掉，也沒有人知道是誰幹的。即使拐走小孩的是人，但因為不知道究竟是誰拐走的，所以還是妖怪。小孩被拐走的現象本身就是妖怪。不過迷路餓死，或是摔下谷底而死，這些也都被當成被拐走吧。若非如此，才不會有那麼多拐人的妖怪呢。朱美嫂……我記得妳是信州出身的吧？」

「嗯。」

「那麼妳聽說過蒙牟或牟蒙嘎(註一)嗎？」

「什麼……？」

這是什麼？覺得好像曾經聽過。

尾國舉起雙手，張開指頭彎曲，然後張大嘴巴，說道：「牟蒙嘎！」

「哎呀，討厭啦……，你又不是妖怪。」

「就是妖怪啊，妳小時候被這麼嚇過吧？」

「呃……」

朱美只記得背布袋的。可是……雖然不是記得很清楚，但是既然只看一眼，就明白尾國在模仿妖怪，表示朱美也認定那種動作和叫聲是屬於妖怪的。毫無突兀之感。

「我記得信州一帶是這麼傳的，是我記錯了嗎？我是佐賀出身的，小時候常被這麼嚇：剛勾、剛勾（註二）！」

「剛勾？」

「牟蒙嘎和剛勾都是妖怪的名字。算是名字嗎？都是這麼稱呼妖怪的。是小孩子的話，就像貓叫做喵喵，狗叫做汪汪那樣吧。那麼……這是妖怪的叫聲嗎？嘎——，牟——，聽起來也像叫聲。這叫聲的確很可怕吧。」

「妖怪的叫聲嗎？」

「嗯。幹我們這一行的，陪小孩也算工作之一。說懷柔有點難聽，但是被討厭就麻煩了，所以都會帶些玩具。因為這樣，再加上巡迴全國的關係，我們得記住各地孩童的用語。北方的妖怪大概都叫牟，牟牟或牟蒙爺；南方叫做嘎勾。地方不同，有時候叫嘎勾，有時候則叫做嘎剛哞，一些地方也叫做嘎勾傑。然後有些地方混合在一起，叫做嘎牟。根據我個人的推測，這原本應該是卡牟吧。卡牟的卡占上風的話，就叫做嘎嘎什麼，牟占上風的話，就叫做牟牟什麼。」

「什麼是……卡牟？」

「就是咬上去的意思（註三）呀。」

註一：「蒙牟」及「牟蒙嘎」皆為音譯，原文為「モンモ」（monmo）「モモンガ」（momonga）。
註二：此為音譯，原文為「ガンゴウ」（gango）
註三：日文中的「咬上去」發音為「卡牟」。

尾國牙齒咬得喀喀作響。

「把你咬來吃喲——是這種意思吧。小孩子被拐走，然後被吃掉……」

「哎呀……」

「說到吃人，大部分都認為是野獸幹的，但是這似乎不是野獸，而是妖怪。野獸是不會吃活的獵物的。初春的熊雖會吃人，但正確來說是攻擊人。日本也沒有老虎或獅子，不管怎麼樣，野獸吃的都是屍體。沒有哪種野獸會一碰上獵物就大口大口吃起來的，一開始都會先攻擊。所以雖然同樣都得防範，但防範的方法不一樣，也能夠迴避。不過妖怪的話，只是黃昏走在路上，有時候就會碰到。然後一碰上就會被抓，也不會有屍體。」

「然後……消失不見。」

「沒錯，妖怪和綁架犯不一樣，拐人的目的不是錢。一旦被拐，就回不來，就這麼消失不見。若非如此，被吃掉這種形容方式就很奇怪了。而且啊，熊就是熊，狼就是狼，不會把牠們幹的事特意賴在妖怪頭上。我們也不會說：做壞事的話熊會來喲……，唔，或許有些地方會這麼說，但我從來沒聽說過。而且姑且不論深山，熊並不會來到村子或城鎮的。所以我認為過去應該有拐人這門行業。」

「拐人……」

「我想就是因為過去日本有過這樣的人，吃人的怪物和拐人的怪物才會如此橫行吧。然後，這些人應該不是當地人，所以村人得警戒旅人。而我們這些賣藥的，在村人看來，只是單純的旅人哪。」

「所以賣藥郎才恐怖……？」

「我覺得即便他人認為我們很恐怖也沒辦法。因為換個角度來看，我們就像剛勾一樣，是妖怪的同類。」

——妖怪。

——拐人販子。

——賣藥郎。

「從過去不就有買賣人口這樣的行業嗎？我不曉得現在怎麼樣，不過在不久前，到處都還有人賣女兒。就算不拿去吃，人也一樣可以拿來做為商品。那樣的話，就得找地方進貨才行。一般來說，是從父母那裡買來。可是如果進貨價是零，那可就賺翻了吧……」

「朱美嫂，妳怎麼了？」尾國說，他平坦光滑的臉轉過去。

朱美謹慎地說：「是關於……那位村上先生……」

村上害怕賣藥郎的理由。

朱美昨晚聽到了其中的理由。

朱美回想起窩囊上吊男的臉。

村上說他出生在紀州熊野，據說是位在和歌山縣與三重縣間，一個叫新宮的地方。約莫十五、六年前，村上年僅十四，就離開了老家。說是離開，也不是被送去給人做雇工或是讓人收養，而是離家出走。

村上說：

——我害怕嚴格的父親，憎恨只眷顧弟妹的母親。

——我討厭傲慢的哥哥，受不了囉嗦的親戚。

——我不喜歡家業，鄉下的風土也不合我的脾性。

——所有的一切都讓我厭惡。

——我家是個農家，但是非常貧窮。

——土地也很貧瘠，種不出什麼作物。

——也做過抄紙的工作，但是不管怎麼拚命工作……

未來都看不到希望。村上深感絕望，結果逃離了家裡、村子與生活。

朱美心想：十四歲，那是個不上不下的年紀。

已經不是孩子了，但也無法自食其力。近

年教育制度似乎逐漸確立，所以中間出現了學生這種不是孩子也不是成人的位置，不過當時並非每個人都能夠升學，那樣的話，就只能安於半大人這種無可奈何的身分。

朱美也出身貧苦，十三歲就離家替別人幫傭了。

一個半大人，是沒有能力選擇人生的。

村上可能是痛恨這一點吧。

少年過去也曾經試著離家出走過幾次。

每當他離家出走，就會被帶回來。他再怎麼說都只是個少年，行動範圍有限，這也是沒辦法的事。頂多只能在村子郊外徘徊，根本無法逃離家的束縛。

但是……

村上說，當時是早春。

他說無法明確地回憶起是昭和十二年還是十三年。

一如往常，村上與家人發生激烈口角，「我再也受不了啦！我要離開這裡！」他氣沖沖地丟下這句話，奔出了家裡。

父親氣得漲紅了臉，追了上來。

村上頭也不回地拔腿狂奔，所以不曉得父親追了多遠，他心想父親應該很快就折回去了。

總是這樣。父親和母親知道村上會跑去哪裡，所以不會認真追趕，這讓村上有些不甘心。不過逃亡者也覺得至多在河邊或村子郊外就會被逮住了——村上這麼述往。

真的完全一如往常。

那個時候，村上逃進神社的境內。

那座神社叫做阿須賀神社。

他縮起脖子，鑽進鳥居。

可以躲藏的地方不多，村上過去也曾逃進這裡幾次。上次他在社殿右側被抓到，所以這次他繞到左邊去。

左側稱為上御備，右側稱為下御備。

「不過不知道為什麼會這麼稱呼。」村上說。

雖然不知道由來，但村上逃進了被稱為上御備的神域。

那裡有兩棵巨大的神木，就像鳥居般聳立著，村上從中穿過。社殿後方樹木繁茂，是一座小丘陵，那裡叫做蓬萊山。

兩棵神木正中央祭祀著高約五、六尺的立石。立石上掛著圍裙般的東西，下面用河原石排成圓形環繞，內側鋪滿了小石頭。

據說那塊石頭叫做「子安石」。

村上躲在它後面，石頭後方長滿了不可思議的樹木。他就像夾在樹木與石頭之間蹲著，就這樣躲了一會兒。由於沒有人追來的跡象，村上把背靠在石頭上，伸長了腿坐下。

不知道過了多久。村上的記憶裡，約莫是一個小時，但是當時沒有時鐘，這部分相當曖昧。

毫無人的氣息，卻突然傳出聲音。

——你在做什麼？

少年嚇癱了。不是比喻，他真的嚇到腿軟了。那道聲音儘管低沉，卻銳利得宛若貫穿腦門。聲音接著說：

——這裡古來就是神域。在我國尚未得名之前，就是個神聖的場所……

——非閒雜人等擅入之處……

村上理所當然地以為是神官。他屏住呼吸，縮起身子，望向聲音傳來的方向。然而站在那裡的並不是神官。

他看見黑色的伊賀褲（註）及綁腿。他往上望去，上面一樣是黑色的衣物。兩個三角形重疊、竹籠眼般的紋路令他印象深刻。

沒有這種神主。

註：伊賀當地人常穿的一種寬筒窄口褲。

這麼一想，村上突然感到恐怖。

——怎麼了？

男子獰笑。

——村上兵吉，用不著害怕。

發不出聲音。

——你又不學乖地離家出走了嗎？

男子悠然走近，緊挨著村上屈下身子，附耳說道：

——真是個壞孩子。

「雖然莫名其妙，但我覺得自己一定會被殺。」村上形容當時的心情，覺得自己遭到了天譴。

男子慢慢地抬起頭來，仰望不可思議的樹木。

——這叫做天台烏藥，是長壽不老的藥。不過是假貨。

——你的祖先為了尋找這種樹木，從遠方來到這塊土地。你知道嗎？

不知道。

這個人是誰？

——我……

——對，我是**賣藥的**。

——尋找長生不老仙藥的**藥商**。

明明沒問出口，男子卻這麼說。

藥商……，拐人的賣藥郎……，要是做壞事……

就在尖叫湧上喉嚨的瞬間，響起了「兵吉、兵吉」的呼叫聲。

是父親。

一瞬間，村上想要大叫「爸」，卻吞了回去，在極短的時間內以驚人的速度尋思起來。自己是離家出走的，怎麼能為了這點小事向那個討厭的父親求救？自己是那麼沒用、無法獨當一面的男人嗎？

一身黑衣的男子直盯著村上。可能當場識破了村上的內心掙扎吧，他朝著父親聲音傳來的方向望了一眼，說：

——你想逃走嗎？

村上仰望，視線對上了。

——我帶你逃走吧。

——過來。

男子抓住村上的手，把他拉起來，帶領他到天台烏藥樹後面，蓬萊山的樹林中。兵吉、兵吉，我知道你在這裡！你給我差不多一點！——父親的聲音接近了。男子分開叢生的樹木，潛入裡面，眼前出現了一塊巨大的岩板。

岩板直直的裂開來，有一個勉強僅容一人通過的裂縫。村上心想，男子可能就是從這裡出來的。

——這裡……

裡面就像洞窟。

——這裡並沒有那麼古老。

——不過，神社的人也不曉得有這樣的地方。

男子說著，點燃了蠟燭。

村上說，他看見了幾尊佛像。神社境內有佛像，這實在相當荒唐，但村上記得那確實是佛祖的模樣。

這時，父親的聲音又遠遠地傳來了。村上心想，父親一定正在尋找子安石一帶。

他暫時壓低呼吸聲，豎起耳朵。

等父親的聲音完全消失後，幾乎令人窒息的緊張感也解除了。村上總算發得出聲音了。

——你……是誰？

他的聲音顫抖、沙啞。

我是藥商——男子再次說道。

你怎麼會認識我？——村上又問，男子籠罩著濃濃陰影的臉笑開了。

——這沒什麼，我又不是只認識你一個人。

——我對於這一帶的每一個人都瞭若指

掌。

——從祖宗八代、家業到家庭關係，全都調查過了。

——所以你經常離家出走這件事，我也早就知道了。

——不必擔心。如果你真心想離開家，我可以幫你。

處於乾燥的洞窟內部，男子說話的回音，一次又一次震動著鼓膜。

——你真的拋棄得了家嗎？

拋棄得了家嗎拋棄得了家嗎拋棄得了家嗎？

那種父親。那種家。那種村子。

「現在想想，我不懂自己那個時候到底是在痛恨些什麼。」床上的村上垂著頭說。朱美心想，每個人一定都有過這樣的時期。

想要離開家、討厭父母，這些牢騷其實只是藉口吧。儘管不明所以，總之就是想要反抗——朱美覺得這才是真實的。

憤懣的源頭並不在外側。

可是在那種時期，很少有人能注意到幸福與不幸其實都不在自己之外。因為事實上，胸口就是充滿了無處排遣的憤懣，所以才會向外尋求反抗的對象。會怪罪於父母或環境，只是為了想自我正當化罷了。

但是，在向外側尋找理由的時候，問題永遠得不到解決。有時候，被壓抑的衝動會帶來巨大的扭曲——儘管如果能夠隱忍過去，它其實是非常微不足道的小事，甚至可以當做不曾發生過。

村上少年時，怎麼樣都無法忍耐吧。討厭討厭討厭——莫名其妙的厭惡感在黑暗中膨脹，結果村上少年對男子點頭了。

男子狂妄地笑了。

——好骨氣。這座神社號稱熊野三所權現（註一）的發祥地。

——但那只是在明治的神格上申時這麼奏上的罷了。

——這裡原本祭祀的是泉津事解男命。

——泉津事解男命這個神哪……

——是伊奘諾命將休書交給黃泉之國的伊奘冉命時所誕生的神明（註二）。

——所以如果要與日常的束縛訣別，這地方是再恰當也不過的了。

男子在洞窟中站了起來。

——這裡什麼都沒有，我尋找的東西或許不在此處。

——也得問問你的家人才行。要是問不出個結果來，可**不能善罷甘休**。

——我也猶豫過，把毫不知情的你給捲入，似乎說不過去。

村上一臉糊塗。

男子接著這麼說：

——你的家人……或許會**消失不見**。

——即使這樣也無所謂嗎？

少年點頭。那種父親、那種家庭——可是村上說，他一點頭就後悔了。可能也是因為他不太懂男子的意思吧。但是那時已經太遲了。

男子把臉靠過來。火光幽幽搖曳，只看得見男子的嘴巴。

——你今後就在我手下工作，在伊豆。

——不，先讓你去東京好了。

村上說，儘管他的意志薄弱，卻強烈地認定自己已經對這名男子唯命是從了。

——要後悔只能趁現在。

——沒辦法回頭嘍？

註一：日本紀伊國東牟婁郡熊野山，因山中有熊野坐神社、熊野速玉神社、熊野夫須美神社等三所神社鼎立，故又稱熊野三所權現。權現為示現、化現之意。

註二：伊奘諾命與伊奘冉命亦寫作伊邪那岐命、伊邪那美命，是日本神話中奉天神之命生下日本國土及神明的兩位男女神。

——你答應了是吧？

少年村上兵吉，就這樣被男子給**拐走**了。

「被拐走了……」尾國重複朱美的話。

「被拐走了。因為村上先生就這樣——

唔，何況他是離家出走的，若就此回了家也太可笑了——總之村上先生被那個怪人帶走，搭上火車，上了船，就這麼被帶離故鄉……」

尾國默默地把視線從朱美臉上轉開，瞪著玄關的拉門。

「昭和……十二年是嗎？」

「好像是那個時候。」

「那個……神祕男子自稱藥商？」

「就是啊，所以村上這個人真的是被賣藥郎給拐了。」

「賣藥郎啊……」尾國自言自語似地呢喃道。

「嗯，就像傳聞說的，做壞事就給抓走了。他是這麼想的吧。」

「兵吉……」

「什麼？」

「那個上吊的男子，是叫村上……兵吉嗎？」尾國這麼問朱美。

——為什麼頓了一下？

「是啊……，是兵吉沒錯……。尾國兄，難道你……認識他？」

「沒這回事，我怎麼可能……」尾國猛然回頭說道。也是吧，這種巧合不多見。可是……

「呃，我當然不認識那位先生，不過我知道那座神社。那座阿須賀神社，是與徐福有關的神社。」

「徐福……？」

「他是中國古代方士……類似仙人的人物。據說他古早以前曾經遠渡日本，前來尋找珍奇的藥物。」

「藥？」

「對，藥……」尾國說到這裡，望向朱美的眼睛。「傳說徐福渡海來到有明海，從那裡登陸，四處尋找祕藥，最後去到我出生的地方，也就是佐賀平野的北邊——金立山。據說在那裡，一個白髮童顏的男子將祕藥傳授給徐福。而那座山上的金立神社，也是與徐福有關的神社。我的老家就在山腳下，我從小就聽大人講述這個傳說，所以老早就十分在意了。」

「在意……？」

「在意這是不是真的。如果真的有能夠治百病的藥，不管是阿婆的腳氣病還是老爸的痛風都能夠治好了——哎，其實也不是出於那麼正經八百的心態，不過就是一直放在心上。我也曾經向人打聽過，結果有人告訴我，那種藥其實就是黑蕗。我故鄉的山裡確實黑蕗群生，但是那並不是可以治百病的藥草。」

尾國從包袱裡取出紙包。

「這是叫做細辛的藥，它的原料就是黑蕗。具有鎮痛解熱的功效，可是不能治百病。我大失所望哪。失望之餘，又知道了一件令人大失所望的事。除了九州以外，據說徐福也從其他地方登陸。先是丹後的新井崎，新井崎神社也祭祀著徐福，然後還有熊野的阿須賀神社……」

「哦……」

「我會知道那個神社，就是這個緣故。」尾國說。雖然不覺得尾國在說謊，但朱美總有一種受到哄騙的感覺。

「是的。噯，這是古時候的傳說了。就像桃太郎的故事一樣，不曉得究竟哪些部分是真的，或許全都是假的。不過，熊野連徐福的墳墓都有。若只論墳墓的話，甲州富士吉田也有呢。」

「富士吉田？」

「富士山的山麓有許多徐福傳說，據說富士山就是徐福的目的地。聽起來很有這麼一

回事，不過我覺得太過巧合了。甚至有傳説認為富士山的別名就叫做蓬萊山。可是我覺得那個熊野的蓬萊山——就是他們兩個人躲藏的地方，才是真的蓬萊山。傳説中，蓬萊山漂浮在海面。富士山並沒有浮在海上吧？而且我聽説熊野的蓬萊山古時候是一座島，四面環海，所以……」

「哦……」

這……跟村上的名字到底有何關聯？

無法釋然。可是尾國平坦的臉還是老樣子，甚至露出笑容。那個讓朱美一瞬間困惑的不自然停頓，只是一場幻覺嗎？她甚至開始這麼覺得。

朱美默默地望向庭院。

「所以呢……」尾國接著説。「……那個自稱藥商的神祕男子，會不會也是聽了這樣的傳聞，而前來尋找祕藥？那麼……沒錯，那一定又是個好事者。」

「這樣嗎……？」

好事者會帶走離家出走的小孩嗎？

朱美這麼問，尾國的臉微微地抽搐著。朱美無法判別他是想要笑，還是感到困窘。

「那麼朱美嫂，妳認為那名男子……是人口販子？」

「與其説是人口販子，這種情況應該算是誘拐犯吧。尾國兄，你不是才剛説有這樣一門行業嗎？」

尾國的顏面肌肉又非常細微地顫動了。

「我不是説現在有，是説過去有。現在已經沒有了吧。」

「你是這麼説，可是那件事又不是發生在現在，而是戰前——十五六年前的事。」

「是這樣沒錯。」尾國苦笑。「唔，我説的過去，頂多是到明治吧。在昭和年代……想要拐人還是很困難吧。證據就是，最近的孩子就算對他們説牟啊嘎的，他們也不怕了。説到最近的誘拐犯，全都是綁票勒贖。威脅說會有人來抓小孩喲、會被綁架喲，害怕的都是父母呢。」

「可是尾國兄，你也說過，直到最近都還有人賣女兒。我也一樣，幫傭只是說得好聽，實際上可說是被賣過去的。」

「如果那位叫村上的先生是女的，狀況又不同了。買賣女兒是確有其事。我對法律不熟，不過或許那個時候，人身販賣還半公開地存在。可是他是男的，男人賣不了錢吧？而且越後獅子（註一）、見世物小屋（註二）等等，現在都衰微了。」尾國這麼作結。

他說的沒錯。可是，總覺得尾國的口氣像在辯解。關於這件事，朱美覺得尾國根本無須做任何辯解，但不知為何，她卻覺得聽起來有此意味。

「那……」尾國毫無脈絡地拉回話題。

「那個人後來……怎麼了？」

「咦？哦，他……」朱美有些猶豫該不該說。

「他怎麼了？」尾國對朱美笑道。

朱美略略後退。

尾國瞇起細長的單眼皮眼睛。「總覺得這件事很可疑。那麼那個人就這樣跟著神祕男子一起離開故鄉了嗎？真難以置信。那個神祕男子就像山椒太夫（註三）的故事般，把他給賣掉了嗎？既然他人還活著，表示他也沒有被活生生

註一：源自越後國（現新潟縣）的舞獅，讓小孩子戴著獅子頭跳舞雜耍，沿街乞討。

註二：近似西洋的馬戲團、畸形秀，以畸形的人或才藝表演來招攬客人。有時候被拐走的小孩也會被賣到見世物小屋。盛行於江戶時代，近世由於人權等問題，昭和五十年後嚴禁身體有殘疾者表演，日漸沒落。

註三：日本廣為流傳的故事。平安時代末期，安壽與廚子王姊弟與母親去見遭到左遷的父親途中，在越後國遭人拐走，賣到富豪山椒太夫家，受盡折磨。後來姊姊為了讓弟弟逃走而犧牲，弟弟與父母重聚，並向山椒太夫復仇。中世以後，成為各種小說、戲劇的題材。

地挖出肝來吧？」

「這……也是。這件事真的很離奇，村上先生說，那名男子讓他在外地學了讀寫算術呢。」

「還供他上學？」

「這我就不曉得了……」

整整三天。

村上說，他們整整花了三天移動。下了火車，上船時，村上已經死了回家的心了。他似乎處於一種或許會被殺的恐懼當中，但是男子十分冷靜，也沒有突然翻臉。然而景色目不暇給地變化，村上完全不知道他們究竟經過了哪些地方、是如何移動。這也難怪，對於從未離開村子的少年來說，連鄰村都是異鄉。

「我們抵達了一座城市。現在想想，那裡應該是東京的中野。只要去看看就知道了，但是我很害怕，不敢去那裡。」村上用一種隨時都會哭出來的語氣說。

他說，那是一棟像監獄般的建築物，村上在那裡接受了基本教育。有一個像是教官的人，幾乎成天跟著他，村上完全沒有接觸到教官以外的人。但是他覺得那裡還有許多人。

男子把村上交給那名教官後，沒有半句說明就離開了，之後一次都沒有露面。

村上被禁止外出，甚至連詢問地點和名稱都不准。所以村上現在依然不知道那裡是什麼地方。

「那裡不嚴格，反倒相當寬鬆。我的記性不算差，所以也覺得讀書滿有意思的。而且同時我感到自己的人生就這樣改變了，湧出了一絲希望。可是，完全不知道自己為什麼被帶來，這還是讓我……害怕極了。」村上說。

他是個膽小的人。

接著，三個月後。

村上從那裡逃走了，他說他再也無法承受

了。

村上撬開廁所的窗戶，翻過圍牆，逃走了。自己總是在逃避——村上說他當時這麼想。他漫無目地地竄逃。因為連自己在哪裡都不曉得，當然也不知道該往哪裡逃才好。

由於害怕有人追來，他不敢睡覺，身上沒錢，也不能吃飯，村上只是一個勁兒地逃。

「我來到河邊，一面藏身釣魚船，一面沿著河岸逃走。我在深川一帶，過了一陣子流浪兒般的生活，然後一路流浪到板橋。我在那裡幫忙江湖藝人，住了下來。」

他說他沒有想過要回熊野。那時，村上對於故鄉與家人的反抗和厭惡都已經消失，他反而非常想家，但是……

「我覺得一回去就會被抓。不是被父母，而是被那個賣藥郎。而且……」

男子曾說「你的家人或許會消失不見」，這句話一直盤踞在他的腦海。男子說再也無法回頭，這話完全沒錯。村上已經沒有任何回去的地方，也沒有人可以依靠了。可是他不後悔。不過村上說，那不能說是具有建設性的積極態度，他只是害怕往後看罷了。村上被遭人追捕的恐懼感所驅策，不斷地逃亡。

「我生活在恐懼當中，只要存到一點錢，立刻就改變住所。我從一個城鎮流浪到另一個城鎮，不久，因為因緣際會，受到營造公司僱用，成了流動工人的一員，巡迴全國。沒有多久，戰爭爆發了。」

是太平洋戰爭。

但是村上沒有收到赤紙（註）。

或許是寄到故鄉去了，但本人不可能收到。

村上說，戰爭時，他待在茨城。戰爭爆發

註：即軍方的入伍召集令，因為使用紅色的紙張，俗稱赤紙。

後，工人同伴們就像缺牙的齒列般零落散去，也沒有工作可接，於是村上偽造身分和來歷，在鎮工廠工作。

當時村上是個四肢健全的健康成年男子，卻沒有應徵入伍，不管怎麼看都事有蹊蹺，而且還有承受世人的眼光。於是村上向雇主坦白以告，工廠老闆是個好人，村上說他不想給老闆添麻煩。雇主諒解了一切，藏匿村上。

「由於軍需景氣，工廠非常忙碌。老闆年紀大了，而且肝臟不好，性子也變弱了。我想也是因為老闆的兒子才剛被徵召當兵吧。老闆說，去了前線的話，八成回不來了。事實上，老闆的兒子真的戰死了。」

村上小心翼翼地過日子。儘管完全沒有觸犯任何法律，村上的人生卻是一輩子在逃亡，本身就帶有內疚之感。所以村上生活得戰戰兢兢，就在他快要窒息時，戰爭結束了。

然後……

「老闆說要收我為養子，讓我繼承工廠。但是我的身世就像我剛才說的那樣，唉……我沒辦法輕易地接受老闆的好意。而且那樣的話，總覺得很過意不去。可是老闆很堅持，我也覺得不能辜負他的心意。」

於是……

大約時隔十年，村上回到了故鄉熊野。

他說他的心情十分複雜。

然而……

家人不見了。

父親、母親、哥哥、弟弟、妹妹、親戚、熟人，全都不見了。

屋子也燒燬了，只能看出一點殘跡。

那裡沒有村上拒絕的過去，也沒有應該要迎接他的過去。

不僅如此，聽說連阿須賀神社的子安石都遭到轟炸，形影不留。別的地方立了一塊相似的石頭，但那並不是記憶中的石頭。至於洞窟，村上害怕得不敢進去。

村上前往區公所。

但是……

「嗯，有提出死亡證明書。不，我是說我的。我在昭和十三年，十五歲時死亡。因為我一直行蹤不明，所以被判斷為死亡吧。關於家人，區公所說不曉得，那時世局十分混亂。噢，沒有提出遷移證明，也沒有死亡證明。嗯。可是原址沒有人。有些人在疏散避難時，就這樣在疏散地過世了。如果家人全都死了，也不會有人送來死亡證明吧。戶籍單位的人也十分傷腦筋。」

村上無可奈何，只能就這樣回到茨城。

工廠老闆聽完村上的話，雖然放棄收養他，但希望村上繼承他的財產。不過即使只是讓渡經營權，也需要戶籍。

老闆想出了一計，要了一點小手段，讓村上擁有新的戶籍。

村上說，好像是偽稱戶籍資料毀於戰火，但他不知道詳情。

村上兵吉重生了。

該說他是重生為一個沒有過去的男人嗎？或許他也算是數奇命蹇。

尾國環起雙臂。

「捏造……戶籍啊……」

「我不曉得，這算捏造嗎？不過他本來也是莫名其妙被宣判死亡的。」

「就算是這樣……」尾國說道，陷入了沉思。確實，那不能說是正當的手段吧。朱美也認為就算是陰錯陽差地被送出死亡證明，也應該採取適當的方法來糾正錯誤才對。

尾國露出一副想通了的表情。「那就是……他說的倒閉的螺絲工廠嗎？」

「應該是，他說那位老闆前年過世了。聽說是戰後經營陷入困難，村上先生也費盡心思挽救。但是他從來沒有經營過工廠，而且現在景氣又這麼差。」

「應該……是吧……」尾國臉上的表情消失了。

「你……怎麼了嗎？」

——幹嘛呀？

尾國的反應怎麼這麼奇怪？

尾國一副大夢初醒的樣子，有了反應。

「啊……沒事。只是，總覺得聽起來很像編造的故事，教人難以置信。依我個人的淺見，嗳，是吹牛吧。」

「我倒不覺得是編出來的。如果是信口開河，隨口胡謅，也太詳細，太鉅細靡遺了。再說，騙我有什麼好處呢？」

「這……這我不知道，但有些人天生就有說謊癖啊。而且他會上吊自殺，搞不好也只是偽裝的。第一次姑且不論，第二次的時機也算得太準了吧？朱美嫂心思縝密，我想是不會有什麼萬一，但是有些惡劣的人，就是專門利用別人的好意……」

「如果要騙人，我想應該會扯些更像樣一點的謊吧。就算要引起他人同情，也會把身世說得更可憐些。那種謊話還容易編多了……」

是的，村上說的內容確實脫離常理，而且突兀。但是朱美之所以相信村上，是因為村上的態度一點都不悲愴。

村上只是歉疚地、害羞地、淡淡地、訥訥地述說他的生平。然後他好幾次側頭沉思，一副連他都難以相信自己的過去似的。

——他不悲傷嗎？

村上的話裡，沒有悲觀也沒有自棄。

仔細想想，他的生平難以說是順遂。但是村上應該並未對此感到不幸。

所以他自殺的理由更難以理解了，他的連續自殺未遂顯得極為突兀。只有這一點，與村上這個人的人生**格格不入**。

朱美這麼說，尾國便說：「妳說的沒錯，

所以他的話才可疑。朱美嫂人太好了。我說的不對嗎？他過去的人生飽經波折，然而他卻沒有什麼特別的理由，就上吊自殺，這太奇怪了。裡頭一定有什麼古怪。我想他一定是個油嘴滑舌、信口開河的傢伙。妳最好不要再跟他扯上關係了。」

「這……」

可以就這樣丟下他不管嗎？他住院的錢和治療費該怎麼辦呢？

「那種事不是妳該替他操心的。」尾國異常熱心地說。「如果他說的不假，那麼儘管工廠倒閉，他卻不怎麼悲觀對吧？也不愁吃穿。那種人為何非得要勞妳照顧呢？」

尾國說的確實沒錯。

村上只是單純地在旅途上用光手頭的錢罷了。

「所以他才可疑呀。」尾國接著說。「依我之見，那傢伙其實正為錢發愁。所以才偽裝自殺，尋找願意救助他的善心人士。無論是誰，都不想看到有人死在眼前，他就是算準了這一點。這和詐欺師還有黑道的手法如出一轍。妳知道一種叫撞人師的嗎？像這樣，朝人直撞過來，明明沒受什麼傷，卻裝出傷得很嚴重的樣子，勒索慰問金和治療費。他一定也是那一類的。那段奇怪的往事八成也是假的。說起來，他提到熊野、中野、茨城等等，講了很多地名，卻一次也沒有提到沼津這裡。他何必在與自己毫無瓜葛的地方上吊？」

「這是有理由的。」

「理由……？」

尾國沉默了。

「村上先生說他關掉工廠後，去了東京。不曉得他是踏實還是膽小，在工廠經營狀況還沒有落到不可收拾的地步前，就把它給關閉了，所以並沒有負債，但是鄉下也找不到工作，所以他選擇到大都會，碰巧郵局正在徵

人，他便進入郵局工作。說是工作，也只是臨時雇員。那是去年春天，他到了中央郵局。村上先生在那裡的工作是檢閱信件。」

「檢閱……信件？」

「是的。戰爭時，動不動就是什麼敵對語言啊、危險思想的，控制得非常嚴格，但是據說戰後在不同的意義上來說，也一樣嚴格。不過占領解除後怎麼樣我就沒聽說了，所以不曉得。不管是左派思想還是右派思想，進駐軍都不怎麼喜歡吧。所以政府就蒐集投寄的信件、明信片，檢查有沒有危險的內容。真是討厭……」

尾國臉上的表情再次消失了。「真令人不解，這又怎麼……」

「村上先生說，不管是收件人還是寄件人——不，連信件的內容都要一一看過，結果……他發現了。」

「發現什麼？」

「名字。」

「誰的名字？」

「熊野老家鄰居的名字。」

「鄰居……？」

「收件人的名字和鄰居的退隱爺爺名字相同。」

「是同名同姓的人吧。」

「但是啊……他把信件翻過來一看，寄件人的姓名竟然與鄰居當家一模一樣。當然，十幾年前村上先生還是個連字都還不太會讀的小鬼頭，就算讀音相同，字或許不一樣。村上先生說，當時他心想：父子兩個人都同名同姓，這也真稀奇。但是啊……」

「但……是……？」

「接著他看到寄給對面鄰居父親的信。翻過來一看，寄件人同樣是對面鄰居的兒子。」

尾國終於連應聲都沒有，沉默了。

「村上先生說，他覺得不可能有這麼巧

的事，我也這麼覺得。所以，村上先生偷偷地把地址抄下來了。他說這種事是嚴格禁止的，理由是為了保護個人隱私，可是連信件內容都給人家看光了，說什麼隱私也實在好笑，但是規定就是規定。不過其他的臨時雇員全都是剛畢業的學生之類，很容易就可以瞞混過去。可是，事情並沒有就這樣結束……」

尾國無言地等待朱美接下來的話。

「……村上先生終於找到了。」

「找到……什麼？」

「就是……」

「是什麼？」

「他父親的名字。」

「咦？」

「是寄給他失散父親的信，寄件人是……村上先生的哥哥。」

「這……」

「這可說是關鍵性的證明吧。結果，最後他找到了對面與兩鄰總共七家，等於是村落一角所有人的名字。聽說那七戶人家在村子裡也建在比較偏遠的地方，就像本家分家一樣，唔，就像親戚那樣吧。而且是全部。更奇怪的是，收件人全都在伊豆這裡。而且更奇妙的是，信是在東京的郵局投寄的，寄件人的地址卻也全都在伊豆。下田、白濱、堂島、韮山，還有沼津這裡……」

「怎麼可能……」

尾國露出極為怪異的反應。

他呢喃：「有這麼巧的事嗎？」接著啞然失聲。

聽到這件事的時候，朱美確實也感到吃驚，但這並非不可能。

被當成亡故的，只有村上一個人而已，至於他的一族老小並未過世。就算屋子燒掉了，也沒有任何證據顯示他們死了，而且七家人全部死絕，這再怎麼說都太誇張了。他們只是行蹤不明，推測他們搬到別處去了還比較合理。

但是發現住址這件事，並不值得大驚小怪。該吃驚的反倒是村上在郵局工作這個巧合，這麼一想，尾國驚訝的模樣令人感到不尋常。

「村……村上他……」尾國喘息似地說。

「……妳說，他參加了『指引康莊大道修身會』對吧？」

「嗯。尾國兄剛才說那是**騙人**的，不過村上先生似乎很感謝他們。聽說是他的房東介紹的，那裡連一些瑣碎的小煩惱都願意傾聽。不僅如此，還給了他適切的指引。所以，關於這件事他也……」

「告訴他們了嗎？」

「該說是告訴嗎……？村上先生說是去商量。」

尾國單手「咚」一聲拍在木板地上，輕聲呢喃：「這樣啊。」

「什麼東西這樣啊？」

「不……所以……他才……」

——怎麼回事？

「他才會到伊豆……」

「是啊，但是村上先生不曉得該怎麼辦才好。他覺得自己拋棄故鄉，空手來到這裡，事到如今也沒臉見家鄉父老了。所以他去找修身會的大人物商量了。」

尾國以低不可聞的聲音「嘖」了一聲。

「所以……那個人指示他來伊豆嗎？」

「他沒說是指示。村上先生說他參加了類似研修的活動，好釐清自己的心情，最後村上先生決心要去見親兄弟。」

「研修啊……」尾國不屑地說。

顯而易見，他的反應不尋常。朱美細細觀察尾國的模樣，尾國平素幾乎不會表露感情。朱美過去從未見過他這個樣子。

「村上先生說他不敢一開始就去見父親，

所以先前去哥哥的住址。然而那個住址卻找不到人，那裡住的是別人。他以為自己記錯了，詢問住戶，卻沒有類似的人，也不肯聽他說明。所以他便接二連三巡迴伊豆，卻全部落空了……」

——他已經沒在聽了。

朱美這麼感覺。朱美的話沒有傳進尾國的耳中，他的態度讓人感覺他**已經知道**接下來的事。

即使如此，朱美還是說下去。

「……然後他來到了這個城鎮。他說沼津這裡應該住著過去住在他家後面姓須藤的人，但是他也沒有找到。結果他好不容易下定的決心就這麼落空……」

然後村上來到這裡，受到無法排遣的失落感、焦躁感侵襲。

——我少了什麼。

少的是什麼？

過去嗎？

人總是說，人無法逃離過去。

朱美認為過去就跟夢一樣。儘管人總是說過去就像枷鎖一般，然而過去一旦不見，人似乎就會立刻陷入不安。

朱美就是不了解這一點。

世人說，過去不會消失，也無法改變，但是朱美不這麼認為。對朱美而言，過去並不是事實。過去是記憶，所以可以刪除，也可以改變。所以她總覺得無聊的過去就這麼忘了還比較乾脆。她也覺得既然可以改變，就無須拘泥。就算沒有了，也不會有什麼妨礙。就算沒有昨日，只要有今天就好了。

換言之，所謂過去，只是執著的另一個名字。

但是……

她也覺得，實際上也有人是仰賴回憶而活的吧。

例如說，朱美過去有個朋友，就完全失去了過去。朱美這樣的女子終究無法了解，但那確實會令人變得虛無吧。

但是村上有著確實的過去，他清楚地記得比任何人都乖舛的過去。而村上比任何人都清楚，那不是假的。

他並沒有欠缺。

儘管如此……

雖然朱美到最後還是不了解，但她也覺得其實她完全了解。

「少了什麼啊……」

尾國自言自語似地呢喃道，沉思了好一會兒。朱美凝視著他的側臉，接著發現自己懷疑起尾國來。尾國今天碰巧來訪，朱美也並非應他要求才說出村上的事，而是自己主動說出來的。簡而言之，這部分完全沒有令她起疑的理由。那麼朱美的疑心不是出於理性的判斷，而是極為本能的感覺。不過朱美**這方面**的第六感十分敏銳。

——這個人……

是朱美的恩人。認識四年當中，她和丈夫受過尾國不計其數的幫助，卻不記得尾國曾經麻煩過他們什麼。他是個親切的人、奇特的人。但是……

——我對他一無所知。

朱美對尾國一無所知。

她知道尾國的姓名、出生地、年齡和職業。但是例如說，他住在哪裡呢？他有家人嗎？他平常都怎麼過日子呢？

——不知道。

朱美認識親切的賣藥郎尾國，但是她對於尾國誠一這個人卻一無所知。看不見他的生活、看不見他的臉、沒有氣味。

對朱美來說，尾國只是個代表親切外人的記號。

例如說……

——尾國是他的本名嗎？

朱美忽地這麼想。這麼一想，連尾國的名字都變得可疑起來。

原本這些事根本無關緊要。朱美也有一些朋友只知道綽號，就算知道本名，也不是說連戶籍都要確認才能夠來往。而且名字的功能只是識別個人，只要能夠區別，朱美覺得不管是記號還是號碼都無所謂。如果不計較過去——家世或來歷，那麼不管交情深淺，即使不知道本名，也不會有任何問題。事實上，朱美就知道有人以別人的名字活了好幾年。但是……

這股突然湧上心頭、揮之不去的不安是什麼？

說起來，朱美是在哪裡、怎麼認識這個賣藥郎的？

她覺得好像認識很久了，那麼到底是什麼時候認識的呢？

應該有初識的場面才對，那是……

——不記得。

記憶……缺損了。

信賴感急遽消失。

朱美悄悄地，望向或許其實是個陌生人的恩人。

賣藥郎緩緩地開口：「朱美嫂，從村上兵吉那裡聽到這件事的……只有妳一個人嗎？」

「不……」

奈津也在。

奈津也聽見了。

「……只有我一個人。」朱美撒了謊。

賣藥郎慢慢地說：「這樣啊。」

他把臉轉向朱美，手徐徐地伸向她。

——他想幹嘛？

「磅」、「磅」，丟東西的聲音響起。

嬰兒刺耳的哭聲。

雜貨店的狗叫聲。

尾國嘖了一聲，望向喧鬧傳來的方向。

「又來了！你給我差不多一點……！」奈津的聲音響起。

朱美趁機站起來，打開玄關門。

伸出頭去一看，胸前掛著圓形飾物的男子正茫然站立在朱美面前。

3

消毒水的刺激氣味從鼻腔直竄腦門。

純白的床單在螢光燈照耀下，顯現出不健康的清潔。

上面躺著遍體鱗傷的自殺未遂慣犯，朱美和奈津兩個人坐在堅硬的小椅子上，望著他倦怠的睡臉。

「真是傻。」奈津說。「這真的是病呢……」

她嘆了一口氣，說：「朱美也真是撿了個傻子回來呢。」再次深深地嘆息。

「劈哩啪拉講了那麼一大堆，普通人應該都爽快了吧？就算不暢快，也該會平靜一陣子才對吧？」

「就是啊……」

村上第三次試圖自殺了。

事情發生在昨天下午。

成仙道的男子站在朱美家玄關口，與坐在木框上的尾國幾乎是互瞪般地對峙時，有人跑來報信。捎信者是朱美見過的老人——醫院的工友。

這種情況，其實並不應該通知朱美。她既非村上的親人，也不是朋友，但是讓身分不明的旅人住院時，即使只是形式上，也需要一個身分保證人。

朱美既沒有鎖門，也沒有向尾國招呼，就這樣穿過成仙道男子身旁，跑向醫院。

她不是擔心村上的安危。

她一定只是想離開那裡罷了。

城鎮的小醫院裡，住院病患只有村上一個人，燙手山芋的自殺者應該獨占二樓的三人房，睡在窗邊通風良好的床上才對。

——為什麼？

除了「為什麼」以外，朱美沒有其他想法。

她以為只要把他送進醫院就可以安心了。聽說事情發生在負責的護士離開的短暫時間裡。以剛自殺未遂而言，村上的情緒穩定得驚人，所以院方似乎也放鬆警戒了。

或者說，前一刻村上還在與護士討論付清住院費用的方法，說他現在身上沒錢，但東京的租屋處還有存款，如果拜託房東，或許可以幫他寄錢過來。護士萬萬沒有想到，村上竟然會在談完這種事後，立刻試圖自殺。

村上把腰帶的一端綁在病床的鐵架上，另一端綁成環狀套進脖子，想要從窗戶跳下去。護士回來見狀，急忙把他抓住，才沒有釀成悲劇，但是村上撞得遍體鱗傷，好不容易固定的石膏也撞碎了，而村上摔到地上時，重重地撞到了頭，就這麼昏厥過去。

村上是在半夜時分恢復意識的。

他什麼也不說了。

該說的話都說完了，也沒有什麼可問的了。朱美心想，村上可能是最想知道自己為何要尋死的人吧。

只有一次的話，是一時衝動。第二次也還算是鬼迷心竅。

但是到了第三次，就無從辯解了。

村上把視線從朱美身上別開，就像壞掉的唱盤，只是不斷地重複著「對不起」、「對不起」。朱美陷入一種難以形容的不安，覺得時間好像停止了，或相同的時間又重複了。

——我討厭反覆。

一直以來，朱美只看著前方生活，但是如果前方出現了自己的背影……

如果過去在未來重複……

如果在相同的時間裡永遠循環……

——這……

死也不願意。對朱美這種女人來說，再也沒有比無止境更恐怖的事了。

即使如此，村上還是念咒似地不斷地重複「對不起」、「對不起」。但是那聽起來似乎不是在向朱美道歉，他在對自己受折磨的身體道歉嗎？還是在向添了麻煩的世人道歉？或者是……

——向缺少的什麼道歉？

不久後，聲音停了。

朱美等待村上睡著，回到家裡。她覺得自己沒有義務陪伴他到早上。

她也在意家裡的情況。被留下來的尾國怎樣了呢？尾國再怎麼說都是客人，丟下客人、連聲招呼都沒有就跑掉，是不是太輕率了？重要的是，敏銳的尾國是不是早就發現朱美在懷疑他了？那麼他是不是見怪朱美了？

理所當然地，沒見到尾國的人影。

泥土地上只留下了一張信紙。

信上寫著：「千萬小心——尾」。

朱美宛如附身妖怪離去似的，渾身虛脫。

然後她一點都不像她地自問自答起來。尾國遭到這麼簡慢的對待，卻還是擔心著朱美，不是嗎？

然而自己卻……，那個時候，為何會那麼強烈地懷疑起尾國呢？

——因為他的樣子真的很不對勁。

尾國的樣子真的不對勁嗎？

不對勁的會不會是自己？當時的朱美確實不太尋常。

但是……尾國最後的動作是什麼意思？如果沒有被阻撓，他朝著朱美伸出來的手本來打算做什麼？

總覺得一切都無所謂了。

朱美睡得不省人事。

連夢都沒有做。

「話說回來……這個人幹嘛這麼執意要死啊？」奈津難以置信地說。

是奈津將朱美從虛無的睡眠中拉回了煩雜的現實。奈津一早就來拜訪，她一叫醒朱美，就抱怨成仙道的隊伍鏘咚鏘咚吵個不停，嬰兒都沒辦法睡覺。

才剛起床就聽到這番抱怨，朱美也無話可答，但是奈津對此也十分清楚吧。她是來做什麼的呢？朱美定神後一聽，也沒什麼，奈津說她把嬰兒寄放在娘家一天，是來邀她一起去探視村上的。

外頭的確很吵。

鑼鼓喧天，還有像笙或笛子般不可思議的音色夾雜其中。雖然沒有人聲，但是連屋子裡都能夠濃濃地感覺到一種萬頭鑽動的、難以形容的氣息。

可能被異常的狀況給嚇到了。連雜貨店的狗都發出害怕的吠叫。

這個樣子，嬰兒不可能睡得著。

奈津的娘家離此有段距離，嬰兒已經被受不了的婆婆抱過去了。

朱美也覺得得去醫院一趟才行，所以她急忙準備出門，但去了又能如何？這究竟是怎麼回事？她的思緒怎麼樣都理不清。

外頭更加吵鬧了。

大馬路上，男男女女脖子上掛著那種雙巴圖紋飾物，整齊並排著。其間有一些穿著陌生異國服飾的人，手裡拿著樂器，以一定的間隔站著。幾名維持交通的警官一臉索然地望著他們，態度消極地走來走去。就像奈津說的，信徒的數目似乎不少。

朱美想起在照片上看過的立太子儀式。

拿來比較或許很不敬，規模也大不相同，但是兩者的情景十分相似，只是沒有大人物行經罷了。

不管等上多久，都沒有人通過。

朱美和奈津兩個人沿著人牆往醫院走去。離開大馬路後，隊伍依然延續著，結果前往醫院的路上，幾乎都被那群怪異的團體給占據了。

換個角度來看，他們也像是一支異國的軍隊。

到底有幾個人？朱美非常在意。

村上在睡覺。

護士一看到朱美和奈津，當場身體一軟，就像一顆洩光了氣的氣球似的。接著她異常情緒化地說：「啊，太好了。」

狀況異於昨日，醫院也不能對村上掉以輕心了吧。既然收留了他，院方也有責任，要是村上死了就糟了。

話雖如此，這只是一家鎮上的小醫院，沒有人手可以成天監視村上。院長說，老實說他傷透了腦筋。朱美和奈津雖然與村上有關係，但她們並非當事人，也不能隨便把她們叫來，要求她們照顧。院方十分明白朱美和奈津只是善意的第三者，以她們的立場而言並無須負責。院長說，或許交給警方處理才是上策。

朱美也覺得這樣做比較好。

之所以沒有驚動警方，是因為狀況不嚴重，更因為村上本人**少根筋**。

仔細想想，這如果是一般的自殺未遂，事態應該更嚴重吧。理所當然，試圖自殺的人都有迫切的苦衷，就算失敗了一次，也很少會馬上就打消尋短的念頭。

那種情況，自殺者一定會激動地大吵大鬧，一次又一次嘗試自殺。

至少不會像村上這樣，一副「留得青山在，不怕沒柴燒」、「和尚在，缽盂在」的態度，就這麼平靜下來。

碰上自殺未遂，應該立刻交給司法人員處理才是道理。明知道一個人可能再次自殺卻置之不理，絕非明智之舉。

然而村上的狀況不同，所以就算沒有通報警方，也沒有人能夠責怪。村上的精神狀況既不迫切，人也沒有錯亂。這種情況，是不會一而再、再而三地自我了斷的。看到村上的態度，絕對不會有人認為他會再度尋死。然而……

湯手山芋正沉沉睡著。

——總覺得好不協調。

充滿波折而且數奇的人生、窩囊的動作和懦弱的態度，以及屢次試圖自殺的舉動。不協調、不相稱、格格不入，總覺得有哪裡不對勁。

或許就像尾國說的，村上前天說的身世全都是騙人的。那窩囊的動作也可能只是為了誆騙朱美而演的戲。事實上，完全沒有證據可以證明這個人真的叫做村上兵吉。

——可是……

朱美不覺得那番話是騙人的。

當然，這不是出於理性的判斷。

——為什麼呢？

昨天，朱美對尾國起了疑心。別說是尾國的身分，連他的名字都懷疑起來。然而朱美對村上所說的一切卻幾乎毫不懷疑。

朱美和尾國認識四年多了，而且他還是朱美的恩人；另一方面，村上完全是個陌生人。他們只是前天碰巧相遇，不僅是人品，什麼都不曉得。然而她卻相信村上，懷疑尾國，朱美實在不懂自己的腦袋究竟是怎麼了。

理由是……

——確實的事。

至少眼前的男子確實想死，不是嗎？他真的有可能像尾國說的，是偽裝自殺嗎？

朱美回想起來。

一開始的自殺……

如果就像尾國說的，村上是企圖偽裝自殺的話，那麼村上就是守候在千松原那裡伺機而動，物色詐騙的對象了。

不久後，朱美出現了，村上看到朱美以後，掛上繩子……。可是，如果朱美是個冷漠的女子，或者真的沒有注意到村上的話……

為防萬一，只要事先準備一踩就壞的踏腳臺就行了。

——是有這個可能，可是……

可能是可能，但是就算朱美救了村上，也完全不能保證朱美會帶村上回家，那樣的話，村上也無法繼續尋找下一個獵物。因為村上由於試圖自殺，真的受傷了。

如果受傷是個意外……

第二次自殺。

村上不可能預料到朱美會外出。如果朱美沒有外出，究竟會變成什麼樣的情況？朱美無法想像。

假設幸運地朱美外出好了，那樣的話，就等於是村上把握良機，將繩子穿過紙門上框，站在茶箱上，脖子套進繩圈裡，預先做好上吊準備，等待朱美回來。他打算一聽到朱美開門的聲音，就踢開箱子。

——這也不是做不到，可是……

村上不曉得朱美什麼時候才會回來，而且朱美也覺得村上不可能用他骨頭裂開的腳，維持著不穩定的姿勢，一直站在茶箱上。

而且光是門框掛著繩子，就足以讓人看出他正準備上吊了。例如說，聽到開門的聲音後，再爬上茶箱——只要採取這樣的行動就夠了，不是嗎？就算只有這樣，朱美也一樣會上前阻止吧。

那麼村上根本沒必要做出極可能讓自己喪命的危險演出。昨天村上在朱美開門的瞬間踢開了茶箱，要是朱美沒有衝過去抱住他，他肯定已經一命嗚呼了。

但是，如果他的目的是要住院，或許有必要受那種程度的傷。

因為醫生是騙不了的。

然後……第三次。

到了第三次，真的完全看不出他的意圖。

例如說，假設村上真的是利用他人的善意來詐欺住院——雖然朱美不曉得有沒有詐欺住院這種說法——那麼這些連續自殺未遂也實在是太沒有章法了，只能夠說是盲幹一通。朱美實在不認為村上像這樣密集地三番兩次自殺，會有什麼好處，毋寧造成了反效果。事實上，院長就在考慮要不要通報警察。朱美覺得真要偽裝自殺，最有效果、而且最有效率的時間點，應該是即將出院時才對。

——所以……

朱美認為，村上自殺未遂應該不是作假。

如果自殺是真的，那麼謊報姓名、述說虛構的經歷也沒有意義了。就算欺騙朱美，村上也得不到任何好處。所以村上應該是真名，他那段怪誕荒唐的生平即使有所潤飾，也應該是真實的。

——尾國呢？

至於尾國，他沒有任何確切的部分。唯有他過去對朱美十分親切這件事是事實。那是尾國的本質嗎？或者其實不是？朱美沒有可以判斷的基準。

不過就算是尾國，欺騙朱美也同樣沒有好處。

總覺得莫名其妙起來了。

只是……徒然被攪亂。

朱美拉緊和服的衣襟。

「這個人幾歲？」奈津問。

「不曉得。他說十五六年前是十四歲，現在應該三十左右吧。」

實際年齡比外表年輕多了。

奈津說：「要是有老婆就好啦。」

「會有什麼不一樣嗎？」

「當然會不一樣啦，有家室就好啦。」

「是……嗎？」

「因為……」

奈津正要說什麼時，村上「嗚嗚」的呻吟，睜開了眼睛。「哎呀，醒了。」奈津高興地說，她可能很無聊吧。

村上眨著眼睛，頭往旁邊一歪，依序望向朱美和奈津，接著又說出那句老掉牙的話來：「啊，對不起。」

「村上先生……你……」朱美不曉得該怎麼接話。

「夢……」

「咦？」

「我做了個夢。」村上彷彿仍然置身夢境，幽幽地說。「很懷念的夢，那是……」

「夢到你爹嗎？還是你娘？」奈津問。

村上茫然開口：「呃，聽妳這麼一說，好像是那樣……又好像不是……。不是父親，那是個很溫暖的夢……，像這樣，有什麼滲出來似的……，不，我一看到兩位的臉，就忘個精光了。」

夢都是這樣的。

村上試著爬起來。朱美想要制止，但又不願意聽他道歉，於是伸手幫他。「謝謝。」村上說。

「我沒想到兩位還會來看我。兩位一定覺得很受不了吧，我自己也是。」

「是很受不了啊，就是因為受不了才跑來的啊。」奈津說，「對吧？」她拍了拍朱美的肩膀。

村上垂著頭，低喃道：「我是怎麼了呢？我現在……一點都不想死。」

「那是怎樣？想死的時候是什麼心情？

你都給大家添了那麼多麻煩了，就老實說出來吧。」

「奈津姊，等一下……」

「沒關係的，朱美女士。我也覺得自己真是做了蠢事，羞愧極了，覺得無地自容。不管是被責備還是被逼問，都是無可奈何的事。可是……」

「可是什麼？」

「我只能說，和昨天一樣，是一樣的心情。像這樣，少了什麼……」

「村上先生。」朱美再次呼喚。「這種事……是第一次嗎？」

「什麼？」

「你過去也曾經想要尋死嗎？」

村上想了一會兒，小心翼翼地答道：「造訪伊豆之前沒有。」

朱美追問：「恕我冒昧，我覺得在你過去的經歷裡，應該有過好幾次想死也不奇怪的遭遇。即使如此，你卻從來沒有嘗試過自殺——不，就算沒有真正嘗試，也從來沒有動過尋死的念頭嗎？真的嗎？」

聽到朱美的問題，村上露出極為困窘的表情。

「我可能是個傻瓜吧，我不覺得自己是不幸的。而且不管碰到什麼事，都是我自己招惹的，說到我覺得討厭的事……對，我很膽小，所以最怕遇上恐怖的事，可是如果論恐怖，我覺得世上最恐怖的莫過於死。至於貧窮和辛苦……，是啊，我並不覺得有多苦……」

朱美十分明白。

村上所述說的如履薄冰的人生，沒辦法與眼前的窩囊男子連結在一起。要將這兩者連成一條線，應該需要某種條件。

剛才村上本人說的遲鈍而膽小、卻不知為何積極向前、不怕吃苦的男子——這種有些複雜的性格，就是維持他的過去與現在一貫性

的條件。這一點應該不假。但是這樣的話，自殺這兩個字依然顯得格格不入。這種人不會尋死。

「只是，呃……我自己也不了解，只覺得我一定是瘋了。」

「關於這一點，」朱美問道。「你說的少了什麼的感覺，是從以前就有的嗎？」

「呃……有是有……」村上露出有些懷念的表情說，或許他的身體大半都還浸淫在延續的夢境中。

「可是，既然從以前就有這種缺憾的心情，而那當真是你自殺的理由的話，為什麼你過去從沒動過輕生的念頭呢？為何事到如今才突然……」

「啊，是啊。」村上按住胸口。「不……這我怎麼樣都沒辦法說明白，但我幾乎一直懷抱著這種心情。不過……是啊，只是我從來沒有意識到自己內心懷抱著這種缺憾。不，我沒有想到這種心情就是缺憾嗎……？一旦發現其實如此，就覺得：啊，原來我一直是這樣的。我在旅途中發現，我之所以總是覺得寂寞、空虛，就是因為這個缺憾。所以……」

一如往例，內容不得要領，難以理解，但朱美大概了解他想說什麼。

每個人應該都有類似的經驗，每個人心中都有莫名的不安。

那一類的不安，完全掌握不到真面目。換言之，正因為如此才會不安。人無法承受那種不安，所以想要賦予它形象。因為只要有個確定的形象，就可以暫時放下心來。

給它名字，給它理由，給它意義。

於是不安將會成形，然後人就能稍感放心。就像把不明就裡的妖怪命名為「牟」或「嘎」一樣，村上則給了他的那種心情「喪失」、「缺憾」這種名字吧。但是，村上內心的怪物相貌不明。因為不知道缺少了什麼、失去了什麼，所以無法真正安心。

——話雖如此……

朱美覺得這應該構成不了自殺的動機。

朱美站了起來，來到窗邊。

她不喜歡醫院的味道。

她打開窗戶。

感覺不到期待的春風。天空微暗，風已經停了。而且外面的空氣溫熱，幾乎與室溫相同。即使如此，她還是覺得瀰漫閉塞房間中的黏滯空氣稍稍稀釋了一些。

望向外頭……

朱美倒抽了一口氣。

那些占據了沿路的成仙道信徒正隔著空地，橫排呈一列，目不轉睛地注視著這裡。

——什麼？

他們沒有敲打樂器，約有五十人，不過有一半以上應該是一般信徒，服裝不同。甚至有人拿著菜籃，或牽著狗。對面二樓住家的住戶從窗戶探出頭來，一臉訝異。

此時——傳來護士的聲音。

接著病房的門靜靜地打開了。

回頭一看，是那個胸前掛著圓形飾物的……

成仙道男子。

「你……你跑到這種地方來幹嘛！」奈津叫道。「看清楚場合好嗎？我要叫警察嘍！」

男子表情不變，雙手合十，行了個禮。

「松嶋女士，今日吾等並非前來引導松嶋女士。為了拯救這位道友尊貴的性命，吾等明知失禮，仍冒昧前來，請您千萬諒解。」

「諒解你個頭啦！」奈津站了起來。「朱美，這些傢伙終於盯上妳了。不可以聽他胡說，會被騙錢的！」

男子恭恭敬敬地說：「吾等所指，並非那位……一柳女士是嗎？而是病床上那位被施以禁咒的先生。吾等……是前來拯救您的。」

「金咒？」村上露出如墜五里霧中般的表情。

「您是……村上先生嗎？吾等所屬之團體，在偉大的真人——曹方士門下日夜修行不懈，謂之成仙道。敝人名叫刑部，擔任乩童。請多指教。」

男子——刑部深深地行禮。

「你在胡八說道些什麼啊！」奈津大叫。「你怎麼會知道這個人？不要信口開河了！」

「天地雷風山川水火，世間之事，皆可透過八卦之相得知。吾師曹方士是一名法力高深的日者（註一），不需仰賴竹籤、擲錢、鏡聽、雜卜之術。那位先生的事，吾師瞭若指掌。」

「聽不懂你在說什麼啦！」

刑部笑了，他的眉毛十分稀疏。

「其實，前月吾師曹方士在吾等位於富士吉田的本部——蓬萊廟的道觀進行潔齋，當時吾師卜得一個極為凶險詭異的卦象，遂緊急舉行科儀（註二），因而獲知了這位先生的事。」

「胡說！如果那麼早就知道，為什麼到這個時候才來？反正你一定是在朱美家偷聽到的吧！」

「其後方士便對這位先生極為掛心……」

刑部完全不理會奈津的話，從容不迫地走進病房。他後面的走廊站著幾名像是信徒的人。

「……但是方士十分繁忙，遂吩咐吾等扶乩，持續追尋這位先生的行蹤。您……」

刑部經過第一張病床，手搭上第二張病床。「……不斷地改變位置。」

村上睜圓了惺忪的眼睛。

「因此遲遲追尋不著，無法得晤。」

「呃，請問……」

「一想到村上先生本次住院之因由……，若是能夠及早晤面，您也不必落得如此情狀，敝人深感愧疚。但塞翁失馬，焉知非福？村上先生因此停下腳步，吾等今日也才能夠做出氣道，前來搭救。」

「氣道？」奈津緊咬不放，她徹底厭惡這個人。「不要開玩笑了，什麼跟什麼，不懂你在鬼扯什麼。我才不相信什麼占卜啊幽靈的，什麼氣啊？」

「氣即一——本源，本源即太極，太極生兩儀，兩儀生四象，四象生八卦。世上的一切，全都是氣的顯露。」

「不、不要在那裡唬人了。反正一定是時下流行的通靈術什麼的吧。」

「吾等成仙道認為，靈魂與物質是相同的。精神與肉體都只是氣的一種形態。如果這個世上存在著幽靈，那麼也只是氣以幽靈的形態發露罷了。如果這裡有肉體，那也只是氣採取了肉體這樣的形態。肉即靈，靈即肉。一切源於氣，歸於氣。氣的運動，即是『道』。吾等即求道之人。非靈亦非肉，吾等只是行符合宇宙根本原理之行。敝人不懂何謂通靈術，但吾等所行方術，與其根本不同。」

刑部望向站在窗邊的朱美。「諸位……可以了解嗎？」

朱美發現自己的下巴仰了起來，她悄悄地縮回，把視線從刑部身上別開。刑部注意到朱美的動作，面無表情地點頭。

「敝人再說得簡單些吧。」刑部豎起食指。「人體有稱為穴位的部分。就是按摩、針灸中所說的穴道。那些穴位，是沿著吾等所說的『經絡』分布。經絡即是人體的氣運行之路。如果經絡中的氣滯留，就會生病。經絡中的氣暢通，病即可痊癒，可健康地生活。所以按摩師會按壓穴道，針灸師會在穴道上燒乾艾。這些穴位經絡，並非只有人才有。人和宇

註一：即占候卜筮之人。

註二：道教儀式的程序規矩稱為科儀。

宙都是氣的一種顯露，因此構造當然相同。附帶一提，大地的經絡稱為『風水』。我想不少人都很注重地相、家相，這些東西追本溯源，思想也都是源自於氣。因此吾等所言，並非特為殊異之事。」

「那……那又怎麼樣？不就是迷信嗎？」奈津仍然坐著，鼓起了腮幫子看著牆壁。

刑部更進一步接近村上。「據說松嶋女士一直擔任車返山王大人——日枝神社的氏子。日枝神社根據其社傳，是永長元年（一〇九六）自比叡山坂本的日吉大社分祀而來。說到坂本的日吉大社，就是山王一實神道（註），而山王一實神道即是天台宗所創立的神道。」

「那又怎麼樣？」

「天台宗追本溯源，可以追溯到中國天台山，而中國天台山雖然是佛教聖地，同時也是道教的聖地。當然，我國的天台宗也受到了道教的影響。證據就是，日枝神社過去也曾舉行過稱為『龜占』的神事。傳說古時候，進行運白砂神事的少年少女，就是透過龜占來決定的。而這個龜占，毫無疑問地與吾等所進行的龜卜相同。吾等成仙道復興了道教教團中歷史最悠久的『太平道』，因此吾等可以說是最古老的正統教派……」

每次刑部拜訪，奈津可能都不容分說、怒氣沖沖地把他給攆走，過去刑部肯定連說明這些的機會都沒有。

奈津似乎非常不服氣。

「吾等並非**騙徒**……」刑部叮囑似地說。「……吾等雖然也行卜筮、看風水，但吾等的修行是以導引胎息、辟穀服餌為基本，藉由調整氣脈，得致長生富貴，絕非可疑之輩。吾等前來叨擾，也是因為察知這位村上先生處於極端危險的狀態，絕非出於惡意或奸邪之心。」

「就算是這樣……那又怎麼樣嘛。」奈津懶懶地說。她屈居下風，不過這家醫院已經被包圍了。不……現階段，整個城鎮都已經被成仙道給包圍了。因為他們……

——占據了道路。

如同字面所述，不管怎麼掙扎，都無處可逃。

朱美將視線從刑部移向村上。

村上一臉哭相，嘴巴顫抖似地微開。他一直抓不到開口的機會。

「請問……」

「村上先生，怎麼了？」刑部迅速且殷勤地應話。

「請問，我……」

「村上先生！」

「奈津女士，沒關係的……。啊，對不起。呃，我不知道這些人是何方神聖，也不太明白剛才在說些什麼，可是如果他們知道我究竟怎麼了，我希望他們能夠告訴我。我……我到底是怎麼了？你剛才說什麼禁咒……」

「所謂禁咒，簡單明瞭地說，就是詛咒。」

「詛咒？太好笑了。」奈津一副要吐口水的態度。

但是朱美知道，詛咒是有用的。詛咒並不是什麼神祕的力量，以朱美的話來說，那就是執念。超過一個人的容量，溢流而出的妄念。

刑部接著說：「禁咒原本是為了護身而制定出來的方術。就像敝人方才所說，只要氣脈通暢，疾病就會痊癒，家運能夠興旺，國家也會繁榮。但是如果反過來做，將會如何？氣脈被攪亂或斷絕，人就會生病，家運會傾頹，國家會滅亡。若切斷大地的龍脈，土地將會崩壞。換言之，如果能夠隨心所欲操縱氣脈，也

註：亦稱日吉神道、一實神道等，是源自於佛教天台宗的神道思想，以法華經為基礎，奉比叡山延曆寺的地主神——日吉神為山王，加以祭祀。

有可能釀生禍害。以此術作惡之人……也並非沒有。」

「作惡……」

「沒錯。」刑部清晰地答道，穿過奈津走去，來到村上的腳邊。「禁水，水將不會凍結，同時也將沸騰；禁火，火將不會灼燒；禁釘，釘入之後即使不去觸碰，也會脫落。如果禁人，就能夠隨心所欲地操縱對方。」

「隨心所欲……」

「沒錯。」刑部說。「若是各位誤會就不好了，氣是世界的根本、宇宙的根源，並非特別的能量。例如說，吾等雖說發氣、通氣，完全是一種比喻，並不會發生洩氣這一類的力學作用。即使是以氣震走物體，也絕非放射出看不見的能量。禁咒的禁，是束縛之意。換言之，它頂多是封住對象這樣的意思，其後的作用，則是藉由改變對象體內的氣流，使**對象本身**產生變化。」

換句話說……

會變得唯命是從，是因為聽從的人自己想要聽從吧。例如，有「被氣勢打倒」這樣的比喻，但是這種情況，被打倒的人是**自己倒下**的，勝利的一方物理上什麼都沒有做──是接近這樣的情況嗎？

那麼……

「村上先生被施下了禁人之術。您當然是依自己的意志試圖自殺，但同時這也是某人的意志。換言之，您等於是被強迫自殺的。」

「怎麼會……？是誰？」

「容我拜見……」刑部望向村上的臉。「您有著一張複雜的面相。雖然不會成功，但也不會失敗……」

這一點確實說中了。

村上是主動離家出走的，但是原本單靠他一個人，不可能成功地離家。由於怪異男子的介入，他碰巧成功離家了，卻也難說是成功地實現自我。但是村上沒有認輸，雖然歷經各種波折，不過最後他甚至曾經擁有過一家工廠，這也算是一種成功吧。但這是他所期望的道路嗎？這就很難說了。而且他也沒有堅守那間有如上天恩賜的工廠，乾脆地關了它，卻也不是就此被逼到了絕境。

村上沒有成功，但也沒有失敗。

「您……沒錯，事業失敗了。不過是不是沒有虧損呢？敝人看您的樣子，是個看得準收手時機的人物。」

意思是膽小或慎重嗎？

話要看怎麼說。說穿了，村上這個人慎重到可以彌補魯莽，膽小到極點反而變成莽撞，個性實在棘手。

「莫非……」刑部發出格外響亮的聲音。

「……您手中還有財產？」

「這個人窮得連一毛錢都沒有！」奈津說。

但是村上以空虛的眼神望向刑部，答道：

「雖然不是多大的金額……」

「你不是說你沒錢嗎？」奈津尖聲說。

村上害怕地縮起身體，道歉說：「對不起，但我身邊真的沒錢了。」這麼說來，村上昨天不是才和護士商量支付費用的事嗎？而且村上也對朱美說過，他會再來登門致謝。

「我收掉工廠時，把土地房屋全部處理掉了。原本我就不好意思繼承，所以沒什麼執著。結果負債全數還清，把錢分給員工以後，還有剩餘。不過也不夠在別的地方置產，或遊手好閒地過上好幾年，我也不想就這樣坐吃山空，所以……我去了東京。」

「那些錢現在怎麼了？」

「哦，帶出來旅行也危險，所以寄放在房東那裡。」

「原來如此。」刑部說，背過身子。

轉向朱美那裡——窗戶的方向。

「村上先生。您是否來到伊豆以後，才第一次想要尋死呢？」

「嗯……」

缺憾……

剛才村上說，他一直懷抱著缺憾。

但是他也說，他在旅途中才感到自己有所缺憾。

所以關於這一點，刑部說對了。

「您原本是個非常纖細的人。您一直極力避免您覺得恐怖、嫌惡、討厭的事物。儘管如此，您似乎也十分勇敢，那是因為您這個人並不好戰。攻擊就是最大的防禦。您為了保護自己，能夠變得果敢。然而您果敢的攻擊性一旦遭到剝奪，您將輕易地選擇死亡。您就是如此孱弱的人。」

「可是，我過去從來沒有動過輕生的念頭……」

「每個人都一樣軟弱，但是大部分的人不會選擇死亡。因為人**天生就是如此**。」

「天生……就是如此？」

「人——不，生物是為了生存而活，所以天生就會努力存活，而不是被設計成會自行赴死。就算人嘴上喊著要死，一般也不會那麼容易就去死。所以強迫別人自殺，比殺人更要困難得多了。但是……」

「但是？」

「這個機制能夠改變。換言之……例如村上先生的情形，可以說是果敢的攻擊性被暫時封禁了。結果這段期間，您纖細而軟弱的原本的自我裸露出來。這是令人無法忍受的事，這種事連續幾次發生的話，不久後……您將自發性地選擇死亡。」

「自己……選擇死亡……」

「是的。」刑部說。

鉦的聲音響起。

以此為信號，太鼓和笛子也響了起來。

「有一種病，叫做憂鬱症。聽説得了這種病的人，滿腦子只覺得活著很痛苦，嚴重的人，甚至會想死。」

尾國也説過，他説是……氣鬱之症。

氣……鬱。

「直接叫人去自殺……這種禁咒不可能成功的。操縱人是可能的，但無法操縱人去自殺。不過，可以使人陷入憂鬱狀態。換言之，您等於是被人強制得了憂鬱症。脱離憂鬱的狀況後，便陷入狂躁的狀態。試圖自殺以後，您的心情是否會變得異常爽朗呢？」

異常爽朗……

對，確實如此。

窩囊、少根筋——朱美也想了許多種形容，但這全都是因為村上看起來十分開朗之故。

「這……可是……」

病床上的村上表情變得僵硬，全身都僵直了。

刑部把玩著胸前的圓形飾物。在近處一看，那似乎是金屬製成的。朱美第一次看到時之所以聯想到手鏡，不僅因為它的形狀和大小，更因為它的表面看起來有如鏡子。

村上在發抖。

「可是那種詛咒……，到底是誰……？為了什麼……？」村上擠出聲音説。

刑部以憐憫的視線望著他那可憐的模樣。

「您死後能夠得利的人所下的手。」

「得利？」村上抖得愈來愈厲害了，病床咯噠作響起來。

他在害怕嗎？

「……例如説，您的房東……不，不是。」

刑部説著，來到朱美旁邊，接著他站到大開的窗戶前。即將西下、威力減弱的陽光，在圓形飾物上反射開來，飾物一瞬間發光似地一

閃。詭異的樂音毫不留情地從窗戶灌注進來。

鉦、太鼓、笙、笛。

坐立難安。

「啊嗚、啊嗚」，狗吠叫著。

那種獨特的音色或許會觸怒動物的神經。

刑部一逕望著外頭的同志。

「村上先生，陷害您的，應該是您的房東背後的……」

——指引康莊大道嗎？

尾國說過。

——他加入了「指引康莊大道修身會」。

——算是靠心靈宗教斂財的團體。

——非常可疑。

——聽說是詐欺。

這樣啊……

將村上拉進那個可疑組織的，不就是他的房東嗎？而村上不是和那個組織商量該不該去伊豆嗎？結果他參加了類似研修的可疑活動……

——研修。

他在那裡被施了法。

「不要不要不要！」村上突然大叫。

「幹嘛，怎麼了啊！」奈津站了起來。

「村上先生，再這樣下去，您絕對會死。」刑部望著窗外說。

村上發出「噢噢」的嗚咽，抱著頭縮起身體。「幹嘛啊，你振作點啊！」奈津伸手摸他。「放手，我已經沒救了！」村上甩開奈津的手。

「放開我！我要死！讓我去死！」

「村上先生……！」

朱美忍不住走過去按住村上。

村上的背陣陣地搏動著。

回頭一看，刑部正冷冷地望著這一幕。

「好可怕」、「好寂寞」，搏動這麼訴說著。

——他是真心的。

鉦、太鼓、笙、笛。大批群眾的呼吸、氣息。

狗狂吠不止，儘管風都已經停了。

城鎮騷然不安。「噢噢、噢噢……」村上哭泣著。

汪、汪，狗吠叫著，冷靜不下來……

「我要死，我要去死！」村上吼叫，陷入狂亂。護士撥開信徒跑進來。朱美、奈津和護士三個人一起壓制，村上卻靜不下來。他哭叫著：「讓我去死！我受不了了！」村上總算在朱美面前顯露出自殺者的態度。

「你幹嘛啊，不要杵在那裡，過來幫忙啊！」奈津叫道。

刑部不為所動，說：「敝人說過，吾等想要救他。」

奈津抓住村上掙扎的手臂，大叫：「救得了就快救啊！」

「明白了。」

刑部從懷裡取出輪狀物。

是茅輪——正月及盛夏時分，神社等地方會設置的茅萱輪。據說穿過它，即可潔淨身體，是縮小版的茅輪。

「臨兵鬥者皆陳烈前行……」刑部朗聲念誦，將輪舉到窗邊。

鏘！好像是鉦響了。

村上安靜下來了。

朱美慢慢地抬起頭來。

奈津目瞪口呆地張著嘴巴。

原本抱住頭的村上像哮喘病患般「咻」的吸了一口氣，一邊吐氣，一邊戰戰兢兢地撐起身子。感覺好像完全崩壞掉了。

「呃……我……」

「敝人斬斷禁咒了。」刑部說。

「救、救救我……！」村上在病床上跪伏下來。

「不……不要這樣啦！喂，村上先生！」奈津說。

刑部對著窗戶，高舉茅輪，耀武揚威似地佇立著。奈津放開村上，轉向刑部。

「什麼**咒語**，那都是心理作用啦。不要被這種傢伙的胡說八道給騙了，這些人的目的也是錢哪。絕對是騙人的！」

奈津說完的瞬間，刑部放下高舉的茅輪。村上再度出現劇烈變化。

在朱美的手底下，村上的背猛烈地抽搐著。「不、不行！」村上說。

「幹嘛！你不要開玩笑！」

村上已經無法回話了。

「松嶋女士，此非邪法誆騙之類。即使如此，您還是不明白嗎……？」

「知道了、知道了啦，快點……」

刑部傲慢地笑了。

接著，他就要舉起茅輪。

然而……

他的表情突然糾結了。

村上也定住了。

「怎、怎麼了啊！」

刑部手中的茅輪舉在不上不下的地方，眼睛凝視著窗外。他的臉色有點蒼白，稀疏得看不見的眉毛抽動了兩三下。

朱美感覺到村上的心跳平靜下來，她放開手，靜靜地站了起來。

——聲音。

聲音停了。不，鉦和太鼓的聲音還隱約聽得見，但是……

——亂掉了。

她望向外面。隊伍亂了，還聽得見人聲。雜音傳來，鬧哄哄地爭論著。

外面——不，是走廊傳來的。

朱美回頭望向病房入口。成仙道的信徒在走廊說著什麼。不久後，一名男子就像扯開那股喧囂似地走了進來。

褪了色的江戶紫大包袱。

鴨舌帽。

賣藥郎。

來人是尾國誠一。

「尾國兄……」

尾國連一點腳步聲也無地踏了進來。

刑部放下茅輪，總算回過頭來。

「你是……昨天的……」

「我是越中富山的賣藥郎。」尾國說道，冷冷地盯著刑部。

「那位朱美女士是我的舊識、同業朋友的太太。她這個人性子直爽、脆快了當，平常絕不會為這種麻煩事操心……」

尾國說到這裡，望向朱美。「但是這次對手太歹毒了，我實在無法坐視不管，所以明知不識趣，還是像這樣出面插手……。您，那邊那位老爺，村上兵吉先生……」

「啊……是。」近乎崩潰的村上發出截至目前最為窩囊的聲音，抬起頭來。

他似乎完全搞不懂發生了什麼事。

不過奈津──當然還有朱美也是一樣的。

尾國說：「村上先生，您的確被施了法。對您施法的肯定是『指引康莊大道修身會』的磐田那傢伙。可是，您會復原，並不是因為這個男子的法力。」

村上望向尾國，然後轉向刑部。

刑部以乾涸的眼睛瞪著尾國。

尾國更踏出一步。「攪亂老爺您的，是狗。」

「狗……？」

「**狗的叫聲會成為契機**──您被下的是這樣的法術。只有狗在叫的時候，老爺才會引發氣鬱之症……」

「啊……」朱美忍不住出聲。

不管是在千松原還是在朱美家，的確都有

狗在叫。

而剛才……

——外面的狗也叫了。

「據我聽聞，『指引康莊大道修身會』的磐田會長去年遭到暴徒襲擊後，身邊總是帶著一頭雄壯的狗保護。怎麼樣？村上先生，您記得吧……？」

村上戰戰兢兢地仰頭，接著「啊——」的一聲。他的動作很生硬。

「這麼說來，的確有一頭大狗……」

「是研修時看到的嗎？」

「研……研修結束後，會長大人召見我，那個時候……啊？是那個時候……？」

「沒錯，您就是在那個時候被施法的。」尾國斷定說。「而這個人看穿了這一點，真是了不得的好眼力，不是尋常人辦得到的。不過，這並不是神通，他是偷聽時察覺的吧。到這裡算是很了不起，但是接下來就太惡毒了。你這惡作劇也太過頭了吧……？」

刑部把臉撇向一邊。

「這傢伙在那邊的空地準備了一條狗，用他胸前的太極飾物當信號。你們知道犬笛這種東西吧？就是這個玩意兒……」

尾國高高舉起手中的笛子。

「……信徒一接到反射的信號，就開始演奏。混在樂器聲中，同時吹奏這個，於是狗跟著吠叫。等到這位老爺想死，就換個手法，舉起那個輪狀飾物，於是外面的人就安撫狗。狗一安靜，老爺的發作就停下來了。多麼窮酸難看的詐騙手段啊……」

尾國將笛子扔向刑部。刑部沒有接住，離開窗邊走到尾國旁邊。

笛子掉在地上。

「我拿走笛子，你的同伴可傷腦筋了。我順道把狗也給放了。」

「你……！」

刑部猛地把臉逼近尾國。尾國一步也不退縮，反而把臉湊得更近，將聲音壓得極低地說：「要幹的話，就憑你自己的本事幹。別幹這種狗仗人勢的蠢事。」

「難道你是……」

尾國無聲地恫嚇著。

刑部低吼一聲。

接著頭也不回地離開病房。

尾國目送了他的背影一會兒，確認走廊情況後，關上房門。

「已經不要緊了，那傢伙不會再出現了吧。」

尾國回頭，看著朱美笑了。

「尾國兄……這究竟是……」

「朱美嫂，我不是留下了短信，要妳務必小心嗎？」

千萬小心——信上這麼寫著。

「還有，說謊實在不像是朱美嫂的作風啊。」尾國說。

「說謊？」

「沒什麼，就是這位太太的事。太太……」

「咦？」

奈津原本還在出神狀態，突然被尾國一指，似乎嚇了一跳。她指著自己說：「我嗎？」

「可不能這麼好管閒事，您差點就沒法全身而退了。嗳，朱美嫂可能是不想把別人捲入吧。總之，那些人非常歹毒。而且他們本來就盯上了這位太太，可能是想來個一石二鳥。」

奈津聞言說：「我才不會上那種騙子的當呢。」但是朱美覺得如果尾國沒有現身，奈津的脖子不久後一定也會掛上那種圓形飾物。

朱美也不能保證自己將會如何。

尾國笑著走近村上身邊。接著他將雙手伸向崩壞男子頸脖，輕按頸動脈一帶，慢慢地呢喃說：「已經不要緊了……」

接著他放開手說：「聽說只要知道施法的人的名字，法術就會失效了。您已經不會再怕狗了。」

村上「哦……」了一聲。

村上簡直像個玩具，被修身會、成仙道給玩弄於股掌之上。

少了什麼……

跟這種事一點關係也沒有。

不過這個人一定少了什麼。

忽地，外頭的空氣撫過臉頰。

——是春風。

窗外的人群已經散去了。

只有剛才那隻狗在空地跑跳著。

可能是春風讓牠覺得舒爽吧。

尾國說：「村上先生，我想您……應該還沒有去令尊那裡吧。等您腳傷好了再去吧。我恰好也要去巡訪那裡，請讓我作陪……一起到**韮山**去。」

村上低下頭來說了聲「謝謝」。

缺憾……

朱美在想那究竟是什麼。

所以也沒去留意尾國為什麼會知道**那個地點**。

然後……

朱美難得地想念起丈夫。

＊

監禁生活……進入第四天了。

幽暗的房間，冰冷的質感。

黑白而且靜止的風景。

簡陋堅硬的睡床。

骯髒的牆壁。

黴的氣味。

鐵柵欄。

——環境惡劣。

一般而言，這種狀況應該會讓人感覺到痛苦、厭惡、想家，總之，會讓人感覺到強烈的抗拒。但是就我而言，雖然也覺得不願意，卻也異常地冷靜，冷靜到了連自己都覺得好笑的地步。

我絕非豁出去了。

不管在什麼樣的狀況下，我都沒有勇氣耍賴頂撞，所以我想我——一如往常——只是在逃避現實罷了。

不，我也覺得，這個以某種意義來說是缺乏刺激的詭異環境，也許原本就很適合我完全靡爛的神經。我甚至由衷地心想，比起被拋入社會這種難以捉摸的汪洋大海，眼前的狀況或許還好上一些。我實在是個徹底沒用的人。然後，我抱起雙膝。

粗劣的對待、詰問、恫嚇、辱罵、暴力。

起初我很害怕，我討厭審問。

我原本就有點社交恐懼症，就連日常生活都無法順利在人前開口。我愈是遭到嚴厲逼問，就動搖得愈厲害，結果說不出半句話來，當然也不可能做出讓對方滿意的回答。不僅如此，我的記憶總是曖昧模糊，所以就算對方破口大罵，叫我說真話，我也只是困窘不已。說起來，就算是親身經歷，終究也只是個人的認識，而體驗者本身不可能去判斷那是不是客觀的事實，不是嗎？

所以我愈是被逼問，就愈不了解自己的所見所聞究竟是不是事實了。

但是，單調的拷問在反覆當中，漸漸地不再伴隨著痛苦了。

能夠預測的話，就不恐怖。

無法預測的平時更讓我不安多了。

只要在封閉的環境裡重複相同的行為，就完全有預期心理，肉體的痛苦也遲早會習慣。

一旦習慣……便急劇地失去了現實感。

這是我卑鄙的自我防衛法。

我變成了扮演受審問的我這個他者，每當相同的戲碼反覆上演，就逐漸褪色，最後變得不關己事。我已經從本體游離，變成了第三者，旁觀著受折磨的我。

我回想起從軍時代，有點相似。

所以，我幾乎不再有所反應了。

已經……無所謂了。

所以……

我義務性地對粗暴的言詞左耳進右耳出，被毆打了好幾次……。我蜷起身子，全身虛脫，以空洞的眼神望著警官動個不停的嘴巴，整個訊問時間，就一直這樣。

時間一過，我又回到這個房間。

所以……

這個乾燥無味的牢檻，對現在的我來說，也是個安身之處。

我嗅著發霉的味道，盯著骯髒的牆壁，就這樣尋思著。

一旦從世界隔絕開來，我血液停滯的腦髓似乎也會稍微發揮一點功用，原本記憶力不好還健忘的我，連一點芝麻小事都回想起來了。每當回想起來，我忍不住猜疑它們是否與這次的事件有關……？我也幻想著，試著將被拘捕前發生在身邊的無關事象連結起來，看看能不能導出驚人的結論。不是推理，是妄想，是無為的作業。

而我……又想起了某起事件。

3

咻嘶卑——

上總國夷灊邵岩田村半左衛門，某日，其村船頭來訪，言近日河童夜來，甚駭。遂抄與半左衛門家傳菅丞相之歌，爾後河童即來，亦逃之夭夭。右歌云：

「咻嘶卑啊，毋忘舊約。川中人，氏菅原。」

右歌中咻嘶卑者，川童也，曰菅神之歌者，殊為可疑，土人之俗傳不足取，姑錄所聞。

——《耳囊・卷之七》／根岸鎮衛
文化六年（一八〇九）

1

第一次見到宮村香奈男是在今年正月。

美日議和後初次迎接的新年，感覺比占領時的正月還平靜一些。

不過這是一般世人如此，至於我，依然頂著一張毫無起色、無精打采的表情，沒錯，我遲遲無法擺脫年底發生的逗子事件的餘韻，處在一種不知道是歡喜還是憂愁的不上不下狀態，儘管如此，我還是沉浸在喜氣洋洋的新年氣氛裡。

我記得那個可憎的潰眼魔名號就是當時在街頭巷尾傳播開來的。後來，潰眼魔事件的影響逐漸漫延到我身上，不過那時，我當然不可能預知到那麼久遠的未來，所以對於這件事並不怎麼感興趣，也沒有詳加打探。

我記得那天是一月三日。

我伴同妻子，前往朋友中禪寺家拜年。

話雖如此，我們夫婦倆都不是勤快的人，交際圈子也很小，原本就沒有在過年期間到處拜年的習慣。

不過我和中禪寺認識很久了，兩人的妻子也很要好，再說他家是可以從我家散步走到的距離，不只是過年，我們兩家平素就來往頻繁。因此那天只是拜訪的日子恰好是過年，也不算是特地前往拜年如此慎重。

但是話說回來，我們夫婦倆一同外出就是件稀奇事，而且我姑且不論，妻子做了一番打扮，讓我覺得有點拘謹、不自在，感覺渾身不對勁。

中禪寺家——京極堂是一家舊書店。

這天京極堂有客人。

那是個穿和服的小個子男人，非常親切熱情。

年紀大約三十幾或五十幾，看起來似乎上了年紀，卻也帶著幾分孩童的稚氣，頂多看得出他不只二十幾歲，除此之外，不管是年紀還是職業都令人摸不著頭緒，風貌十分獨特。

一如往例，京極堂只介紹我是**熟人**關口。

京極堂似乎從學生時代起就不承認我是他朋友。

每當有人問他：「這位是你朋友嗎？」他便否定說：「不是朋友，是熟人。」最近他可能連一一否認都嫌麻煩，總是先發制人地向別人介紹我是熟人。我不太明白朋友和熟人之間有多大的差別，也覺得兩者似乎都一樣，不過每當被這麼介紹，我就強烈地感覺自己被瞧不起了。儘管如此，京極堂卻介紹妻子「這位雪繪女士是內子的**朋友**，**也是**關口的妻子」，更教人氣惱。

可是如果我在這時候強調「不是的，我是他朋友」，想想也很可笑；而且就算我這麼說，如果京極堂反駁「我又沒拿你當朋友」，我也無話可說，而且更加下不了台。

所以我只是默默地行了個禮。

來客一邊笑著，一邊以輕柔的聲音極為恭敬地說：「敝姓宮村。」

詳情我已經忘了，不過根據京極堂的說明，宮村也經營舊書店，在川崎一帶開了一家專營和書的小店。京極堂說在**那一行**裡，宮村是個連他都望塵莫及的高人，不過那時，我並不知道京極堂說的**那一行**是哪一行。

這是題外話，一個月後發生了箱根山事件，京極堂和我都被捲入，而造成這件事間接原因的，聽說不是別人，就是宮村先生。因為宮村先生不在，所以京極堂才會被找上——事情的真相似乎是如此。

當然，這是我事後才聽說的。

儘管沒有任何說明，宮村卻知道我的身分。他說：「我拜讀了您所有的大作。」我登時臉紅了。

宮村用祖父守望幼兒般的眼神看著我，以

柔和的口吻說：「關口先生寫的小說十分難以翻譯，這讓我感到十分高興。」難以翻譯是什麼意思？我不太明白他真正的意思，不過他的口氣聽起來像是在稱讚，所以我胡裡胡塗地向他道謝：「多謝誇獎。」

眾人彼此拜年後，暢談了一陣子。

宮村就像他給人的第一印象，十分和藹可親，是個典型的好好先生。他的口才便給，就算是一點小細節，也會比手畫腳地努力表達，讓人很有好感。此外，他也常常將話題帶到絕非擅長社交的我身上，對於我有些令人消化不良的話，也認真聆聽。

宮村對於笨口拙舌的我無聊的話也一一應和，歡笑以對。

不久後，我發現了一件怪事。對話時，宮村總是用店號稱呼朋友為「京極堂先生」，但京極堂卻不是用店名或姓氏稱呼宮村，而是稱他為「老師」。

就我所知，朋友視為老師景仰的人物只有一位，除了那個人以外，他應該沒有其他稱為老師的對象了。頂多偶爾會稱呼我為大師而已。當然，他那麼稱呼我的時候，只是在揶揄罷了。

我感到疑惑，悄聲問京極堂宮村究竟是什麼老師？宮村耳尖地聽見我的問題，答道：「沒什麼，關口先生，我以前是個教師。」接著他望向京極堂說：「不過，京極堂先生，如果我是老師的話，你也是老師啊。」這麼說來，京極堂以前也曾經當過教師。

朋友聽到這話，咧嘴一笑說：「老師，這話就不對了。雖然學生裡面，現在還有些冒失鬼會稱呼我為老師，不過宮村老師的情況不同吧？就算不是你的學生，每個人也都稱呼你為老師不是嗎？就連山內先生也這麼稱呼你了。」

京極堂這麼說，宮村便搔了搔頭說：

「呃，不過俗話說：『別笨到被稱大師』（註一），這實在不怎麼教人高興……」

換言之，宮村之所以被稱為老師，是因為他的外貌和態度很像教師嗎？

這麼一看，宮村確實像個教師。相反地，京極堂不管是斜著看還是倒著看，怎麼看都不像個教師。兩人的打扮雖然都是十幾年前的文士風格，看起來卻相差了十萬八千里。

應該不是年紀的關係，這一定是品行或為人所致。

我這麼一說，京極堂便難得坦率地點頭說：「原來如此，品行啊，這或許也是原因之一。不過不只是這樣，這位先生之所以被稱為老師，是有理由的。」

說完後，他轉向宮村：「對吧？宮村老師？」

宮村拘謹地說：「京極堂先生真是不懷好意。」

這話一點都沒錯。

不多久，京極堂夫人靦腆地站起來說：「我得去準備一下，請恕我暫時失陪。」

宮村微笑，答道：「多謝款待，我已經很飽了，請不必麻煩了。」夫人望向我，想要徵求我的同意，不過我嘴裡塞滿了料理，沒辦法回答，妻子代替我說：「廚房的事，我也來幫忙。」於是兩個妻子一邊談論著和服裝扮如何、金團（註二）如何，隨即離開了。

人數一減少，四周的書立刻就變得醒目起來。約十張榻榻米大小的客廳，除了出入口以外，四面牆壁都是書架。宮村仔仔細細地看遍書架，說道：「真是壯觀哪。」

註一：這是日文的一句俗語，用來嘲諷有些人聽到別人滿口「老師」、「大師」的奉承，就自滿得意起來，但其實別人並非發自真心尊敬。

註二：一種將煮甜的栗子與甘薯泥混合，再以梔子果實染成金色揉成的甜點。

我也跟著宮村望向書牆。

全都是書。

「遠不及薰紫亭那麼齊全呀，老師。」京極堂說。

宮村的店似乎叫做薰紫亭。

「薰紫亭是專營和書和古地圖，陳列也十分樸素。在這一點上，京極堂這裡就……」宮村說到這裡，又望向書架。

然後他看看我，徵求同意：「對不對？」

「嗯……」我回了個沒勁的應答。

確實，京極堂的書本各類雜陳，沒有特定的傾向。有線裝書，也有皮革書。從圓本（註一）到糟粕雜誌，只要是觸動店主人心弦的書，無論任何書籍，就算是賣不出去的書本，也玉石不分地陳列在一起。

雜亂龐大的書山不只占據店面，甚至毫不留情地侵蝕了住家部分的店主房間，還有例如這個客廳，卻又整然有序，這令我怎麼樣都無法釋然。

回神一看，對話中斷了。

這時，我才發現現場的氣氛有點不對勁。我不諳察言觀色又遲鈍，完全沒有注意到，不過夫人之所以離席，似乎是京極堂指示的。而妻子察覺到這件事，善體人意地一起離席了。難道京極堂和宮村有什麼重大的事要談嗎？我有些不知所措。

宮村唐突地提出了疑問：「所謂的**咻斯卑**……」

我愣住了。

「所謂的**咻斯卑**……就是河童吧。」

這話題太古怪了。

然而京極堂卻不為所動，一面倒茶，一面露出有些驚訝的表情說：「不是的。」接著他放下茶壺，推出茶托，向我和宮村勸茶，並冷冷地接著說：「**咻嘶卑**就是**咻嘶卑**吧。」

宮村用雙手接下，問道：「可是，根岸鎮

衛不也寫道，**咻嘶皐**是河童的別稱嗎？」

「哦，你說《耳囊》啊。」

「是啊，我記得是……呃……咻嘶皐為川童之由……」

「上面也寫道：日菅神之緣由亦甚疑。既然鎮衛這麼說，表示他根本沒有看出河童是什麼、咻嘶皐又是什麼。他只是喜歡咒文咒語之類罷了。」

不懂他在說什麼。宮村也說「我不懂你的意思」，偏了偏頭。

然後他慢吞吞地說道：「而且……對了，我記得是柳田翁（註二）的〈川童之事〉中寫的……，我好像是在這裡讀到的。記得上面說，河童會『哅哅』（hyon-hyon）叫，所以在日州（註三）一帶，是這麼稱呼河童……，大概是這樣。『哅哅』這聲音聽起來不是很淒涼嗎？可能是因為這樣，我才會印象深刻，記了下來。記得是記得，但我並不是讀得很認真，或許記錯了。因為再怎麼說，這並非我的專門……」

那篇論文，我記得以前也讀過。我記得是那個題目沒錯。

可是京極堂卻答道：「老師，你說的是〈川童的遷徙〉吧。」這麼一說，或許是那個題目才對。我的記憶總是隨隨便便。

京極堂一如往常，滔滔不絕地說了起來：「剛才宮村老師所說的〈川童之事〉裡也寫了相同的內容，不過關於這一項，柳田翁引用《水虎考略後篇卷三》，僅止於提出

註一：關東大地震之後，日本出版界為了挽救低迷不振的書市，由改造社於一九二六年推出定價一本一圓的叢書，稱為圓本。一時之間，各出版社競相出版這類書籍，但很快就受到讀者厭倦而退燒。

註二：指柳田國男（一八七五～一九六二），日本妖怪民俗學者，被尊稱為日本民俗學之父。

註三：也稱向州，即古時的日向國，相當於現在的宮崎縣。

懷疑的意見，說日州之所以稱河童為咻嘶欸（hyōsue），是因為河童的叫聲聽起來像『飄飄』（hyōhyō），但這無法令人盡信。不過柳田翁在刊載於《野鳥》上的〈川童的遷徙〉一文，卻將河童與候鳥信仰連結在一起，支持這種叫聲由來說。這篇文章裡，柳田開宗明義聲明，說不會有人把河童當成鳥，但是有人認為某種鳥類就是河童。」

「京極堂先生，請等一下……」

宮村舉起手來。「呃，京極堂先生，語源的問題，這個節骨眼就先不管了。在九州，河童確實是被稱為**咻嘶卑**或**咻嘶欸**，對吧？所謂**咻嘶卑**就是河童吧？」

「嗯……」年輕的舊書商納悶地彎了彎脖子。

「老師，」接著他叫道，說出莫名其妙的話來：「稱呼就是妖怪的一切，所以**咻嘶卑**還是**咻嘶卑**。」然後他作結說：「這實在很難說明。」

「不管是河童、川太郎還是水虎——不管什麼稱呼都好，沒錯，這些名稱——不，妖怪這種東西本身，可說是**浮面的部分**。」

「什麼叫**浮面的部分**？」

「例如說……四國是貍子的發源地。」

我霎時困惑起來，這毫無脈絡可言。

但是宮村頓了一下，用力點頭說：「對對對。」

沒錯……雖然暫時不了解，但是只要聽下去，沒多久應該就會明白了。京極堂的話總是如此。毫無脈絡的發展不久後就會具備脈絡，遲早會與主線連結在一起。所以這種時候，乖乖聆聽才是上策，就算詢問他真正的意圖，也徒然讓自己更莫名其妙罷了。宮村非常明白這一點，才會點頭。我也明白這一點，可是大多數時候還是會愣住。

朋友接著說：「……我有個怪人朋友，專

門研究大陸的妖怪，叫做多多良。不久前他去了四國……」

「這世上怪人真不少。」宮村瞄了我一眼，笑著小聲這麼說。我沒有答腔，只是苦笑。

雖然沒有見過，但我從京極堂口中，聽說過好幾次多多良這個人。這年頭實在不可能靠著研究妖怪興家立業，更何況研究的是大陸的妖怪。就連我這個沒資格擔心別人的人，每次一聽到多多良的事，都忍不住為他擔心。

話說回來，這就叫做物以類聚嗎？還是妖怪原本就會招引妖怪？就像宮村說的，怪人還真的不少。

宮村似乎對多多良很感興趣，不過沒再追問下去。他知道愈問，迷宮只會變得愈複雜。

京極堂繼續說下去：「……結果他告訴我一件事。我想想……老師知道歐帕休石（註一）這個奇石的傳說嗎？」

話題接二連三跳躍。

宮村偏著頭說：「不曉得。」

京極堂斜睨著我問：「關口，你呢？」我當然回答不知道。那種怪東西誰知道啊？

「歐帕休石是德島某地方傳說中的奇石，據說原本是某個著名力士的墓碑。這塊石頭會歐帕休、歐帕休的叫。」

「什麼是歐帕休？」

「歐帕休（註二）是『背我』的意思。」

「哦……，那就像馬琴（註三）的《石言遺響》中寫到的遠州的夜啼石嗎？」宮村問道。

原來如此，**那方面**是他的專門吧。

註一：此為音譯，原文為「オパッショ石」（oppasyo-seki）。

註二：歐帕休為四國當地方言中「背我」之意。

註三：指曲亭馬琴（一七六七～一八四八），江戶晚期的戲作家。代表作有《南總里見八犬傳》等。作品富有勸善懲惡思想。

「嗯。若是追溯『出聲的石頭』系統的根源，兩者是相同的。備前(註一)的窸窣岩(註二)也可視為同一系統的妖怪。不過，這在別的地方也被稱為巴烏羅石或烏巴利翁(註三)，也是『背負系』的妖怪。就是一背上去就會變重的妖怪。它與產女妖怪也不能說毫不相關，另一方面，也與帶來財富的異人傳說有所關聯，不過這些先暫且不提。總而言之，歐帕咻石是在路旁吵著叫人背它的石頭。」

「現在也會叫嗎？」

我這麼問，京極堂便揚起單邊眉毛說：

「我說你啊……」

他重重地嘆了一口氣。「……它現在只是一顆單純的石頭。傳說有個力士路過時，覺得這塊石頭很囂張，便把它背了起來，但是石頭愈來愈重，力士終於受不了，把它扔掉，結果石頭裂成了兩半。據說從此以後，石頭就不再說話了。那塊裂開的石頭現在好像還在原處。」

「這塊石頭怎麼了嗎？」宮村問道。他的問題理所當然。

「據說那塊歐帕休石就是貍子。」

「誰說的？」

「當地人。」

「那塊石頭是貍子嗎？」

「由於土地的關係，沒辦法脫離貍子來討論，這要是換成其他的地點，就絕對不會是貍子。會出聲的石頭和叫人背的妖怪都不是貍子。要解釋叫人背的石頭妖怪，根本不必把貍子拖出來。可是……它似乎**變成**了是貍子。」

「變成？」

「嗯。原本怎麼樣不清楚，或許最早是貍子迷騙人這樣的傳說。可是**迷騙**卻成了**變身**。」(註四)

「哪裡不一樣？」宮村問。聽起來根本一樣。

「迷騙，是使被騙的對象——我們人類——碰上奇怪的遭遇。而**變身**，是迷騙人的本體——這種情況是貍子——改變形體。」

「哦！」宮村拍打膝蓋。「換句話說，雖然不曉得是力士的墓碑還是什麼，總之有那樣一塊奇怪的石頭，而那個石頭會開口、變重，讓人體驗這種怪事，叫做迷騙，而貍子變化為石頭則是變身。」

「是啊。迷騙和變身，兩者的意思有著微妙的不同吧？在這個傳說裡，從某個時期開始，歐帕休石應該是被當成歐帕休石來理解的。說起來，如果石頭是貍子變的，就無法說明裂開後的石頭為何會留下來，而且也無法說明它是力士的墓碑這樣的由來。它有貍子變身無法完全解釋的部分，或者說，這個傳說已經完成了。然而，最近它卻開始變成是貍子**迷騙**人。」

「為什麼？」

「這樣比較響亮啊。當成是貍子幹的好事，比較有現實感。至少在現代是如此。」

「當成是貍子幹的，就有現實感嗎？」宮村問道。

「是啊，因為那裡是四國。」京極堂立刻回答。「不過，這並不代表四國的人現在依然全都深信貍子會迷騙人。現在這種時代，就算是在四國，也很少有人真心相信這種事吧。所以這只意味著在現代，貍子這個記號還在容許範圍內，此外的名稱則幾乎完全失效，不再是能夠共同認識的記號了。所以只要能夠流通，就算不是狐狸還是河童都可以，

註一：日本古國名，相當於現今岡山縣東南部。

註二：此為意譯，原文為「こそこそ岩」，有偷偷摸摸的石頭之意。

註三：「巴烏羅石」及「烏巴利翁」皆為音譯，原文為「バウロ石」（bauroseki）、「ウバリオン」（ubarion）。

註四：在日文中，妖怪迷騙人與變身使用兩個類似的動詞「化かす」、「化ける」。

即使是惡魔或火星人也沒問題。其實什麼都可以，不過因為是四國，所以是貍子，如此罷了。這種情況，貍子就是浮面的部分。」京極堂說。

「哦……」

我都快忘記京極堂講這段話是因為宮村詢問「什麼叫浮面的部分」了。

「所以石頭開口要人背——一背就會變重——這樣的怪異，一旦被當成是貍子的惡作劇，『歐帕休石』這個妖怪就會消滅，與夜啼石、背負妖怪、產女等等都再也沒有關係。以妖怪而言，它成了『貍子』。」

「原來如此……」宮村說。

他理解得非常快。

「不是妖怪『歐帕休石』，而會變成妖怪『貍子』惡作劇變身為石頭，歐帕休、歐帕休的叫。如此一來，石頭說話的不可思議就消失了，而貍子變成石頭的不可思議，就成了怪談的重心，是嗎？」

宮村說起歐帕休、歐帕休的音調格外有趣。

「沒錯。可是這個歐帕休石的怪異在成立的過程中，確實仍然會與老師剛才提到的說話的石頭、啼哭的石頭的傳說，以及叫人背的妖怪發生關聯。若是追溯它的系譜，是不可能光憑貍子成立的。」

「無論迷騙或變身都一樣嗎？」

「應該是的。若是在其他地方，就算要與貍子扯上關係，應該至少還是會附加上『歐帕休石』這種程度的特殊固有名詞。然而它卻成了單純的貍子。噯，貍子的名號比較響亮，事實上它也順利地傳播開來了。結果變身成歐帕休石的貍子，連原本與貍子沒有關係的來歷也一同背負起來，但是貍子還是貍子。而妖怪的名稱，就以貍子固定下來了。」

「原來如此，我完全了解了。將這些複雜

的背景和歷史等等全部概括在一起，鎮坐其上的，就是妖怪的名字——浮面的部分。」

「沒錯，就是這樣。」京極堂用力點頭。

「不過古人光是聽到這浮面的名字，就能夠察覺包括來歷的一切，但是我們現代人光是聽到名字，卻什麼都不懂了。我們從浮面的名字，只能夠察覺同樣只屬於浮面的現象。所以覺得只要現象相同，或似乎相同，就算名稱一樣也無所謂。因此歐帕休石也一樣，只是**單純**的狸子也無所謂了。反正狸子什麼都會變，什麼都有可能，這裡頭不需要囉嗦的理由。這麼一來，**咻嘶卑**就算是河童也無所謂了。可是**咻嘶卑**還是**咻嘶卑**。」

「和河童不一樣？」

「不一樣。雖然兩者具有相同的性質、相同的歷史、相同的真面目，但是咻嘶卑和河童是**共享大部分隱密性質**的……不同事物。」

「等一下。」我制止說。「具有相同性質的個別東西我可以理解。可是擁有相同歷史的個別東西，這不成立吧？而且你還說連真面目都一樣，那根本就是同一個東西。如果只是名稱不同，那只是單純的別名吧？」

無論什麼東西，如果真面目相同，就是同一個東西。

「嗯，一般來說是這樣沒錯。」京極堂說。然後他瞄了宮村一眼，用一種瞧不起人的眼神盯著我問：「你知道新銳歌人喜多島薰童嗎？」

「今天話題怎麼跳得這麼厲害？毫無脈絡可言。嗳，我好歹也算是爬格子為業的，喜多島薰童我也還知道。我想想，她是在去年有如彗星般出現在短歌（註）界的天才女歌人，對吧？」

註：短歌為和歌的一種形式，是以五、七、五、七、七音的五句所組成的詩歌。

我這麼答道，於是京極堂歪起嘴巴，以嘲弄的口吻說：「老師，他說是天才女歌人呢。」接著他一臉打壞主意般的笑容，望向宮村。

宮村還是一樣，淨是微笑。

我露出佛然不悅的表情說：「你裝模作樣的幹嘛？她是被評為新感覺派和新抒情派的女歌人啊。眾人都稱讚她是個天才，她精采地剪下日常生活的片段，使用新鮮而纖細的詞句，詠入歌裡。」

京極堂嘲諷地說：「根本是雜誌上的說詞嘛。」確實如此。那完全是刊登在我投稿的《近代文藝》新年號上的短評。

喜多島薰童並非透過短歌同人誌（註一）或專門雜誌崛起的歌人，而是某一天突然就在一本文藝雜誌上開了個連載專欄。這個專欄頓時受到矚目，原本對短歌毫無興趣的其他文藝雜誌也爭相報導，使得她一躍成了話題人物。

而《近代文藝》也不能免俗，做了特輯報導。我只是碰巧讀了那篇報導而已。雖然被說中了，但我還是姑且表現出抗議的態度：「你這話真失禮。」

京極堂笑也不笑地說：「你這種三流文士懂什麼短歌好壞？連中南半島的水牛都猜得出來。我不是想聽你那種不懂裝懂的無聊講評。那種水準的講評，連馬都會說。只要聽聽世人的評語，就算連一首作品都沒讀過，也吠得出這點程度的話來。」

我放棄抵抗。

「嗳，你說的沒錯，我的確是從雜誌上看來的。不過……是啊，薰童是哪裡的誰，包括她的經歷在內，身分完全沒有公開不是嗎？不揭露來歷，只靠作品來決勝負，卻能獲得這麼高的評價，她真的很了不起。」

「就像你說的，喜多島薰童是個覆面歌人。那麼……對了，關口，假設你是那位薰童的本尊好了。」

「為什麼是我？我是男的耶。」

「有什麼關係？就算是假的，你也被當成了天才的本尊，這不是很光榮嗎？感激涕零吧。然後，呃……我記得你有個荒謬的筆名，叫什麼楚木逸巳是吧？」

「沒錯，是我開玩笑亂取的。」

那是我在不想出示本名的作品所使用的筆名。

「這種情況——假設你是薰童的情況——喜多島薰童和楚木逸巳共享同一段歷史，性質也相同，當然本尊也一樣。兩邊都是你，所以兩邊都是闕口巽的別名。」

「是吧。」

「但是……假設說，喜多島薰童是我和你合作的筆名好了。這是有可能的事吧？」

「唔，有可能。」

「這種情況……楚木逸巳和喜多島薰童的本尊雖然都是你，但也不能說是完全相同。它們共享闕口巽的歷史，在這一部分性質也相同，但是薰童那裡有我摻雜在內，而楚木那裡則沒有我。」

「哦……」

「然後……這次我一面持續與你的合作活動，同時也與這位宮村老師合作。……如果我們就以華嚴瀧彥這個不同的名字發表俳句（註二）好了。當然，薰童那裡也繼續發表作品。這種情況，喜多島薰童和華嚴瀧彥的本尊都是我，共享我的歷史和性質，卻又是不同的兩個東西。此外，這兩個名字又與你單獨的別名楚木逸巳完全沒有關係，對吧？」

「原來如此，我懂了。是構成要素的一部

註一：即同人雜誌，為具有相同嗜好或思想、主義的同好自費編輯發行的雜誌。

註二：亦稱俳諧，為五、七、五，共十七音三句的詩歌。

分有若干差異，是嗎？」我問。

京極堂答道：「只是結合的方式不同，有時候構成的要素完全相同。」

簡直就像化學反應。

「換言之，宮村老師，以剛才的比喻來說的話，喜多島薰童這個名字就是**浮面**。我們都不知道它的來歷、性格與性別，但薰童再怎麼說也是個人，不可能沒有這些資料，只是沒有被公開罷了。只要打聽，就查得出來。但是那是本尊的屬性，而不是薰童的屬性。」

「是自稱薰童的人的屬性？」

「雖然有喜多島薰童這樣的人物，但沒有叫喜多島薰童這個歌人，只有名字而已。但是儘管只有名字，卻有吟詠的歌……」

「原來如此……」

「天才歌人做為一種現象發揮著功能，是因為有名字。如果沒有名字，就算有歌，也不知道是誰的歌，會變成無名氏的作品。」

「哦，我懂了。」宮村說。

「換句話說，對我們來說，只有喜多島薰童這個名字發揮著效果。可是如果沒有被隱蔽的部分——沒有薰童本尊這個人，薰童也不可能存在……」

「假設同一個人隱瞞著真實身分，以不同的名義發表了作品，這麼一來，那就會變成不同的另一個人了，是嗎？」宮村說。

「是啊，會變成不同的另一個人。相反地，如果有一個本名完全不同的人，以薰童的名義，發表了風格與薰童極為相似的作品——精采地剪下日常生活中細微的心理變動，高雅地加以吟詠——任誰都不會懷疑這不是薰童。這種情況，只要薰童的本尊默不作聲……」

「這次反而會變成同一個人？」

「有可能會變成同一個人。」

「就像歐帕休石變成了貍子嗎……？」

「關口，就是這麼回事。可是別人就是別

人，就算風格再怎麼相似，也不能就把他們當成同一個人吧？」

「那當然了。」

要是因為文風相似，作者就會被當成同一個人，那豈不是不能隨便寫小說了嗎？如果這種風潮盛行，萬一我寫出了傑作，也很有可能被人說：「那個關口不可能寫出這種傑作，只是文風相似罷了，一定是其他知名作家寫的。」

就我而言，這是很有可能的事。

我這麼說，京極堂便抽搐著臉頰，可惡至極地說：「你是絕對不可能寫出傑作的，別在那裡杞人憂天了。」這個人真是有夠失禮的。

「你是特殊例子，姑且不論，不過妖怪也是一樣。因為現象相同，就當成是同一種妖怪，仍然是不對的。」

我怎樣特殊了？——我的這個問題被忽視了。

「不是有一種叫『天狗倒』的現象嗎？」

「是山裡出現的幻聽吧？只聽得見巨木嗶剝嗶剝倒下的聲音，但是不管怎麼找，都找不到倒下來的樹木……」

「沒錯。這在有些地方也稱之為『空木返』，還有一種叫『古樵』的，也是相同的怪異現象，這有時候也被當成是狐狸搞的鬼。這些全都像關口說的，是聲音的妖怪，換言之，以現象來說，它們完全相同……。不過稱為天狗倒的時候，它的背景與天狗的來歷重疊在一起。因為修驗道(註一)、天狗(註二)、破戒僧這類構成天狗的種種要素在當地通行，才會被如此

註一：以日本古來的山岳信仰為基礎，融合密教咒法而成的日本佛教一派。祖師為奈良時代的役小角（役行者）。修行者稱為修驗者或山伏。

註二：漢字雖然一樣是天狗，但這裡的「天狗」發音為amatsukitsune，與一般天狗（tengu）發音不同，始見於《日本書紀》，形象似流星。

稱呼。稱做古樵的話，則是以過世的樵夫妄念來解釋現象。這個解釋，在沒有樵夫的地區是無法通用的。而空木返這個說法，則很少有這類背景，是非常接近現象的稱呼。」

宮村頻頻應聲，佩服不已。「只要名稱不同，就不能混為一同是吧。你說妖怪是浮面，就是這個意思對吧？京極堂先生。」

「是的，妖怪的名字是很重要的。我剛才說的天狗倒，現象相同，但名稱不同。以現象面來看雖然相同，但既然名稱不同，文化歷史也就不同。以剛才的比喻來說，就是風格完全相同，但作者名不同的情況。當然，作者的來歷也會不同。」

「原來如此，我完全了解了。不過……」

宮村垂下眉毛，露出難為情的表情來。京極堂回看他的臉，問道：「這個比喻還算恰當吧？」

宮村笑道：「你說的歌人的比喻非常明瞭易懂，可是如果照那個比喻來看，妖怪……呃，大部分的真面目就不止一個嘍？」

「是的。喜多島薰童的真面目不是合作，而是單獨一個人，但**咻嘶卑**的真面目卻是合作，而且它的真面目有一百個左右。大部分的妖怪都是如此，許多妖怪的真面目是重複的。許多妖怪**共享**未公開的部分——被隱匿的來歷。所以不管是現象還是性質，只因為其中一個相同就判斷它是同一個東西的話，那麼無論是鬼還是天狗、河童、貍子，全都會變成同一種妖怪了。」

京極堂對著宮村這麼說完，望向我這裡。至於我……覺得好像懂了，卻也不甚了了。

或者說，我一定不懂。

我考慮之後問道：「到天狗倒的部分我還懂。即使現象相同，名字不同的話，就是不同的東西，這我也不是不懂……」

至於真面目有百人左右、而且彼此重複這

一點，我就看不出是怎麼整理出來的了。

不出所料，京極堂露出厭惡的表情。

「所以我一開始不就聲明了嗎？咻嘶卑和河童，就是剛才說的楚木逸巳和喜多島薰童啊。」

「哦……合作的。」

「而且是百人合作。」

「這樣啊……，可是這麼一來，如果追溯河童的真面目……」

「就會冒出**一堆**和咻嘶卑的真面目相同的東西。」

「那……」

「可是並不是完全相同，大概有百分之九十相同。」

「那豈不是幾乎一樣嗎？」

「才不是。」京極堂甩甩手。「河童啊，作者有兩百個。把它當成裡面約有九十個是和咻嘶卑共享的作者就是了。聽好了，一般的事物動輒都被看成根源相同，從同一個根裡長出莖幹，再逐漸分枝出去，複雜地進化。大部分都認為現象是事物細枝末節的部分，只要循著它回溯，就能夠碰到主幹，循著主幹走，就可以找到根源——本質。事實上，世上幾乎所有的事物都能夠以這種看法解讀，而且這種看法簡單易懂，所以許多人都這麼認為。但是妖怪這種東西卻是完全相反的。」

「相反……？」宮村問道。

「我想想，就把它當成髮尾黏在一起，髮根分開的分叉頭髮好了。」

京極堂的比喻大部分都很蠢。

宮村笑了，說：「這分叉也太奇怪了。」

京極堂一本正經地回答：「是很奇怪。妖怪這兩個字本身就有妖異、奇怪的含意在。這裡說的髮尾，就跟剛才說的浮面是相同的意思，也就是名字。這根頭髮從髮尾沿著髮幹回溯到髮根時，會朝髮根分叉出去。沿著走下去，遲早會碰到根，但是那只是眾多髮根裡的其中一個。從那個髮根又長出好幾根頭髮，那些頭髮又與其他髮根長出來的頭髮融合在一起，形成好幾根髮尾。」

「原來如此……，這裡的髮根，就相當於剛才的比喻中所說的真面目吧。」

「是的。河童這個髮尾，有著許許多多的髮根。因為河童都躋身為水怪籠統的總稱這樣的地位了，髮根數量當然龐大。」

「被隱匿的部分非常多？」

「對。所以大部分的水怪，都與河童共享幾乎所有的髮根。只混進了一點別的髮根，形成了不一樣的髮尾。」

「只要有一根不同，就會不一樣嗎？」

「如果是以完全相同的髮根形成的，髮尾應該也會完全相同。換言之，名字也會一樣。那細微的差異，如果只是地區性這點程度的差異，名字應該也會更相似。即使同樣是九州，也有嘎啦帕（garappa）、嘎哇帕（gawappa）、嘎哇嘍（gawaro）、河物（kawanomono）、河人（kawanohito）等等更接近河童（kappa）的稱呼。這些都比咻嘶卑擁有更多與河童共享的部分。但是只要有一個髮根決定性地不同，就會變成塞可（seko）或卡香波（kashyanbo）等等完全不同的名字。」

「原來如此，會變成不同的髮尾啊。」

「水溶液的部分還有沉殿物幾乎都一樣，但上頭浮面的部分卻不一樣，是嗎？」

「關口，你說的沒錯。」京極堂說。

宮村佩服地點了幾下頭，然後想了一下，一邊舞動雙手一邊說：「也就是說，京極堂先生，整理之後就是：咻嘶卑雖然是河童，但是既然它有一個和河童相去甚遠的名字，就應該有什麼不被稱為河童的重大理由……，是嗎？」

京極堂爽快地答道：「是的。」

「什麼是的。你這傢伙老是這樣，既然如此，一開始就像宮村先生說的那樣告訴他不就行了？這個結論非常簡單明瞭又直接。什麼歐帕休石、喜多島薰童、天狗倒的，還說什麼浮面啊、分叉頭髮的，圈子也繞得太遠了吧？真是浪費時間。這根本是浪費語言。」

「關口……」朋友發出疲倦的聲音。「如果我一開始就說出老師剛才說的結論，你一定會一直追問為什麼為什麼，囉嗦個沒完不是嗎？結果我還是得像剛才那樣重新說明一遍，那麼從頭說起不也是一樣嗎？」

「是嗎？」

「就是啊。不，這不僅不是浪費時間，我還替你省去了煩惱到底哪裡不懂的時間，等於是大幅節省了時間呢。」

「可是……」

「喏，你就是這樣，老是在浪費時間。宮村老師，咻嘶卑這個稱呼本身是佐賀地方的說法，但是相似的名稱集中在宮崎縣。咻嘶欸、哮嘶卑（hyōsube）、咻尊波（hyōzunbo）、咻滋波（hyōzubo），雖然有細微的差異，但名稱幾乎相同，性質也各有若干差異。但是這些全都是宮崎一帶才有的差異。不管是大分或福岡，說咻嘶卑雖然也通，但已經沒有人這麼叫了。大家都以近似河童的名稱來稱呼。」

「原來如此，原來如此，我完全了解了。可是啊，京極堂先生，那樣的話，那個咻嘶卑是……」

宮村說到這裡，拍了一下膝蓋。「……原來如此。哎呀，我真是失禮了。所以你才會打從一開始就談語源呢，河童和咻嘶卑的決定性差異就在這裡。噯，雖然不曉得你的話是近路還是遠路，不過俗話說捷路難行，遠路易走，對聽的人來說，花費的勞力都是一樣的。不管是長是短，過程都不會白費。」

「世上沒有白費這兩個字。若是覺得白

費，那是這麼感覺的人無知罷了。」京極堂說。

我總覺得他這話是針對我，不過應該只是我的被害妄想症又發作了吧。

「你說的沒錯。」宮村說。「不好意思，我理解力不好，花了你這麼多時間。那麼那個**咻嘶卑**到底是什麼意思呢？」

「不知道。」

「連你也不知道？」

「那當然了。除了我自己決定的事物以外，我只能靠推測來做出判斷，既然是推測，就不能說是知道。不過反正是對社會無用的妖怪，就算現在當場決定它的意思，應該也不會有人抗議吧……」

京極堂說著，站了起來。

接著他從高高地堆在壁龕的書本當中，取出我再熟悉也不過的一本線裝書——《畫圖百鬼夜行》。那就像江戶時代的妖怪圖鑑，是自認喜好妖怪的朋友的座右書。

「最近**這玩意兒**登場的機會太多了，真傷腦筋」、「寶貴的書本都給翻壞了」，京極堂一邊陰沉地叨念著，一邊翻頁，攤開之後擺到矮桌上。

「這就是咻嘶卑……」

望過去一看，上面畫著一頭詭異的野獸。

那裡是簷廊嗎？

是料亭還是旅館？不管是哪裡，那棟建築物實在疏於修整。

燈籠四面其中一邊的紙幛子脫落，掉在走廊；外牆的木板破裂，庭院裡雜草叢生。面對庭院，在一條像是竹廊的走道上有個人形的**野獸**，雙手張成奇妙的形狀，抬起一隻腳，以顫顫巍巍的姿勢站在上頭。牠渾身是毛，爪子很長，眼睛充血，嘴巴裂到耳邊，但是看起來並不凶暴。

反而模樣很滑稽。

這也難怪，因為那張圖不管怎麼看，都是——一隻猴子。

這是猿猴在玩耍的動作。只是牠那顆圓得詭異的頭上沒有半根毛，只有這點和猿猴不同。

「……如兩位所見，上面沒有說明。」

確實，除了名字以外，沒有任何文字。

「這個妖怪那麼有名，不用說明也知道嗎？」

「這很難說，或許應該視為那時說明已經佚失了比較妥當吧。不管怎麼樣，名字是留下來了。不過，不只是老師剛才說的根岸鎮衛，太田全齋（註一）等人也說咻嘶卑是河童，所以過去或許是有這樣的認識，但是石燕卻把它們分開了。附帶一提，石燕的河童在這裡。」

京極堂翻開同一本書的其他卷數，出示給我們看。

上面畫著熟悉的河童畫像。

河童正從河邊的蓮葉裡探出頭來。這顯然是水生生物，長相也十分接近兩棲類，而且還有甲羅和蹼，一頭亂髮上甚至頂了一個盤子。

兩張圖完全不同。

「石燕也把**山彥**和**木靈**分開成不同的妖怪（註二），對於妖怪，石燕似乎有他自己的堅持和基準，就這樣把它視為當時的一般認識，是太魯莽了些。不過或許他是將河童具備的**某些部分**抽取出來，假托在咻嘶卑身上也說不定。」

「某些部分是指……？」

「例如猿猴。河童與猿猴有著一言難盡的複雜因果關係……，但是如果把猿猴當成河童的真面目，河童所擁有的其他意象就會大為折

註一：太田全齋（一七五九～一八二九），江戶晚期的音韻學家兼漢學家。

註二：山彥（yamabiko）與木靈（kodama）都是山谷中聲音反射的現象。認為是山靈應聲的稱山彥，認為是木靈應聲的則稱木靈。

損，不是嗎？猿猴這種生物，與烏龜、水獺這類水生動物的特質——尤其是爬蟲兩棲類的特質完全矛盾。像猿猴的烏龜——這相當難以想像對吧？但是，猿猴是河童的真面目之一。」

「所以把它分出來做為咊嘶卑嗎？」

「也有……這個可能。但是就咊嘶卑來說，我想受到石燕的參考書《妖怪圖卷》以及《化物遍覽》(註一)的影響應該更大吧。《化物遍覽》裡，河童和**咊嘶卑**被分成兩種不同的妖怪來畫。」

「太田全齋則是《俚言集覽》吧？可是……《妖怪圖卷》和《化物遍覽》我都沒聽說過。」

「那些書是畫了妖怪圖的繪卷物，據傳是狩野派的畫。也有人說原本是狩野正信所畫，但原書並未留傳下來。不過許多弟子摹畫後傳到了後世。名稱紛亂，似乎有許多異本，石燕就是參考這些書。我聽說某處還留有寫著鳥羽僧正真筆的畫……，不過那應該是假的吧。」

「鳥羽僧正嗎？那太厲害了。」宮村笑道。

「這些繪卷裡，除了**咊嘶卑**以外，還有**歐多羅歐多羅**(註二)、**滑瓢**(註三)、**哇伊拉**、**嗚汪**，以及……塗佛等等，畫了許多妖怪，除了名字以外，資料大多都失傳了。每一幅畫都野趣十足，都是十分出色的力作。繪卷不同，刊載的項目也多少有些出入，不過我剛才舉的妖怪幾乎都有。」

宮村「哦……」的吁了一口氣。

我十分了解他的心情。京極堂平常就很饒舌，但是一談到妖怪，更是問一答十。

但是宮村也不遑多讓。

「那麼即使不算普遍，至少在當時一部分的文人中，姑且不論他們知不知道那是什麼，咊嘶卑這個名字是通行的嘍。這麼說來，剛才的《耳囊》裡也寫了驅逐河童的咒文之類的不是嗎？」

「嗯，鎮衛這個人好像很喜歡咒文。咻嘶咠啊，毋忘舊約。川中人，氏菅原……，對吧？」

「聽說這流傳在上總——千葉。」

「這個嘛……」京極堂說，歪了歪頭想了一下。「老師知道菊岡沾涼嗎？」

「哦，《諸國里人談》對吧？」

「沒錯，沾涼也寫了相同的歌。《諸國里人談卷之四妖異部》裡，收錄在〈河童歌〉這個題目下。這邊的歌詞是：毋忘與咻嘶欸立川事，川中人，我亦菅原。」

「嗯，一樣呢。」

「這是肥前諫早一地所流傳的歌，傳說只要把寫了這首歌的紙放進水裡流走，河童就不會作怪。《諸國里人談》比《耳囊》早了將近一百年吧。」

「原來如此，那麼《諸國里人談》比較正確。」

「問題不在於正不正確。鎮衛這個人很認真，他從佐渡奉行（註四）做到勘定奉行（註五），最後還當上了町奉行（註六），是個菁英分子，記載的應該不假。不過百年的空白難以填補。我一開始也說過，他在當時的一般認知下，寫道這不太可能與菅神有關。」

「菅神指的是什麼？」

京極堂和宮村之間或許說得通，但我聽不懂。我從剛才開始就不懂他們在說些什麼。京極堂揚起單邊眉毛，朝我送上輕蔑的視線。

註一：原書名為《化け物盡くし》。
註二：此為音譯，原文為おどろおどろ（odoroodoro）。
註三：此為表音漢字，原文為ぬらりひょむ（nurarihyomu）。
註四：奉行為武家時代的行政官名。
註五：江戶時代的官名，負責監督幕府直轄地的官員，並管理財政和農民行政、訴訟。
註六：這裡指江戶町奉行，掌管一切町政。

宮村見狀，仍然笑咪咪地對我說：「就是菅原道真（註一）——天神呀。」

「天神嗎……？哦，所以氏指的是菅原？喂，京極堂，意思是只要誇耀自己是菅原一族，河童就不會來了嗎？河童的話，應該要找水神吧？找天神是搞錯對象了吧？」

「就是因為這麼想，鎮衛才寫道可疑吧。但是沾涼這麼寫：咻嘶皐即兵揃（hyōsue，音即咻嘶欸）之地名也，此村有天滿宮之神社，故言菅原也……」

「喂，有哪個村子叫做咻嘶皐嗎？可是就算有，跟河童——不，跟妖怪咻嘶皐又有什麼關係？」

「你性子也真急哪。」京極堂說，搔了搔下巴。「所以我才討厭跟你說話。我怎麼知道有沒有那種村子？根本沒查過。但是沾涼寫說有，他還這麼寫道：長崎有澁江文太夫者，亦出驅河童之符……」

「這又怎麼了？」

「我想沾涼是引用《和漢三才圖會》。此外，百井塘雨的《笈埃隨筆》也有相同的記述。《笈埃隨筆》裡名字變成澁江久太夫，職業也變成天滿宮的守人。有一本《鳥囀草葉》引用《笈埃隨筆》說，這座天滿宮位在肥前諫早兵揃村。」

「真的有那個村子啊。」

「現在已經沒有了，所以不知道到底有沒有。總而言之，這個澁江一族十分棘手，他們似乎與肥前各地的水神社司（註二）頗有交情。據傳澁江氏的祖先是橘諸兄，橘諸兄是左大臣（註三）兼大宰帥（註四），是敏達天皇的後裔。而橘諸兄之孫嶋田丸據說就是澁江氏先祖。史實上與此人對應的人物應該是橘嶋田麻呂。這個人侍奉朝廷，任兵部大輔（註五）。神護景雲年間（註六），春日大社從常陸鹿島遷移到三笠山，當時這個兵部大輔嶋田丸被任命為工匠奉行……」

「哦，我了解了。」宮村說。「說到河童，就是木匠。木匠使役人偶，用完後就扔進河裡……，是這個傳說嗎？」

「完全沒錯。說到河童，就是木匠。」

「為什麼？」

「啊，真煩人哪。」京極這次用力抓起頭來。「宮村老師說的，是流傳在各地的所謂河童起源人形化生傳說。由於人手不足，工期又短，工匠煩惱之餘，用木屑等材料做成人偶，並以匠道之祕法為人偶注入生命，讓它們幫忙工作。工事結束後，那些人偶便被拋進河川，變成了河童，是這樣的傳說。木匠有時候是竹田的木匠(註七)，有時候是左甚五郎(註八)，不一而足。大部分都被當成神社佛閣的緣起流傳，例如某某地方祭祀的神明鎮壓了化生的作亂河童，極為靈驗之類的……」

「京極堂先生，那麼澁江的情況呢？」

「這也是位於肥前杵島郡橘村裡的潮見神社的緣起，潮見神社的祭神是橘諸兄。回到正題，春日大社興建時，工匠頭子也做了人偶，驅使它們工作，興建完畢後，也扔進了河裡。而這些人偶為害人馬六畜，於是身為奉行的兵部大輔嶋田丸出面鎮壓。由於這個典故，那些水怪被命名為兵主部（hyōsube），從此以後，兵主部就成了橘家的屬下……」

註一：菅原道真（八四五～九〇三），平安中期的貴族、學者。受重用升至右大臣，卻遭人進讒而被左遷為大宰權帥，死於大宰府。後世敬為天滿天神，做為學問之神受人信仰。

註二：社司即管理神社的神職。

註三：律令制度中，與太政大臣、右大臣同為太政官之長，次於太政大臣，高於右大臣。

註四：大宰府的長官。

註五：兵部省為日本古代的軍政機關，大輔為僅次於兵部省長官兵部卿的官位。

註六：神護景雲為奈良時代的年號，七六七～七六九年。

註七：古代朝廷的御用木匠。

註八：傳說中江戶初期的建築雕刻名手。

「這裡不就有咻嘶卑（hyōsube）登場嗎！」

京極堂乾脆地答道：「是有啊。」

宮村問道：「這個故事出於何處？口傳還是什麼？」

「這段故事見於《北肥戰志》這本書。其他像是《菊池風土記》等，記載春日大社興建後，稱德天皇嘉許嶋田丸之功，敕許天地元水神做為其氏神，嶋田丸從此以後便成為水部之主，執行祭儀。」

「春日大社啊……」

「沒錯，所以似乎也不完全是虛構。澁江一族原本是使役水神的吧？談論水怪時，絕對不能不提澁江氏。」

「等一下。」我制止道。

京極堂說：「幹嘛？」瞪住了我。

「可是，澁江氏的祖先是橘氏吧？跟菅原氏又沒有關係。如果咒文裡面說『氏橘』、或是『氏澁江』來威脅河童，那還可以理解，但是說『氏菅原』，這我實在不明白。而且為什麼名字來自於兵部，會變成兵主部？兵部不是一個官職嗎？就算名字是從這裡來的，在兵跟部中間加個主，這我實在無法理解。太奇怪了。」

「別一次問那麼多問題。嗳，你就聽著吧。潮見神社的社家(註)毛利家裡，也流傳著驅河童的咒文。咒文如下：咻嘶卑啊，毋忘舊約，川中人，後菅原……」

「又有點不一樣了。」

「不一樣，意思也有微妙的不同。而且確實就像關口剛才說的，不自然的是，對於河童，都**不是**報上澁江的名號，或是橘、毛利的名號。不管是誰，報的總是菅原的名號。」

「總是菅原。」

「是的。這首歌在《和漢三才圖會》裡有兩種版本，首先是據傳為肥前諫早**兵揃村菅原**

大明神的咒文，這首歌與沽涼所引用的完全相同。另一首不得了，據說是菅原道真親自吟詠的歌，這首歌是：舊時約，切毋忘，川中人，氏菅原。」

「不一樣。」

「是不一樣。柳田翁在《河童駒引》中也有提到，這邊寫的是：毋忘與咻嘶欸之約，川中人，我亦菅原。怎麼樣都是菅原。」

「喂，根本沒差多少嘛。」

我並沒有一一抄下，所以完全不記得前面的咒文。不過就我聽起來，感覺幾乎相同。

我這麼一說，京極堂就目瞪口呆地說道：「差得可多了。『**與**咻嘶欸』和『咻嘶欸**啊**』，之間可是天差地遠。如果呼籲的對象是水怪，說『咻嘶欸啊』的話，咻嘶欸就是水怪，但是說『**與**咻嘶欸』云云的話，就表示那是水怪與咻嘶欸的約定，不是嗎？」

「說的也是。那川中人是什麼意思？」

「在河邊成長的人、水性極佳的人。不過無論哪一首歌，末尾都是菅原。換言之，有兩種咒文，一種可以解釋為菅原氏與水怪咻嘶卑的約定，另一種則可以解釋為水怪與咻嘶卑的約定。前者的話，菅原氏就是使役水怪咻嘶卑的一族，後者的話，菅原氏就是祭祀咻嘶卑的一族……，就是這麼回事。」

「那澁江氏呢？」

「這個嘛，橘氏一族與這件事有什麼關係，還需要更進一步的調查，春日大社也十分可疑。可是這個情況，首先該探討的還是菅原。」

「你是說……道真公與河童嗎？」

「沒錯。菅原一族是咻嘶卑這個妖怪——更進一步說，是河童這個妖怪重要的構成要

註：代代世襲侍奉神社的家系。

素，這一點似乎錯不了。」

京極堂說到這裡，頓了一下，用一種難以判別是覺得有趣還是無聊的表情看著我，喚道「關口」，接著問：「你的話，說到河童，想得到的特性有哪些？」

我想了一下，把想到的就這麼說出來：

「咦？我想想，說到河童，就是河童髮型（註二），還有頭頂的盤子。不，那算特徵吧。特性的話……對，頭上的盤子乾掉就會變得虛弱、會把馬拖進河裡、會拔人的屁眼球（註二）、喜歡吃小黃瓜、喜歡相撲……，大概就這樣吧。」

「原來如此，的確像是你會舉的例子。這些特性的根源原本都不相同，不過咻嘶卑的話，關於它的形態的記述本身就不多，有許多曖昧不明的部分……。不過至少河童髮型這一點與這張畫不符合，頭上也沒有盤子。以卡香波為首，有許多水怪是只有腦門留下一撮毛的髮型，咻嘶卑或許是那一系統的吧？不過你舉出來的特性中，有一項值得特別注意……，沒錯，就是喜歡相撲的這個特性。喜歡相撲，與菅原氏有關係。」

「為什麼？天神是學問之神吧？跟相撲才沒關係呢。」

「沒那回事。菅原氏原本的姓氏是土師氏，在菅原道真的三代以前改了姓，在那之前，他們是土師一族。而土師氏的祖先，就是那個野見宿禰。」

「那是誰啊？」

「你是說那個相撲的始祖野見宿禰？」宮村睜圓了小小的眼睛，有些意外地說。

看樣子，不知道的只有我一個人。

「沒錯。傳說中，在日本第一個與當麻蹶速相撲的人，就是野見宿禰。大和國的穴師神社的參道南側，有一座祭祀宿禰的相撲神社，從神社的碑文等推測，野見宿禰祭祀著天穗日命，原本是穴師神社的大宮司。然後這個叫穴師神社的神社，根據《延喜式》神名帳的紀錄，正確的名稱是穴師坐兵主神社。」

「**兵主**（hyōzu）？」

「沒錯，那裡就是祭祀兵主神的兵主神社。」

「**兵主**神？」這件事似乎連宮村也不知道。

宮村訝異地問道：「兵主神，這名字很陌生。是記紀神話（註三）中出現的神明嗎？」

「這不是記紀中的神明。我想兵主神初次見於本國，應該是在《三代實錄》，但似乎不是本國的天神地祇，不過也並非無名的神祇。兵主神社光是記錄於《延喜式》中的，但馬有七、因幡有二、播磨有二、壹岐有一——以西國為中心，共有十九社。祭神大多被視為大國主（註四）的別稱——八千矛神，不過那似乎只是表面上的祭神。祂的真面目是……蚩尤。」

宮村露出目瞪口呆的表情。「蚩尤……？你說蚩尤，是《史記》的五帝本紀中出現的中國作亂諸侯……那個蚩尤？」

「與其說是諸侯，說是怪物比較正確。蚩尤是傳說中與黃帝爭戰到最後的怪物。蚩尤食鐵，是人面獸身的怪物，額上有角，**與人角力，所向無敵**。」

「相撲啊……」宮村說道，接著又呢喃似地說：「話說回來，真是冒出不得了的東西來了。」他望向我這裡。

註一：類似娃娃頭的髮型，劉海齊剪，後腦勺與兩側長度約在耳下。傳說河童就是這樣的髮型，故稱河童髮型。

註二：日文作「尻子玉」，是一種想像中位於肛門內的球狀物。傳說河童會把人拖進河中溺死，拔走屁眼球。有些說法認為溺死的人肛門括約肌鬆弛，看似被挖走了什麼東西，才會有此傳說。

註三：記紀指《古事記》與《日本書紀》這兩本日本史書。

註四：大國主為日本神話中出雲國的主神，統治葦原中國，後來將國土讓給天照大神之孫邇邇藝後隱居。

我連怎麼個不得了都不太了解，只能苦笑。

「確實很不得了，但是兵主就是蚩尤。關於兵主，日本的文獻很少，不過老師說到的《史記》封禪書裡，也有這個名字。八神——天主、地主、兵主、陽主、陰主、月主、日主、四時主——兵主為其中之一，同時兵主就是蚩尤。據說這是因漢高祖舉兵時，將蚩尤奉為軍神——兵主而來，是武神。噯，字面上都寫**兵**之**主**了，看也知道是武神。而且關於兵主神社，與新羅王子天日槍（註一）之間的關係也不能忽視。」

「你說那個兵主神……就是咻嘶皐？」宮村問道。似乎逼近核心了。

就連隨便聽聽的我也忍不住豎起耳朵來。

但是京極堂否定了：

「不是。第一個提到兵主神與咻嘶皐關係的，是折口信夫（註二），他認為兵主神原本是武神、山神，卻淪落為水神和田神，但我不贊同這個看法。另一方面，柳田翁以蚩尤為例，類推咻嘶皐原本也並非河童，而是專門消滅河童的除魔神，而咻嘶皐也注定淪落……。但我無法認同神明淪落的想法。」

「咦？」宮村睜圓了眼睛。「這不是一種定論了嗎？」

「才不是定論。折口降低兵主神的地位，柳田則抬舉咻嘶皐，將他們視為一同，但若問我的看法，神明的地位是無法提高或降低的。如果神性消失，只會消失而已。」

「等一下，京極堂。」

「不要一直打斷我。」朋友揚起單邊眉毛。但是沒辦法，我就是無法信服。

「我記得……柳田國男不是主張咻嘶皐叫聲說嗎？」

「嗯。我認為柳田翁支持咻嘶皐叫聲說，是因為他**不想承認**兵主神是水神。如果咻嘶皐是河童的話，那麼它的名字就是從叫聲來的，和兵主神無關，如果不是的話——也就是說，如果咻嘶卑是兵主神的話，但是兵主並不是水神，那麼咻嘶卑也不可能是河童了——我想他心底存有這樣的主張吧。柳田的咻嘶卑除魔說刊登在《山嶋民譚集》裡，同一本書裡，柳田也引用了《近江輿地誌略》等等。只要讀過《近江輿地誌略》，就可以輕易看出它的內容主張的是兵主神是擁有河童性質的水神，然而儘管柳田引用了這篇文章，卻完全不承認兵主是水神。他十分固執己見。不管怎麼樣，這部分的考證是愈做愈有意思的……，不過這先暫且擱一邊。現在只要知道兵主這個無疑是外來的神明，在過去曾經受到信仰，這樣就行了。」

「那麼又如何呢？」

「穴師兵主神社的穴師，以及播磨的射楯兵主神社的射楯都是地名，同時也是穴師神、射楯神這些渡來神（註三）的名字。與這些名字擺在一起的兵主神也是外來的神明，當然祭祀祂們的也是渡來人了。與剛才提到的天日槍遷徙日本的事一起來看，這一點錯不了。」

京極堂說到這裡，將河童的圖畫翻回咻嘶卑那一頁。

「將蚩尤——兵主神帶進我國的，傳說也是秦氏。這部分有許多不明瞭之處，錯綜複雜，解釋似乎也相當混亂。但是可以確定的是，有一個叫做兵主的外來神明，然後過去曾經有過祭祀這個神明的異能集團。大部分的渡來人都是技術集團，這與河童大部分都被當成

註一：在記紀傳說中登場的新羅王子。

註二：折口信夫（一八八七～一九五三），國文學者及歌人。師事柳田國男，並將民俗學融入國文學中。

註三：渡來為自海外遷來之意，在日本特指四至七世紀時自朝鮮、中國遷徙至日本的人及文化，這裡保留渡來神、渡來人等名詞。

工人不可能沒有關聯。更進一步說，兵主神大部分都與穴師神一起被提及，從這裡可以推測祂應與製鐵技術者有關。」

「製鐵……？」

「是的。而且原本參與製造埴輪（註二）的氏族土師氏——即後來的菅原氏，也從事製鐵。燒製埴輪的爐灶被轉用做為熔鐵爐了。土師氏的勢力之所以擴大，就是因為參與了製鐵。而土師氏……似乎也信仰兵主神。」

「道真……就是他們的後裔嗎？」

「是啊。說到道真，就是天滿宮。其實太宰府天滿宮裡也祭祀著兵主神，所以菅原一族過去也是信奉兵主神的吧。既然驅河童的咒文裡，咻嘶卑這個名稱都與菅原這個姓氏同時出現，兵主神與水怪——咻嘶卑不可能沒有關係。」

「等一下。」我第三次伸手打斷。「可是京極堂，你剛才不是說兵主神不是咻嘶卑嗎？你還說神不會淪落，不是嗎？」

「兵主神不可能是咻嘶卑，我只是說不可能沒有關係。」

京極堂說道，表情顯得有些不耐煩。

「……不對，我想想……例如說，大和的兵主神與其他山神一樣，每年都會從山裡下來村里一次。這不是什麼稀奇事，春季山神會下來，成為田神，到了秋天再回歸山中，這類傳說全國各地皆有流傳。而傳說河童也會在冬天上山，成為山童。這也是以九州為中心，各地流傳的傳說。河童在春秋兩季會遷移，這就是柳田翁說的河童的遷徙。在山裡的時候，河童會變成山太郎或塞可、卡香波，大部分名字和特性都會改變。但是有個妖怪，即使進入山裡，名字和性質也不會改變，它的名字就叫做……咻森波（hyō sunbo）。」

「咻森波？」

「一樣是宮崎的水怪。這個嘛，應該可以

把它當成咻嘶卑的亞種。」

「因為名字相近？」

「幾乎……一模一樣。而且傳說它們每年一次，會成群結隊從山裡往河川飛去，進行大遷徙。這正是柳田翁所蒐集到的，像鳥一樣的河童的傳說，但是事實上它們並不只是啕啕叫，也會呱呱叫，叫聲形形色色。」

「這和兵主神不一樣嗎？」

「不一樣。在九州，單獨的兵主神社只有壹岐一地有。宮崎沒有兵主神社，而有兵主神社的地方，就沒有遷徙的河童。」

「什麼意思？」

「你的理解力也真差。嗯……對了，折口信夫在〈翁的發生〉當中這麼寫道：大和各地皆有山人的村落，在穴師山，稱穴師部或兵主部（hyōzube，音即咻滋卑）。」

「兵主……部啊……」

原來如此，這樣就可以了解為什麼了。說名稱是來自於兵部，所以叫做兵主部，教人納悶；但如果說因為是兵主之部（註二）的人民，所以叫做兵主部的話，就說得通了。我自以為露出了恍然大悟的表情，京極堂卻連頭也不點一下，只是交互看著我和宮村。

「例如說……菅原氏是負責祭祀兵主神的神職，然後底下有來自大陸的技術集團。這種情況，菅原一族所使役的人會被稱為什麼？侍奉兵主神之部的臣民——兵主部——應該會被這麼稱呼吧？」

宮村「啪」的拍了一下膝蓋。

「原來如此。那麼剛才的歌——驅逐河童

註一：圍繞在日本古墳頂部以及周圍的土製品，原為筒形，後來發展出人物、動物、器具等形象。是一種祭祀品。

註二：「部」為日本大和朝廷於四—五世紀侵略朝鮮時引進的統治制度，依人民的居住地或職業分成集團，稱之為部。這個制度由於六世紀渡來人大批進入日本而興盛。

的咒文，也會有兩種解讀方式了。供奉的神明與被使役的部民，因為稱呼相近，所以被混淆在一起了……」

「應該是。」京極堂點點頭。「『你們和兵主神說好了吧』這樣的威脅，以及『兵主之部的臣民啊』這樣的呼喚……，對吧？如果菅原一族是傳達神意的媒介，這兩者都可以成立。」

「那麼……所謂咻嘶卑是……？」

「咻嘶卑就是兵主部，也就是信奉兵主神的技術集團吧。至於據說澁江氏所流傳、來自於兵部的命名，應該就像關口所質疑的，是後世牽強附會的。諫早的兵揃村，應該是他們以前居住過的場所。他們是工人，擁有精鍊金屬的技術，所以才會在山林與河川之間來往。古代的製鐵是以鐵沙為原料，所以必須在山裡挖掘含有鐵沙的礦石，到河裡清洗，撈出沉澱後的鐵沙。尋找礦脈和尋找水脈，是相同的工作。」

從山林到河川——是山人，同時也是川民的異人。

的確，從共同體的角度來看，他們是妖怪。

「所以他們信奉的兵主神是山神、是水神、是製鐵神，也是製造武器的武神。始祖蚩尤是食鐵砂、製兵器、操縱雨師風伯的神明。穴師雖然被視為風神，但這指的是風箱的風。穴師兵主連結在一起，就完成了製鐵。可是……」

京極堂說到這裡，加重了語氣。

「……兵主和穴師終歸是神明。非信仰對象的異鄉神明被當成妖怪是常有的事，但神明是不會淪落的。被妖怪化的，是信奉那些神明的人，以及他們的行為、他們所引發的現象。喜歡相撲、從山林遷徙到河川的，都不是神明本身，而是信奉神明的人。神明是一種概念，妖怪也是一種概念。身為概念的神明不會變形成為概念的妖怪。但是神明這個概念，會透過人引發現象。有時候這些現象會轉變成不同的概念，產生出妖怪。」

「可是京極堂，你不是說兵主神社在各地都有嗎？我記得你說有十九社，可是九州並沒有啊。如果說有兵主神社的地方，都有妖怪咻嘶卑傳說的話，那也就算了，但是有妖怪咻嘶卑傳說的，卻只有沒有神社的九州一部分而已。這太奇怪了。」

京極堂當下反駁：「一點都不奇怪。正因為九州沒有兵主神社，兵主部的人民才會變成妖怪咻嘶卑，不是嗎？」

「我不懂。」

「本人就在那裡，本人怎麼會變成妖怪？例如說，假設宮村老師是喜多島薰童，但既然本人就在這裡，宮村老師就是宮村老師。他完全是擁有喜多島薰童這個別名的宮村老師，怎麼樣都無法發揮覆面天才女歌人這個功能。但是如果本人不在這裡，喜多島薰童失去了實體，便開始發揮覆面天才女歌人的功能了。」

「換言之，也就是這麼回事嗎……？」宮村比手畫腳地插嘴說。「兵主部的人民或是被逐出當地，或是出於某些理由，主動遷徙到別地……，然後他們的足跡被妖怪化了？」

「大致上如此。」京極堂說，放鬆肩膀似地重新坐好。「九州雖然沒有單獨祭祀兵主神的神社，但諫早的兵揃村既然散見於眾多文獻，表示即使現在已不復存在，過去也是存在的。那麼過去住在那裡的就是兵主的人民，後來村子消失……只留下了傳說。」

「他們遷移到哪裡去了呢？」

「移動的是兵主的神本身，並非所有的眷屬都遷走吧。他們後來受其他主人使役，新的主人或許就是澁江氏。除了澁江氏以外，姓金丸的神官一族似乎也曾經使役過咻嘶卑。」

渡來人工人集團失去主人後，又重新就職了吧。

在同樣司掌水域的其他神職底下……

「被使役的異人們，相隔一段時空之後，大部分都會轉變成妖怪。另一方面，在各地遷徙的兵主部們，將流傳當地的水怪傳說與他們自己的傳說融合在一起。北方的河伯與南方的咻嘶卑邂逅，誕生出河童。河童背負著大量的屬性，逐漸擴大成為水怪的總稱。附帶一提，近江國有兵主神社那一帶，仍保留兵主的地名，稱為兵主十八鄉。全國各地的兵主神社中，神位最高的就是那裡。」

「原來如此……」宮村低吟，歪著頭盯著桌上，抓起一把黑豆扔進嘴裡，然後說：「一開始我問咻嘶卑是不是就是河童，你露出詫異的表情，這下子我總算明白為什麼了。嗳，這解釋起來可真不容易……」

接著他喝了一口完全冷掉的茶，說道：

「……其實我會打聽這件事，也沒有什麼重大的理由。因為我記得咻嘶卑是河童，會吃掉落的稻穗，看到牠就會發高燒，或是死掉。所以我才想問問是不是有這樣的河童。」

「會吃掉落的稻穗，是混進了薩摩和日向等地的習俗吧。那裡習慣留下一口稻穗，獻給水神。看到了會死掉或生病，則完全是來自於遮道就會被作祟的俗信吧。」

「遮道？」

「對，遮道。兵主神會從山林移動到河川，擋住神明行進者即死。這並不只限於兵主神，目擊到移動中的山神，在全國都是禁忌，在全國都會死。山裡有嚴格的戒律。也有許多山設有忌日，當日嚴禁入山，因為那是山神移動的日子。」

「那麼，這是兵主神留下來的禁忌，在神明離開後仍繼續發揮作用，在後來留下來的人造成的現象妖怪化時，被吸收進去……，應該這麼解釋嗎？」

「應該是。」京極堂說道，抓起沙丁魚乾。他的心情好轉了，是因為宮村理解得很快吧。但是此時宮村卻露出困惑的表情，支吾起來。

「究竟是怎麼回事呢……」

「宮村老師……」

宮村一副難以啟齒的模樣，但京極堂就是不肯開口詢問，於是我按捺不住，開口問道：

「……為什麼您會打聽咻嘶卑的事呢？」

「哦，是因為……」宮村再吃了一口黑豆。「有人說……**看到了咻嘶卑**。」

「什麼？」

我懷疑自己聽錯了，宮村好像不當一回事地說出了驚天動地的事來。

「有一位很關照我的女士，說她看到了咻嘶卑。不過我聽到她說咻嘶卑，也不太懂那到底是什麼，左思右想了好久，終於想到那是河童，所以才……」

既然是妖怪，就應該找專家京極堂，所以他才會在年初前來拜訪吧。

話說回來……我會在糟粕雜誌上寫些不三不四的文章，也頗常聽見這類風聞，而且最近身邊相繼發生了有如妖怪作祟般的事件。可能因為如此，我做了不少省思，但是……

即使如此，我從未聽說有人實際上看到過妖怪。

「可以……請您說得詳細一點嗎……？」

我這麼要求，京極堂便冷冷地看了我一眼。

「宮村老師，你最好小心點，這個人只要聽到這類話題，也不稍做深思，只想著要如何加油添醋，改編得滑稽可笑，寫成胡說八道的文章，毫無良心和知性可言。要是不小心一點，那位找老師商量的女士，人權可是會受到踐踏的。我猜猜……那位女士是不是加藤女士呢？」

宮村停下筷子，一臉吃驚。「真虧你猜得出來。」

「當然猜得出來了。會找老師商量這種事，表示不是與老師同年紀的人。從語氣來看，也不是交往太久的人。但是老師卻說受她關照，那麼就只有加藤女士一個人了。我記得加藤女士去年辭掉了出版社的工作吧？」

「你知道得真清楚。」宮村再一次佩服地說，接著說：「沒錯，她去年辭掉工作了。總覺得對她很抱歉。」

「那不是老師的錯吧？不認同她的成績，編輯部也有錯，不過那原本就不是短歌雜誌，做得太過頭也不好。」

「怎麼回事？能不能說得讓我也聽得懂？」

我一下子就被拋在後頭。

京極堂說：「沒你的事，這是被隱匿的部分。」他徹頭徹尾地瞧不起我。我憤恨地努力嘗試反擊，宮村似乎看了於心不忍，苦笑著說：「也不是什麼大不了的事，讓我來說明吧。而且這也不值得關口先生拿來當成題材的事……」

京極堂說我會把它寫成文章，宮村可能誤以為是拿來當成小說題材了吧。宮村或許不知道我在寫些低俗到了極點的報導文章當副業。

「正如京極堂先生說的，曾經關照過我的那名女士，名叫加藤麻美子，直到去年為止，她還是《小說創造》的編輯。加藤女士在去年年底——年關將近的時候來到我店裡……」

宮村以巧妙的口才和手勢述說著。

加藤麻美子前來薰紫亭拜訪，看起來卻十分消沉，一點都不像她。

麻美子是個有氣魄、有衝勁的女編輯，宮村平素從未看過她吐露半句洩氣話。

宮村擔心起來，對似乎難以啟齒的麻美子

半騙半哄，總算從她口中問出她憂鬱的原因。

麻美子說：

——家祖父的樣子很不對勁。

「祖父……的樣子……？」

「嗯，她說是記憶缺損了。」

「不太懂哪……」我說著，偷看京極堂的反應。京極堂在吃昆布卷，一副沒在聽的樣子，不過當然是聽得一清二楚吧。他就是這種人。

宮村接著說：「她小時候，曾經和祖父一起目擊到咻噺卑。可是在最近，祖父卻說他不知道，完全不記得有這回事。」

「忘記了嗎？」

「好像也不是。」宮村答道。「聽說她的祖父年事已高，都快八十歲了，但十分硬朗，一點都不像是得了那個……叫什麼來著？老人痴呆症？」

雖然宮村這麼說，但就算不是老人，也是會忘事情的。這一點我比任何人都要清楚。我在學生時代，因為健忘得實在太離譜，還曾經被帶去封痴呆的神社拜拜。

「那……看到咻噺卑是什麼時候的事？」

「她記得非常清楚，說是昭和八年的六月四日。所以……沒錯，前前後後已經……是二十年前的事了。」宮村答道。

「二、二十年前嗎？那……」

像我，連今天早上吃了什麼都不記得了。

「……即便不是她祖父，一般人也會忘記吧。記得這種事才奇怪。」

「我也這麼想，任誰都會這麼想吧。說到二十年前的事，連我也記得不了多少。幾月幾日做了些什麼，除非印象十分深刻，否則根本想不起來。可是，關口先生，關於這件事，狀況有些特別。」

「怎麼個特別法？」

「唔，關口先生，您在日常生活中，會用

到『咻嘶卑』這個詞嗎？」

「不會。」

沒有用到的理由，想用也用不上吧。

「她也一樣。不，在我向她說明咻嘶卑是河童——不過其實也不是河童——總之，在我說明那是妖怪的名字之前，她**連咻嘶卑是什麼都不知道**。」

「這……」

什麼意思？

「可是那位女士不是說她看到咻嘶卑了嗎？那不可能不知道哇。她到底看到什麼了？」

宮村露出有些困窘的笑容。「她看到的是人。說是一個小個子、臉長得像猴子的男人。」

「猴子嗎……？」

「她是不是看到這傢伙了？宮村老師？」

京極堂用下巴指向我，嘲笑似地說。

看樣子他吃完昆布卷了。

的確，我個子很矮，從學生時代開始，就一直被嘲笑是猴子、猴崽子，但是這話也太過分了。然而宮村卻一本正經地問我：「關口先生，您二十年前去過靜岡的韮山嗎？」既然被一本正經地這麼問，我也只好一本正經地否定：「沒有。」結果宮村還是一本正經地應道：「這樣啊，您沒去過。」

「唔，我照順序重新說明好了。二十年前，麻美子女士和祖父夜裡一起走過山路，碰上了一個像猴子般的怪男人蹦蹦跳跳地經過。為何會在夜晚走在深山中？麻美子女士說她不知道。總之，當時還是小女孩的麻美子女士——當時大概六歲吧——當時還小的她，因為那個男人走路的樣子實在太奇怪，忍不住直盯著瞧……」

結果祖父用手掩住麻美子的臉，說：

——不可以看。

——那是**咻嘶卑**。

——看了那個，會被作祟的。

「結果麻美子女士害怕了起來，後來的事她說記不清楚了。這不是剛才提到的問題，不過我認為這個情況，**咻嘶卑**這個特殊的稱呼很重要。她記得的不是河童、貍子等常見的妖怪稱呼，而是咻嘶卑這個特殊的名稱。她是靜岡人，所以除非她有京極堂先生或是那位……多多良先生那樣的朋友，否則根本無從得知咻嘶卑這種妖怪。就算過去碰到過那樣的狀況，要是人家告訴她那是鬼或天狗，她也不會這麼困惑。她不知道咻嘶卑是什麼，就只記得名字。所以至少她在過去肯定聽過咻嘶卑這個名字。」

「但是她的祖父卻說不知道？」

「嗯。她的祖父說這種狀況——和孫女夜裡一起走過山路的狀況，或許曾經有過。不，他說應該是有。他有這個記憶，卻說他絕對沒有說過那麼奇怪的話。」

「那麼會不會是地點或時間不同？那名女士搞錯了——不，記錯了之類的。」

宮村在胸前輕輕揮手。「好像也不是。她聽到咻嘶卑這個名字，是昭和八年六月四日，這一點似乎錯不了。」

「……有什麼證據嗎？」

「嗯，應該算有。」宮村說道，微微蹙起眉頭，把頭一偏。「唔，重要的是，她的祖父——只二郎先生，堅持說他根本不知道什麼咻嘶卑，沒見過也沒聽過。」

——那樣的話……

「那樣的話，會不會是告訴那位女士的其實不是她的祖父？例如說，其實是父親或伯父……」

「這個嘛……」宮村沉思起來。「也不可能。她說那一天，她一整天都和祖父在一起。早上起床後，她立刻就被帶出家門，直到晚上

才回家。」

我抱起雙臂，總覺得太巧了些。

「這……我想不出其他可能了。那麼我只能推測是那位女士把告訴她的人，還有聽到的時日都給記錯了。到底為什麼會是……呃……六月四日呢？為什麼可以確定是那天發生的事呢？有什麼根據可以證明嗎？」

宮村的表情變得奇妙。

但是就在宮村想到該怎麼說之前，京極堂徐徐地開口了：「就在她看到咻嘶卑之後……**真的碰上作祟了**，對吧？」

「呃……」

宮村把頭擺正，睜大眼睛，頓了一下後高興地說：「沒錯沒錯，**碰上作祟了**。所以她才會記得那麼清楚。聽說隔天她的父親就過世了，她之所以連日期都記得那麼清楚，是因為那是她父親忌日的前一天。」

——這……

「是被殺害的嗎？」

我這麼問，宮村誇張地揮揮手，一再重複「怎麼可能」。

「沒有那麼聳動，她的父親是病死的，聽說是腦溢血。三十幾歲就腦溢血，真是很令人惋惜，但死因似乎沒有其他可疑之處。」

「關口……」京極堂用一種憐憫的、瞧不起人的口吻說。「去年起連續發生了那麼多血淋淋的事件，我可以了解你的心情，但是一聽到有人死掉就以為是被殺害的，一聽到事件就以為是殺人事件，你的人格品性會遭到質疑的。那麼，宮村老師，加藤女士為何過了二十年以後，又向祖父詢問這件事？」

「問題就在這裡，就在這裡。」宮村唱歌似地說。「她說她**又看見了**。」

「看見什麼？」

「咻嘶卑，聽說一樣是個男的。後來……京極堂先生知道嗎？她剛出生不久的孩子過世了，就在去年……」

「我知道。聽說因為這樣，加藤女士離婚了。」

「沒錯。然後這次她又離職了不是嗎？真教人同情。嗳，這先姑且不論，她說在孩子過世幾天前，她目擊到一個像猴子般的小個子男人。結果又……」

「怎麼可能？」

哪有這麼荒唐的事？

「唔，那個男人是不是咻嘶卑，是另一個問題了。是心理作用還是看錯了？她遭遇的不幸是巧合還是作祟？要怎麼看，都是她自己必須在內心解決的問題吧，這一點她也十分清楚。她真正介意的問題是……她的祖父。」

「她的祖父……有什麼令人擔心的地方嗎？」

「根據她的說法，她懷疑她的祖父——只二郎先生的**記憶被消除**了。」

「記憶被消除？」

「嗯。中共什麼的在進行的，那個叫什麼來著？」

「洗腦嗎？」

「對對對，洗腦。」

「誰會做那種……」

「嗯……」宮村搔了搔頭。「大過年的，談論這種話題實在教人猶豫……，這話題一點都不吉利哪。可是既然都已經說到這個節骨眼了，也沒什麼差別了。」

宮村露出害臊的表情，略微端正坐姿。

「其實，京極堂先生，那位加藤麻美子女士的祖父加藤只二郎先生，前年加入了一個可疑的宗教團體，這讓麻美子女士十分擔心。就在這個時候，她發現祖父對於咻嘶卑的記憶有落差，雖然只是小事，卻讓她耿耿於懷……」

宮村從懷裡取出扇子。

「……所以她思考了很久，想到會不會是

被洗腦，部分的記憶被消除了？」

「可是消除這種記憶又能怎麼樣？」

宗教團體消除老人的回憶，有什麼好處？而且是二十年前和孫女一起目擊到一名可疑男子——只是這樣而已。就算消除這種記憶，也沒有任何利益。不可能有。

「這就不清楚了，但是麻美子女士擔心這只是冰山一角。要是能夠像這樣竄改記憶的話，不就可以任意操縱麻美子女士祖父的人格了嗎？事實上，只二郎先生是個富豪，除了布施以外，似乎還捐獻了相當龐大的金額。」

「那團體叫什麼名字？」京極堂問。

宮村整整袖子，說道：「呃，我記得是叫『指引康莊大道修身會』。」

「那不是宗教。」京極堂當下答道。

乖僻的朋友對這種事特別清楚。

「那是像研修會的機構，是以訓練、演講來改造人格的團體——唔，要論可疑度的話，比新興宗教更糟，但它不能成為信仰對象，應該也不是宗教法人。」

「哦，這樣啊。」宮村說。「可是，聽說麻美子女士向只二郎先生提到咻嘶皐的事以後，那裡的人就突然來拉攏她入會，而且非常執拗。不僅如此，聽說他們還對麻美子女士說咻嘶皐是幻覺，會看到那種東西，是因為她人格軟弱、扭曲，糾纏不休。只二郎先生也熱心地邀她加入。她好像堅決抗拒，但修身會遊說愈力，她就愈感到擔心。」

好討厭。

我對於那種會勸人信教的宗教，打從心底感到排斥。

京極堂則是視教義內容，有時候相當寬容，但我實在沒辦法像他那樣。

聽到教義之前，厭惡感會先衝上心頭，怎麼樣都無法冷靜。

看到咻嘶皐的女人……

後來，京極堂在宮村要求下，對那個可疑的研修會詳加說明，但我完全沒聽進去。

我……幻想著以奇怪的動作行走的小個子男人。

2

第二次遇到宮村，我想是三月上旬的時候。

前一個月，我在箱根被捲入了一起大事件。善後工作拖了相當久，心情調適比別人慢上許多的我，那時應該還未脫離事件的影響。不，老實說，那個時候我已經筋疲力竭，完全癱瘓了。不過枯竭的不只是精力，連錢包裡都空空如也，不得已，我只好鞭撻我停滯的腦髓，寫了一篇短篇小說。因為當時我所處的經濟狀況，要是不工作，連明天吃飯的米都成問題。

所以我不顧一切，只是寫。

寫是寫了，但是一旦完成，我卻突然不安起來。

過去，我的作品全都在稀譚舍所發行的雜誌《近代文藝》上刊登，這篇作品當然也是預定要請《近代文藝》刊登才寫的。下筆時我雖然什麼也沒想，但是並非我寫了人家就一定肯登。

說起來，我並不是什麼了不起的大作家，即使沒有接到委託，只要寫出作品，就可以要求人家刊登。而且這篇作品也難說是我的得意之作，要我老王賣瓜，也教人裹足不前——或者說，這是我在癱瘓狀態下所寫的作品，當時覺得成果實在很糟。我根本連作品的好壞都無法判斷。這麼一想，我連打電話給負責的編輯都不敢，深覺被退稿的可能性非常大。

我左思右想、反覆思量，最後決定直接帶著稿子前去拜訪編輯部——儘管我已經不是新人作家了。

或許是我覺得直接見到編輯，比較能夠傳達我的心意吧。

現在想想，那只能說是個愚蠢行徑。不管是打電話還是碰面，狀況都不會有所改變。作品並不會因此變得比較好，頁面也不會因為這樣就空出來。那麼不聯絡就突然拜訪，不僅失禮，也更惹人反感吧。

但是那個時候我並不這麼想。

我並未擬定任何計畫，用舊得起毛的布巾包起字跡醜陋的五十多張稿紙，鬍子也沒剃，就這麼前往《近代文藝》的發行出版社稀譚舍。

稀譚舍大樓位在神田。一樓像是倉庫，《近代文藝》編輯部在二樓。我爬上狹窄的樓梯，好幾次想要折返，儘管都來到門前了，卻依然猶豫了相當長的一段時間。

最後我半自暴自棄地打開門。

該說我幸運嗎？我的責任編輯小泉女士在座位上。

清瘦的女編輯一看到我，大為吃驚，說道：「哎呀，老師您沒事吧？」她會這麼問，是因為知道箱根事件的始末。這個時候我才總算想起來，這麼說來，箱根的事件也與稀譚舍整個出版社關係匪淺。

不一會兒，總編輯山崎晃動著龐然身軀趕到，熱情地說「歡迎歡迎」。然後我莫名其妙地被邀請到平常根本不會被請去的來賓用會客室，還請我稍候。

不知道為什麼，還端出了茶和羊羹。

等待時，我有種如坐針氈的心情，根本嚐不出羊羹是什麼滋味。

約莫十分鐘後，山崎和小泉，以及稀譚舍的招牌雜誌《稀譚月報》的總編輯中村，帶著他的屬下——京極堂的妹妹中禪寺敦子，四個人過來慎重其事地道歉。我大吃一驚，而且大為困惑。看樣子，他們在為箱根的事道歉。

的確，我會深陷那起事件，與《稀譚月報》脫不了關係，但我自己完全沒有那種感覺，就算向我道歉，也只是讓我困窘萬分，一逕啞然失聲。

在箱根，我說起來只是個徹頭徹尾的旁觀者，仔細想想，根本沒有遭受到任何實質損害，而中禪寺敦子等人在箱根甚至受了傷，反倒教人同情。重要的是……

先拜託對方刊登我的稿子才是重點。看在你們誠心誠意道歉的份上，我就原諒你們好了，不過你們得刊登這篇稿子才行——明明直接這麼開口就行了，但是狀況變得如此，我反而更難以啟齒，儘管不熱，卻滿頭大汗，只能頻頻擦拭額頭。

結果我汗濕的手握著包袱的結，左右為難。

「那是稿子嗎？」

要是中禪寺敦子沒有眼尖地為我注意到老舊的包袱，我想我可能會就這樣默默地打道回府。當時她的一句話，讓我不曉得鬆了多大的一口氣。

就這樣——可喜可賀，我拙劣的短篇《犬逝之徑》決定刊登在下月號的《近代文藝》上了。

山崎迅速地看過稿子後，說出令人莫名其妙的感想：「要是朔太郎（註）寫小說的話，可能就是這種感覺吧。」小泉露出歉疚的微笑說：「如果有稿子的話，理應由我們前去府上拜領，真是失禮。」

結果變成了我在施恩於人，早知道就老實地打電話給小泉，餘味就不會這麼糟糕了——不出所料，我又後悔了。

註：指詩人萩原朔太郎（一八八六～一九四二）。創作出富音樂性的口語自由詩，樹立了新詩風。

我以模糊不清的發音，在嘴裡咕噥著沒用的辯解。

就在我交出稿子，起身準備回去時……

「喜多川老師，那麼就多多拜託您了……」

我聽見有人這麼說。望過去一看，雖然不知其名但眼熟的編輯正站起身來，深深鞠躬。山崎正站起來要為我送行，他見狀輕巧地轉過龐然身軀，對著屏風另一頭「嗨嗨」的招呼，說著「謝謝，這次真是麻煩您了」，同樣深深地鞠躬。接著一名女子從屏風後面走了出來。

——編輯剛才說……**喜多川**？

沒見過的臉。

我雖然是個初出茅廬的作家，但自以為還認得與《近代文藝》有關的眾位作家。不過我想對方別說是我的臉了，可能連我的作品都不知道吧。與其說我是個作家，更接近讀者。從認識的角度來看，讀者比作家占了壓倒性的上風。作家看不到讀者的臉，但讀者知道眾多作家的臉。

——喜多川薰童。

錯不了。

我全身瑟縮。我被帶到這裡後，應該沒有人出入，門也沒有開關過。這表示她在我被帶到這裡之前，就一直在房間裡了。看樣子她與另一名編輯一直在這間來賓會客室裡洽談。換言之，當我正食不知味地大嚼羊羹時，這位覆面女歌人就在我伸手可及之處——隔著一片屏風的旁邊。洽談時不可能沉默無聲，那麼一開始就應該聽得見談話聲，然而我卻不知為何，竟然完全沒有注意到。我連同個房間裡有別人都沒有發現，甚至人的氣息也一無所覺。

我就像窺看不可看之物，戰戰兢兢地轉過視線。山崎一次又一次點頭致意，他的龐然身軀另一頭……

是一名小鹿般的女子。

線條纖細，看起來很神經質，卻又有些夢幻、傻氣的感覺——雖然很失禮，但我真的這麼覺得——這樣一個小個子女子帶著半哭半笑的表情站在那裡。在我看來，她是對眾人的盛情感到為難。

山崎總編輯是個身高超過六尺的巨漢，而且動作誇張，過度熱情，不熟悉的人多少都會感到困惑。像我雖然已經和他見過好幾回，卻總是苦於不知該如何應對。

不過她與其說是在為該如何與山崎應對而苦惱，更像……

——看起來十分命薄嗎？

有這種印象。不過那或許只是因為她那雙有些悲傷地蹙起的眉毛與單眼皮的眼睛間隔太遠，也可能是因為她遠眺般的獨特視線所致。不過，那種面相算不得準。所以無論怎麼辯解，這都是很失禮的感想。我為自己感到羞恥，別開視線，悄聲向小泉和敦子打招呼後，偷偷摸摸地離開。

總覺得自己骯髒得不得了。

正當我拱著背，踏上樓梯時……

「關口先生，您是關口先生吧……？」

一道高呼叫住了我。

回頭一看。

宮村正站在那裡。

「您好，過年的時候失禮了。聽說京極堂先生和關口先生都碰上了不得了的遭遇……」

宮村一如以往，以愉悅的聲音說道，瞇起眼睛笑了。和在京極堂那裡見到時不同，他穿著開襟襯衫和外套。即使同樣是舊書店老闆，會整年穿著和服的，好像也只有京極堂而已。

由於意想不到的人物登場，我再度啞然失聲，就這樣垂著肩膀，只縮起了頭致意。接著我從底下仰望宮村，發現他身後站著方才那名女子，再次全身僵硬。

「宮、宮村老師，這、這位女士難道

是……」我打結的舌頭勉強擠出這段話。

宮村露出滿面笑容説：「咦？您真是敏銳，這位就是……」

他退到一旁，把手伸向背後的女子，讓她上前，説道：「……加藤麻美子女士。」

——加藤……麻美子？

接著宮村介紹我：「這位是……喏，小説家關口老師。」女子説：「哎呀，就是那篇〈目眩〉的作者關口巽老師啊。」我也沒打招呼，就這麼呆杵在原地半晌，不久後慢慢地掌握了狀況。

加藤麻美子……對了，她不就是那個看到咻嘶卑的人嗎？換言之，那個看到咻嘶卑的女子，就是喜多島薰童……嗎？

——難怪……

我兀自恍然大悟。正月三日，京極堂會毫無來由地拿喜多島薰童開刀的理由就在這裡。

那傢伙知道覆面歌人的真面目吧，同時邪惡的朋友也明白薰童有可能求助於宮村，所以他才會拿薰童來當下酒菜。這麼説來，在提到加藤女士時，好像也談到短歌如何如何。記得朋友説了什麼沒有給予正當評價的編輯部也有錯，原本就不是短歌雜誌，沒辦法……云云。

那麼……原來如此，我總算明白了。

記得當時，宮村説加藤女士直到去年都還是《小説創造》的編輯。雖然我記憶模糊，不過讓薰童出道的雜誌，不就是《小説創造》嗎？那麼……如果加藤麻美子就是喜多島薰童，這本雜誌會突然開始連載無名歌人的作品，就能理解了。編輯本身就是覆面歌人的話，根本沒有什麼不可思議的。

像是廣告臨時抽掉了、某人的稿子頁數不足等等，小説雜誌經常出現不上不下的空白。這種時候，編輯就要使盡各種手段來填補這些空白。一開始只是單純拿來補白的短歌專欄碰巧大受好評——可以輕易想見到。

那麼就算那個專欄受到好評，編輯部也不可能樂見這種狀況。

更遑論受到極高的評價，其他雜誌爭相報導，因為受到好評的其實是一個編輯，也才會發生不得不離職的糾紛吧。

我一廂情願地想像、一廂情願地做出結論，總算找回話語，寒暄說：「幸會。」喜多島薰童——不，加藤麻美子用那張看起來依然有些不幸的臉說：「請多關照。」

宮村點了幾次頭，熱情地邀約說：「請務必賞光，一起喝個茶。」

我——毫無根據地——有了一種肩上的重擔全部卸下的錯覺，所以優柔寡斷的我相當難得地，快活地答應了他的邀請。雖然交出了稿子，但並不表示家計當下獲得解救，而且就算加藤麻美子就是喜多島薰童，那又如何。

我們進入一家分不清是傳統甜食店還是咖啡廳的店裡。

宮村和加藤麻美子並坐在一起，我則隔著簡陋的桌子，坐在兩人對面。

加藤麻美子——她的臉愈看愈讓人覺得不幸。

她並沒有哭泣，也不憂愁，態度十分普通，雖然不及山崎，但也算是個隨和的人，具備一個社會人士應有的禮節。她看起來相當知性，言行舉止毋寧讓人覺得她是個豁達大方的職業婦女。儘管如此……

我無論如何就是覺得她看起來不幸福。

到底是什麼讓我這麼想？當然，那時我也非常明白這種想法根本是毫無根據的成見，然而一旦成形的成見卻很難甩得開，我面對社會評價應該遠勝於我的女子，投以憐憫的視線。

「請問……」多麼愚蠢的開頭啊。

我正要接著說「喜多島」三個字，但宮村張開右手制止了我。

「那件事……噯，關口先生，就別提了

吧。既然已經曝光，那也沒辦法，不過如果可以，希望您能夠將在稀譚舍看到的事暫時保密。至少目前暫時……，對吧？」

宮村向麻美子徵求同意。

麻美子等待宮村的話音一落說：「是啊……，老師，可以嗎？」

我這個人沒什麼堅持，不會人家都說得這麼白了，還繼續追問，所以我答道：「我了解了，我會忘掉。」

「說到忘掉，關口先生……，啊，這話轉得有點勉強。其實我之所以請您喝茶，是為了上次的事。老實說，我一直想與您再見個面，可是，才剛發生過箱根的事，我也不好意思叨擾……」

「找我……？」

「哦，上次我從京極堂先生那裡聽說，關口老師對心理學有著極深的造詣。」

「造詣啊……」

我只知道一點皮毛而已，或者說，我是個病患。但是一如往常，我無法清楚地說明，所以宮村再次欣喜地說：「沒想到竟然會在那種地方偶然再會，這也是上天的安排，真是太好了。」我禁不住又汗流浹背起來，喝了一口水。

「很容易受騙……」麻美子突然說道。

「……該說是濫好人，還是太傻呢……」

「這、這是在說誰？」

「……我自己。」

「這是什麼意思……？」

「……是家系。」

宮村苦笑，補充說道：「關口先生，這位麻美子女士，您別看她這樣，其實非常獨立能幹。現在這個社會，婦女想要在社會上有立足之地，需要非同小可的努力才行，而她十分踏實地竭心盡力。她是我所認識的最積極的人，這並不是在吹捧她，所以更……怎麼說……」

「……我被騙了。」麻美子再次說道。

事實上，她是那種容易被人當成冤大頭的類型吧。

就連魯鈍的我都這麼覺得了，肯定錯不了。

而且看樣子，麻美子這個人有點遲鈍，她似乎不是那種反應機敏的人。該說是慢半拍嗎？反應似乎有些慢。這影響很大，如果無法當場回話，在與他人應酬時非常不利。不謹慎的停頓非常危險，如果經常出現停頓，就等於連續給了對方趁虛而入的機會。只要和京極堂這種雄辯滔滔的人交往過，就非常清楚這一點。

因為我也屬於這種類型。

我以前被迫加入樂團練習時，也曾經被狠狠地貶損：「你慢半拍也該有個限度！」仔細想想，我彈的是低音吉他，其他的演奏者一定覺得很受不了吧。可是我真的是被罵得狗血淋頭，就是那個時候，我深深地自覺到，自己是個天生的**遲鈍鬼**。

別人數到十的時候，我似乎只能數到八或六。麻美子和我一定是同類吧。

麻美子用有些沒勁的語調說：「……所以這次我打定主意，絕對不會相信他們。家祖父和我很像——不，是我很像家祖父，都很容易受騙，家祖父一定是被他們誆騙……」

「請、請等一下，這是……呃……」

「哦……對不起，我也沒先告知一下，就自顧自地說起來了。因為宮村老師說他已經告訴關口老師原委了，所以……我說的是家祖父加入的可疑團體。」

「哦……那個……」

「嗯……就是那個。」

兩個反應遲鈍的人碰在一起，連對話都變笨了。

宮村苦笑著插嘴：「就是指引康莊大道修

身會。前些日子從京極堂先生那兒聽到了不少說明，對我助益良多。後來我把當時聽說的內容轉告麻美子女士，她也恍然大悟了。所以她沒有向糾纏不休的入會邀請屈服，繼續堅持不入會，也勸祖父退會。對吧？麻美子女士？」

麻美子頓了一拍，應道：「嗯。」

「那些人……還繼續遊說嗎？」

自從聽說那件事以後，已經過了三個月以上了。

「不管我怎麼拒絕，他們都不放棄。只是一直說：『妳會不幸，是因為妳不知道真正的自己……』」

「咦？」

我不太懂。不過，至少他們似乎不是說，麻美子會不幸，是因為她的面相不好。

「根據他們的說法，我本來應該做巫女(註)之類的，他們說那才是我的天職。」

「天職？」

「他們是這麼說的，可是我最討厭盂蘭盆節之類的活動了……」

「什麼？」

「呃，就是念經什麼的……，我不喜歡那一類……」

「然後呢？」

「麻美子女士對所有的宗教都毫無興趣，或者說根本是厭惡，對吧？」宮村代為解說，麻美子點點頭。

「然而那些人——連家祖父也是，都對我說那樣的話。我堅持自己的意志活到這把歲數，才有今天的我，然而別人卻突然說妳應該當巫女，這教我該如何自處？根本是在愚弄人。因為他們實在太囉嗦了，我才去找老師商量……」

「然後京極堂先生告訴我，這是他們的慣用手法——慣用伎倆。關口先生，您當時也聽到了吧？」

我沒在聽。

當時我的確在場，但是我腦中只留下前半部分咻嘶卑的話題，後半部分——特別是宗教如何、講習會如何這類京極堂拿手的解說，我完全不記得了。一定是因為我老是聽他在談這類事情，才會心不在焉吧。但是在麻美子面前，我也不能說我不知道，只好絞盡腦汁，努力回想出一點內容，支支吾吾地說：「可是那個……康莊大道嗎？聽說好像不是宗教……」

這一點我還記得。

「沒錯沒錯，好像不是宗教。他們不會叫人禮拜什麼、或信仰什麼。而是舉辦講習會、讀書會這類的活動。」

「那……怎麼會說什麼妳的天職是巫女呢？」結果我提出疑問。

「關於這個嘛……」

宮村以溫和的口吻敘述起來，他肯定識破我什麼都不記得了吧。他真是個善體人意、親切的好人。

所謂的指引康莊大道修身會，據說是一種進修會，目的是省思人生、開朗健康地對社會有所貢獻，並積極生活。光聽這樣，似乎好處多多，是我這種不思考人生、只會耽溺在暗澹的思考中、不健康、幾乎自絕於社會、消極度日的人絕對應該要參加的講習會。

「他們的手法很巧妙。」宮村說。

講習從入門開始，分為中級、高級等階段，中級以上，更細分為好幾種課程。一開始有一個名為「開誠布公」的聚會。會員參加聚會，將彼此目前內心的不滿及牢騷全部傾吐出來。

「在這個階段，有點像是彼此發牢騷。什麼不景氣啊、沒錢啊、交不到女朋友啊、和婆

註：侍奉神明，進行祈禱，傳達神諭的女子。現今附屬於神社，做為一種輔助神職。

婆處不好等等，這還算是好的，其他像是什麼體毛太多啊、個子太矮啊、昨天被人踩到啊，好像什麼都可以說……」

「可是宮村先生，那些聚會不是要收錢嗎？在這麼不景氣的時代，有人願意付錢去發牢騷嗎？」

「有哇。」宮村睜大眼睛。「牢騷這種事，是很難對人說的。礙於立場上不能說、好面子沒膽子不敢說，理由很多。世上也有許多人，既沒有朋友，也沒有家人，連可以傾訴、發牢騷的對象都沒有。指引康莊大道修身會就是為這樣的人提供能夠傾吐這些不滿的場所。在這個階段，收費也很便宜，拿來解悶消愁正好。」

或許吧。「可是總覺得很消極。」我插了一句一點都不像我會說的積極感想，於是年齡不詳的舊書商應道：「這只是個**入口**呀。」

會員因為可以暫時解除眼前的煩憂，大概都會來個幾次。但是參加過幾次後，就無法滿足於這麼溫和的聚會了。因為無法獲得徹底的解決，這也是當然的吧。

不過接下來，修身會為這類會員準備了「探索自我」這樣的聚會。第二階段的聚會，由會員們徹底探討牢騷——不平不滿、懊惱不幸的原因，然後大家一起思考解決之道，並加以實踐。

——好討厭。

像我這種人，在這個階段肯定就無法忍受了。

我這麼說，宮村便答道：「每個人都這麼認為。再怎麼說，讓別人來探究自己不滿的原因，感覺不知是好是壞。不滿這種情緒，原因不一定是外在的。彼此探究原因的話，弄得不好，可能會讓自己不可告人的可恥之處暴露出來。」

他說的沒錯。不滿這種東西，原因大多在

自己的心中。一旦覺得不願意，無論身處任何環境，都會變得不幸；若是覺得還過得去，大部分的狀況都能感到幸福。這普遍是相對的，做出決定的是個人。改善、除去外在因素，而能夠減輕或解除的不幸意外地少，那種情況，也只是將自己內在的原因假托於外在因素，有了一種獲得解決的錯覺罷了。

我這麼一說，宮村便附和：「您說的沒錯。」

然後他接著說：「……所以說——不，正因為如此，大部分的煩惱，只要靠著這種稍微深入的談話就能夠解決了……」

換句話說，似乎就是這麼回事：

人類十分自私，唯獨自己的事看不清，不會認為不幸是自己造成的，大部分都會歸咎於外在因素。但是同樣的事情發生在別人身上，馬上就能夠識破那種自我欺騙。所以會員會彼此指出：「雖然你擺出一副不幸、倒楣的淒慘模樣，但是追根究柢，原因不就出在你身上嗎？」藉由彼此指摘，讓彼此察覺。就這樣，能夠摘除掉某種程度的不幸秧苗……

「本來就沒有會員背負著太嚴重的不幸吧。原本就是些發發牢騷就能夠排除的問題，所以只要轉換心情，就會感覺解決了。對於不景氣、沒錢這類煩惱，換個經營方針、認真工作這點程度的建議也是有用的吧。」

「說的也是……，可是有些事情……就算被指出來了也沒用吧？」

「像是體毛很多、個子太矮這類煩惱，原因本來就不是外在的，只要心態改變，什麼都能解決吧。像是矮個子比較靈敏、體毛多冬天比較好過等等，這種無聊的安慰也能夠變成鼓勵。」

「可是那樣的話，不必參加那種聚會，也……」

「是啊，一般人會這麼想。這和父母斥責小孩、囉嗦的大嬸叨念、好管閒事的朋友多餘

的忠告沒什麼兩樣。可是，關口先生，就像剛才的牢騷一樣，假如您身邊完全沒有人會對您說這些話呢？」

「哦，牢騷之後是訓誡呀……」

「……要收費的。」麻美子低聲補充。

「就是啊，這是花錢請別人罵自己吧？這真的有用嗎？這或許的確是心態問題，不過這種事大部分潛意識裡都有自覺了，就算聽別人說你這是心態問題，也沒辦法坦然接受吧？就因為是心態問題，才沒辦法那麼輕易解決不是嗎？而且例如公司連續倒閉、遭遇意外事故等等，那類不幸——真的是外來的不幸，也無從迴避吧？如果說這也是心態問題，換成是我，一定會回嘴說：因為**不關己事**，你才說得出這種話。」

「那當然了。」宮村說。

彼此述說不滿、商量對策、姑且實行——反覆這些事，確實能夠獲得一定的效果。所以在這個階段，大部分會員似乎都會感謝修身會。

這與其說是修身會的教導，更應該說是天經地義之事，不過還是會覺得感激吧。在這個階段，花的錢也不多，說起來算是很有良心的多管閒事大會。

然而……

不管煩惱減少了多少，人依然不可能那麼簡單地掌握到幸福。不管怎麼樣還是會有煩惱，不幸的源頭真的是源源不絕。所以……

「修身會準備了下一個階段對吧？」

接下來的第三階段，是叫做「尋找真實幸福」的聚會。

「這個和過去的三姑六婆型會議不同，有指導員加入，他們稱為引導員。到了這一班，因為會員曾經探尋過彼此的不幸，或不幸的根源——不可告人的可恥之處，所以就像彼此共享祕密般，萌生出一種團結感。此時指導員加入，向眾人詢問：『你們為何會不幸……？』」

「這不是在上個階段彼此探討過了嗎？」

「不是的。他們說穿了只是思考為何會不幸，並無法做出任何根本的解決之道。所以這次要問：『何謂幸福？命題的主旨是這樣的：你們之所以不幸，是不是因為你們**誤解**了幸福的真諦呢……？』」

「什麼？」

「等於是掐住會員的脖子，像這樣用力地撼動他們的價值觀。賺大錢就幸福了嗎？出人頭地就幸福了嗎？有錢是好事嗎？地位提升是好事嗎……？」

「這……」

「是的，這些事其實沒有什麼好壞可言。有時候根本是一些雞皮蒜皮的問題，但他們不這麼想。如果有錢等於幸福這種說法其實是假的，那麼貧窮等於不幸的說法根本不成立了吧？」

「是啊，可是……」

「事實上，窮人裡頭也有幸福的人，但是有些不幸確實也是貧窮所造成的。所以原本這種歪理是不成立的……」

「然而在這裡卻成立了？」

「沒錯。到了這個階段，會員對於幸與不幸，半自發性地從表層到極為深入的部分都做了徹底的思考，所以會員對於這種邏輯顛倒也不以為意了。他們這時候的狀態，反倒是想要相信自己思考的變遷，他們判斷的基準變成言論是否符合自己的思考，就是這樣。此時精明的指導員再進行一場講課，內容完全打入他們的心坎。」

「打入他們的心坎……？」

「也就是說，」宮村以溫和的口吻繼續說道。「指導員會將例如金錢、經濟能力等條件從幸福的範疇中排除。不只是這些，連愛情、

名聲等等也加以排除。這個啊，仔細想想，是非常恐怖的一件事……」

確實很恐怖。

這等於是為了解除沒辦法出人頭地、與家人不和等負面狀況——不幸，而將重視榮譽和勤勉、扶持家人等正面狀況——幸福，也一起抹煞了。

這麼一來，或許連一個人的根基都會動搖。

若是根基都被動搖——不，被破壞、失去的話……

「會……會怎麼樣？」

「一定很傷腦筋吧，可是因為是中級課程，這個步驟執行得很徹底。修身會針對執著於金錢的人等等，設計了種種課程，財產、異性、名聲、家人——所有的生存意義都給剔除了。」

生存意義，就我來說……

——是什麼呢？

我動不動就會想到這種事。

重要的事物、不可動搖的什麼、絕不能捨棄的事物。

一般來說，每個人心裡都擁有這種沉重、牢固、龐大、高高在上的東西吧。我覺得這個東西愈龐大就愈幸福，愈牢固就愈安心，愈沉重就愈安定。

這個東西……被剔除的話……

它愈是龐大，空洞就愈大；愈是堅固，傷就愈深；愈是沉重，就愈不安定。然後……

如果是我的話，會怎麼樣呢？

沒錯，我打從一開始就沒有那種確實的事物，我的心裡總是開著一個大洞，我的腦袋一片空蕩，總是浮游虛空。換言之，那些接受了中級課程的會員們……

——會變得跟我一樣。

心裡會開出一個大洞。

腦袋會變得一片空蕩。

宮村維持著一貫的語調，淡淡地說道：

「據說中級階段的總結，是一個叫做『葬送錯誤世界觀』的集訓活動。約為期七天到十天，在樹海當中冥想集訓，重新認識自己過去的世界觀錯得有多離譜。這個與其說是重新認識……」

「……鬧劇一場。」麻美子低聲說道。

簡直就像自言自語。

「你說的冥想，是瑜伽或……坐禪那一類……」

禪並非冥想——我在箱根學到了這件事。

「不是那麼了不起的活動。」麻美子說。

「聽說會斷食、跪坐，或進入風穴般的洞穴。可是又不是小孩子了，堂堂紳士和老人成群地關在山林裡……，真是太愚蠢了。」

「京極堂先生說，這正是精髓所在。加以限制、反覆，並不斷地持續，會員們不只是價值觀，連獨立思考的能力都會遭到剝奪，自我會被竊取。京極堂先生說，這就是宗教的**一種手法**。」

宮村這麼說。的確，藉由將人長期局限在極限狀態下，能夠強制引發神祕體驗，而這種做法，完全是某些宗教的手法。

神祕體驗確實擁有改變人的力量。難以置信的事、不可能的事、過去的經驗法則無法想像的事，只要實際體驗過，人就會懷疑起過去的經驗本身，新觀點便取而代之。

可是神祕體驗雖然讓人覺得彷彿親身經歷，然而正確地說，那卻不是真實體驗。

一切都只是腦的錯覺。

所以即使是在日常生活中，只要環境恰當，就可以輕易經歷神祕體驗，也能夠頻繁地引發神祕體驗。但是沒有整合性的記憶，在平時會被腦修正，所以一般來說，不至於改變人生。

人這種生物，原本就是一臉若無其事地

生活在這種岌岌可危的平衡上。不過，某些宗教會藉著特別推崇這種一般甚至不會意識到的當然之事，來建立權威。總之，亦即透過人為引發這些平常只有偶然才會發生的狀況，來演出奇蹟。例如說，如果遮蔽感覺器官，也不攝取食物，隔絕外界刺激，經過一段時間以後，腦內某種物質的分泌值就會發生異常。這麼一來，就會看到幻覺，產生幻聽，常識會被顛覆，世界為之一變，人們有時候會邂逅神明，有時候會覺得宛如重生，有時候則會體驗到另一個世界。

我的看法是，所謂宗教家，就是賦予理所當然之事並不理所當然的**意義**的人。是在信徒的心中製造空洞，再植入信仰、理念等等的侵略者。

這種看法或許有些過分穿鑿，而且京極堂聽了或許也會生氣，不過我對於所有的宗教都有著不必要的、而且朦朧模糊的偏見，對宗教的看法大致就是如此。

可是……

「可是……那不是宗教吧？」

「不是宗教。集訓**就這樣結束**，會員的自我遭到竊取，變得什麼都無法相信，就這麼被拋出社會體制之外。很悲慘吧？」

「只有悲慘……兩個字而已嗎？」

空掉的洞穴不填補起來的話……會怎麼樣？

不是在空掉的腦袋裡注入教義，在內心的洞穴裡放進神明教祖，讓神祕體驗變成宗教體驗嗎？

如果不是這樣的話……

如果沒有被賦予意義的話……

如果洞穴沒有填補起來的話……

那就等於是體認到自己過去相信的事物全是錯的，拋棄掉整個人生後，就這麼被扔了出來。這豈不是等於自我完全被否定了嗎？不管是自己還是世界都完全無法相信，也沒有任何事物可以依賴，然後……

——那就是我。

我……會對一切宗教類的事物敬而遠之，理由其實很簡單。

因為我這種人不需要他們多費功夫，一定兩三下就會被他們哄騙到手了。什麼都無法相信的我，一定總是渴望著相信什麼，總是在等待著「你可以相信我」這種甜言蜜語。所以要是有個教主一臉道貌岸然地現身，對我說「你可以相信我」，我一定全盤接收，就這麼相信了吧。

所以我告訴自己「我什麼都不信」，閉上眼睛，摀住耳朵，什麼都不看，什麼也不聽，遠離那一切。除了這麼做以外，我無法維持我自己。

——很容易受騙。

麻美子或許是我的同類。

我一廂情願地這麼想。

抬起視線一看，宮村正有些擔心地看著我。我突然慌張起來。

我……總是動不動就慌張。

「那樣就結束的話……，人格……會崩壞的……」

「是啊。」溫和的舊書店老闆點點頭。「在這個階段脫離的人會落得如此下場吧，但是聽說幾乎沒有人離開。」

「為什麼？」

「這個嘛，就像關口先生說的，要是就這麼結束，太不暢快了。就像沒有解決的偵探小說一樣。」

「有解決篇嗎？」

「嗯，當然有。關口先生，事實上，這個世界就如你所知，沒有開始也沒有結束。換言之，人生中的結論和結果，其實都只是通過點。只是在這裡先暫時告一段落，類似一個

「修身會不是宗教，所以沒有教義。聽好了，關口先生，進入高級階段以後，才能夠聆聽會長——會長叫做磐田純陽——聆聽這位先生講課。在這之前，會員們都被全盤否定，然而會長卻會輕易地**原諒**眾人。」

「原諒？」

「會長會說：『這樣就行了。』」

「什麼意思？」

什麼東西**行**？

宮村不知為何，點了幾次頭。

「會長會說：『你們所否定的世界，其實是正確的。』」

「咦？」

「渴望吧、怨恨吧、嫉妒吧、憎恨吧、悲傷吧、哭泣吧、痛苦吧。這才是自然的模樣——他會像這樣向眾人演說。於是又回到原點了。」

「這……」

標準罷了。人生或許有分期，但是並沒有終結，死亡則另當別論啦。但是我們很傻，還是想要一個類似結論的東西。要是不斷地有人對你說：你做錯了、你做錯了，你不行、你不行，然後就這樣揮手再見——人一定會忍不住心想：**怎麼可以這樣**。敵人也早就看穿了這一點，不出所料，上頭還有個高級講座。在中級階段，因為集訓等等，收費也變貴了，會員或許也有這樣回不了本的心態吧，聽說幾乎所有的人都會繼續參加高級講座。」

「為了……填補空洞嗎？」

「空洞？嗯，就是這裡有意思。說有意思或許有些太輕浮了，不過我聽了這件事，真的大吃一驚。」

「有什麼崇高的——不，奇妙的教義嗎？」

難道有什麼不同於既有宗教的新奇教義嗎？

「關於這一點，我一定要聽聽京極堂先生的高見。總之，會長就會說，所有的一切全都是對的。」

「那打從一開始就……」

「要是一開始就這麼說，只會引來『胡說八道些什麼啊』的反應而已。那樣子誰都不會信服的。」

「可是……說穿了不就是『胡說八道些什麼』嗎？既然跟一開始一樣的話……」

「他只會提出一點：『儘管如此，你們一最初會身處不幸，就是因為不知道自己的模樣其實是正確的。』」

「哦……」

「聽說所有的人都會淚流滿面，安心不已。心想：什麼嘛，原來這樣就行了啊，很簡單嘛。……我是可以了解這種心情啦。在那之前，他們被徹底地否定到什麼都無法相信的地步嘛。」

「可是那樣的話……就算安心了，說穿了還是什麼都沒有解決啊。」

「會解決啊。」

「怎麼解決？」

「嗳，這就是他們的生意手法。想要出人頭地的話就怎麼做、不想輸給別人的話就怎麼做──總之，就是要會員參加配合各種欲望而設計的人格強化講座。積極地活下去吧、比別人更勝一籌吧、抓緊機會吧……，貢獻社會，盡情地歌頌生命吧……」

使人積極向上的講座──這我一開始就聽說過了。

「京極堂先生說，這些講座才是指引康莊大道修身會這個團體原本的生意內容，所以他們確實不是宗教。可是如果直接就這樣開設講座，也招攬不到客人，所以會長才設計了前面的階段。」

「原來如此……」

教人目瞪口呆。說穿了，這是以社會人士為對象的道德講座。但是他們先把受講者弄成廢人，再進行講座做為復健的一環。這太卑鄙了，再卑鄙也不過了。我漸漸地怒上心頭。不知道為什麼，這時我覺得自己被耍了。

麻美子過了一會兒開口說道：「……他們要會員大聲說話、跑步，叫他們培養膽量跟耐性，結果就是一種精神論。說什麼自己的欲望是正確的、不要受虛假的甜言蜜語所惑、要培養堅強的精神、大聲對錯誤的事說錯。總之就是要大聲……」

「大聲？」

「嗯，大聲。家祖父的嗓門也變大了……，刺耳極了。」麻美子面露不豫之色。

我非常了解她的心情。

活潑有朝氣的態度雖然不是不好，但有時候會讓人不愉快。首先，這正確過頭了。並非只要正確就是好的。總而言之，毫不猶豫、充滿自信的人，讓我感到十分棘手。因為那是與我完全相反類型的人。

「所以啊，關口先生……」宮村看起來很愉快。「……修身會不是有很多會員嗎？裡面應該也有些人沒什麼欲望吧。在最初的階段，只是隱約覺得有些不幸，在中級的集訓後，也沒有什麼特別想要的事物，因為原本就沒有嘛。對於這樣的人，修身會使出殺手鐧，對他們下達神諭。」

「神諭？」

「也就是說，你原本不是應該做這種工作的，或是你的人生應該是更不一樣的。」

「哦，說真正的自己應該是不同的嗎？」

「……至於我，他們說是巫女。」

我總算了解了，我的理解能力真差。

「可是，他們怎麼會知道這種事？」

「據說會長是人相學的大家。」

說人相學是好聽，說白了就是看面相。無

論是鼻子高或膚色黑，這種外表上的差異不可能與一個人的評價直接相關，而且從那種微不足道的瑣碎特徵導出來的結論也完全不值得一提。這根本是明如觀火。

說起來，那種話外行人也會說。像我第一眼看到麻美子，就覺得她這個人一臉薄命相。可信度可想而知。

「可是就算這麼胡說八道，一般人也不會接受吧？」

我這麼說，宮村便稍微睜大了一雙細眼說：「這也不一定。麻美子女士的情況也許比較特殊，但大部分時候都行得通。因為在初級講座時，他們從對象的個人嗜好到性格、地位、待遇，都做過詳細調查了。然後他們會根據這些資料，想出適合那個人的職業或人生。所以大部分的人都會覺得完全被說中，深信不疑。加上會員才剛經歷過之前說的集訓，腦袋處於空白狀態。此時要是聽到令人信賴的會長的神諭……」

「唔唔……」

真的是太巧妙了。之前的階段也是為了這個目的而設計的，會長在一開始不會現身，也是經過計算的吧。

「……家祖父也是這樣陷進去的。」

「令祖父原本為什麼會加入那種團體？」

「……家祖父原本從事林業，現在仍是公司的主管，在伊豆韮山也有山林，經濟上沒有任何困難，似乎也沒有特別煩惱的事。除了我以外，家祖父沒有其他親人，但身邊總是有長年服侍的傭人和公司員工陪伴，並沒有任何不便之處。然而……」

可能還是感到不安吧。

感覺不到生存價值了嗎？既然已經升上頂點，就沒有目標了。忍受不了今後缺乏成就感的生活嗎？在長得令人發昏的漫長歲月裡，汗流浹背地工作，究竟得到了什麼？風燭殘年，究竟該做些什麼？——遲早會興起這樣的疑問吧。

「……家祖父可能是聽到了修身會的傳聞吧。修身會在富士山腳下進行訓練、在樹海舉辦集訓等等，對富士山似乎十分執著，也因此在靜岡頗有名氣……」

麻美子略微加強了語氣。「……儘管如此，家祖父最初是瞧不起修身會的，說那是笨蛋才會去參加的團體。可是……我想家祖父大概是看了雜誌。」

「雜誌？」

「老家的客廳裡有一本舊雜誌，上面刊登了會長的談話。家祖父一定是看了那個。」麻美子噘起嘴說。

「那篇報導寫了什麼令人感激涕零的談話嗎？」

「沒有，不過上面登了會長的名字。」

我就要追問「會長的名字怎麼了」時，宮村緊接著說明：「關口先生，其實那位會長——磐田純陽先生，和麻美子女士的祖父——加藤只二郎先生，似乎是尋常小學校(註)的同窗。」

「原來是這樣啊。」

真是不令人欣喜的偶然的作弄。

「……一開始只是出於好奇。聽說家祖父說他退隱後無聊得受不了，出門去看看，回來後，說偶爾和年輕人交流也滿不錯的。結果家祖父漸漸地沉迷其中，從樹海的集訓回來時，就像失了魂一樣。後來，他整個人完全變了，好像是會長對他下了神諭。」

「怎樣的神諭？」

「你有著引導他人的面相……，請務必擔任引導員……」

「那麼令祖父不是會員，而是加入了修身會？」

「……家祖父是會員，同時也是修身會的

人。他好像擔任引導員義工，同時也慷慨地捐款及參加募捐。不僅如此，他現在依然支付一次幾萬圓起跳的學費，一個月參加好幾次會長親自教授的提升人格特別講座。」

「這、這太貪得無厭了，這毫無疑問是看上了令祖父的財產。」

「可是，」宮村說。「聽說麻美子女士的祖父好似脱胎換骨，變得生龍活虎，神采奕奕。動作也變得機敏，容光煥發……」

「老師，請別説了。」麻美子難得回應迅速。「祖父竟然説出贊同那種……那種騙子集團般的話來……」

「可是，就像我前些日子説過的，這種事情，只有本人能夠判斷自己幸不幸福。」

「怎麼可能幸福？」麻美子以帶刺的口吻説完，喝了一口水。接著她轉向我，以傾訴的口吻説：「就算幸福，但家祖父還是被騙了。在我看來是這樣的。就像關口老師説的，他們的目的是財產。」

説完後，她鬧彆扭似地晃了一下身子。

她在生氣。

「……家祖父似乎打算把公司賣掉，將那些錢捐給修身會。不僅如此，還要將韮山的山林也提供給修身會。」

「提供？」

「嗯，好像要利用那片廣大的土地蓋道場之類的。」

「哦，道場啊……」

這一定是被騙了吧。

宮村看著麻美子憤慨的模樣，以更加委婉的語氣説：「即使如此，只要本人幸福不就好了嗎？——我是這麼勸告她。關於這一點，京極堂先生也這麼説：『工作價值和生存價值

註：日本舊制小學。一八八六年設置，六歲入學，修業年限四年，一九〇七年延長為六年。

這類東西，仔細想想，原本也只是一廂情願罷了。』他說的沒錯，被別人騙，還是自己騙自己，其實並沒有太大的差別。對吧，關口先生？」

「咦？」

或許是這樣吧。

不，應該就是這樣。這若是平常的我，一定會就這麼接受。幸福原本就只是一種錯覺——我平常不是老想著這種事、把這種話掛在嘴邊嗎？可是……這個時候不知為何，我無法就此接受。

是麻美子的憤怒感染了我嗎？還是聽著聽著，我陷入自己受到玩弄的錯覺了？我一定是將自己愚蠢的身影重疊在被**任意擺布**的會員身上了。

我沒有對宮村的話表示同意，轉向麻美子問道：「妳……是繼承人吧？」

麻美子偏著頭，應道：「哦，您的意思是……家祖父的財產的繼承人嗎？沒錯……」

她停頓了一下。「……我結婚之後離開娘家，雖然因為婚姻失敗而離婚，但現在並沒有回娘家，也沒有照顧家祖父……。所以我並不打算繼承財產，可是……」

「可是？」

「娘家有個女傭，負責照顧什麼都不會的家祖父身邊一切大小事。她雖然是女傭，但在我娘家住了三十年以上，形同家人，家祖母和家母過世後，家裡的一切事務都是她一個人打理，對我來說，就像母親一樣……。就連做孫女的我，都覺得她幾乎是家祖父未過門的妻子了……」

「財產要給那個人？」

「嗯，我是希望能夠讓那位女傭——木村米子嬸繼承家祖父的財產。」

「全部的……遺產嗎？」

「就算不是全部，我認為她有權利繼承

相當部分的金額。可是加入修身會以後，家祖父對米子嬸的態度就變得十分刻薄。米子嬸那麼照顧家祖父，家祖父竟說要開除她。這都是因為米子嬸不認同修身會。米子嬸忠告家祖父說那是詐欺，叫他不要被騙了，最好退出那種團體。我覺得這是做是對的，可是家祖父已經……」

「勸不聽了？」

「……嗯。家祖父甚至還說，米子嬸不肯辭職，是因為她覬覦家祖父的財產。這太過分了。」

「是啊。」

因為這樣，麻美子便回娘家試圖說服祖父。但是巳二郎冥頑不靈，完全聽不進去。

「所以，關口先生。」宮村說了。「麻美子女士希望祖父能夠恢復到過去那個慈祥的祖父……」

說到這裡，宮村辯解說：「啊，我的意思不是令祖父現在不慈祥。就性格來說，麻美子女士的祖父現在依然十分和善。他是個歷盡滄桑的人，也不是不了解他人的痛苦。可是他怎麼樣都無法忍受別人批評修身會，唯有這一點不肯退讓。一談到這個話題，他整個人都變了，就是有這樣的變化。所以麻美子女士懇切地提醒祖父他們過去是如何受到米子嬸照顧……」

宮村露出有些退縮的表情，轉向麻美子。麻美子似乎不必看他也察覺得出來，垂著頭接下去說：「……我們家一直是白髮人送黑髮人。先是二十年前，身為獨子的家父猝死，兩年後家母也過世了。原本已經半退隱的家祖父不得不連家父的工作都一肩扛起，當時年幼的我等於是由祖母和米子嬸養大的。而家祖母也在十年前過世了……」

一臉命薄的女子若無其事地述說著親人的故去。

「……家祖父他……現在雖然在事業上算是成功，也有山林等許多不動產，過得很富裕，但是在獲得現在的成就以前，他吃了非常多的苦。我記得家父剛過世時，真的非常難熬。家父過世前，開設的公司陷入重大的經營危機，積欠了巨額債務，家計也十分窘迫。祖父真的是拚了老命在工作。」

「真的是歷經風霜。」

「但是，並不是只有家祖父一個人辛苦而已。家祖父能夠全心打拚，是因為有家祖母和米子嬸守護著家庭。我希望他想想那個時候的事。」

麻美子說到這裡，說她對祖父提起父親過世時的事。

「嗯，那個時候……」麻美子說起往事。

父親過世前後的事。

昭和八年，納粹奪得政權的那一年。

那個時候，我應該才十幾歲而已。雖然只是隱約記得，不過應該是小林多喜二（註一）被檢舉，遭到特高（註二）拷問，最後死在獄中的那一年。

那與缺乏社會性的我是無緣的另一個世界，但我記得當時父親十分激動。總之，當時是非常時期。

滿州事變（註三）、上海事變（註四）、滿州建國——小孩子懵懵懂懂不了解的重大事件相繼發生。國際社會中，日本這個國家逐漸往不好的方向走去。或許是受到父親影響，我記得那個時候我——出於和現在完全不同的理由——不安到了極點。

「我……」麻美子說。「……記得那個時候，我都和家祖父待在一起。家母身體虛弱，生下我後就經常臥病不起。我記憶中的家母，總是穿著睡衣躺在床上……」

麻美子的眉毛扭曲了。「……家裡的事都是家祖母和米子嬸在打理，而家父才剛創業，事業上不了軌道，幾乎成天都在工作。附近也沒有年齡相仿的孩子，會陪我玩的只有家祖父而已。所以我們經常去山上——因為周圍只有山而已。家祖父……是啊，他總是唱鐵路歌曲（註五）給我聽，我全部都還記得。」

「什麼汽笛一聲怎麼樣的那個嗎？」

鐵路歌曲有好幾號，一號一號連綿不絕。光是東海道篇，數量就十分驚人了。我這麼問，麻美子便答道「沒錯」。

「我到現在都還記得。」

麻美子非常篤定地說。聽到她的話，宮村問道：「對了，麻美子女士，**第二十五首後面**怎麼樣了？」我不懂這個問題是什麼意思。

麻美子忽地變得面無表情，很快地又說：

「哦，我一定記得。」

「……總之，我和家祖父相處的時間非常久，久到連那些數目多得驚人的鐵路歌曲全都能夠背唱出來……」

關於這件事，只二郎似乎也同意。麻美子說起當時的事，他便瞇起眼睛，懷念地說：

「就是啊，就是啊。」

「……家祖父還反過來對我說起那時我們家境十分貧苦，母親罹患了肺病，還有我踩到蛇、被毛蟲螫到，整張臉腫起來等等，連我自己都忘掉的事，家祖父都還記得。然而……」

「卻只有**咻嘶卑**的事不記得？」

「……嗯，家祖父說他完全不記得有這回事。而我就像剛才說的，當時的事有些記得，但有些不記得。」

註一：小林多喜二（一九〇三～一九三三），小說家，參與社會運動，為無產階級文學的代表作家。代表作為《蟹工船》。

註二：即特別高等警察，高等警察的一種，負責處理思想犯罪、鎮壓社會運動等事務。二次大戰以後廢止。

註三：即九一八事變。

註四：即一二八事變。

註五：一種歌曲集，唱誦車站名和沿路風物。

「這當然。」

「嗯。有些記憶異常鮮明，有些卻怎麼樣都回想不出來，但是我不認為這是因為時日久遠，而是因為當時我年紀還小。家祖父那時至少都已年過半百了，但是連我都記得一清二楚的事，家祖父卻半點都不記得，這怎麼想都太不自然了。」

應該是吧。

特別是……

——看了那個，會被作祟的。

若論特殊，這段往事再特殊也不過了。

麻美子說那裡長滿了山白竹。

只二郎牽著麻美子的手，走下小丘的斜坡。

「我記得因為有事去鄰村，正要回家的途中。我想那條路不是常走的路。我們牽手走在山裡，突然間視野一片開闊，眼前就是一片像大海般的山白竹原。」

「就在那裡看見咻嘶卑？」

「記憶……歷歷在目。那個人穿著皺巴巴、鬆垮垮的西裝，喝醉了酒似地腳步東倒西歪，左臉上貼著ＱＱ絆……」

「ＱＱ絆？妳是說絆創膏嗎？中間有紗布的……」

那種打扮與山裡格格不入。可是至少妖怪不會貼絆創膏，那應該是人。

「嗯。那個人的臉很小，所以顯得非常醒目。他的頭上幾乎沒有頭髮，紅紅禿禿的。眼睛很大，眼白的部分黃濁濁的，眼皮有很多皺紋。長得就像剛出生的日本猿猴一樣。他的視線不曉得在看哪裡，游移不定，臉上笑咪咪的……」

——不可以看。

——那是咻嘶卑。

——看了那個，會被作祟的。

「令祖父是這樣說的嗎？」

「是的……，當時只有家祖父在，我不認為那會是家祖父以外的人說的。就算叫我不要看，我也已經看到了……。後來我們一回到家，家父已經病倒了，家裡亂成一團，家父就這樣步上黃泉，我甚至沒能和他說上一句話。」

父親猝逝是否是咻噝卑造成的，這種淺薄的議論在這個節骨眼並不重要。如果麻美子說的沒錯，那麼這段插曲對只二郎來說，應該是痛失獨子這種永生難忘的事件序幕才對。發生在這麼特別的日子、而且令人印象深刻的事，實在不可能會忘得一乾二淨。

「令祖父對這件事怎麼說？」

「嗯，家祖父說他記得家父過世前一天，確實是去鄰村辦事了。然後回家一看，家父已經病倒，這部分他記得很清楚，說他大為驚慌。可是家祖父還是堅稱他沒有看到。」

「會不會是……妳記錯日期了呢？」

「這段記憶與家父的死連結在一起……，我想是不可能記錯的。不過就算是在其他日子看到的，家祖父應該也不會說不記得看過、沒聽說過**咻噝卑**才對……」

我「呼」的吁了一口氣。

總覺得莫名其妙。仔細想想，這整件事說起來只有一句「那又怎麼樣」能形容。回神一看，進入店裡後，已經過了好些時間了，杯中的水也空了。我們只各自點了一杯咖啡而已，因為有些不好意思，我們又加點了什錦蜜豆。

「關口先生，怎麼樣呢？」宮村說道。

「呃，只消除記憶中特定的部分，這種事真的辦得到嗎？我是個外行人，所以只想得到妖術啊、幻術這類，荒唐可笑的讀本（註）般的

註：江戶中後期的一種小說，附有插圖，內容多帶有因果報應、勸善懲惡思想。《南總里見八犬傳》即是讀本的一種。

內容。可是實在很脫離現實。」

「京極堂他……怎麼說？」

反正他一定說了什麼，當然我完全不記得。

「京極堂先生說，這也不是辦不到，但是從聽到的內容來看，做這種事也沒有意義。他只說了這些而已。」

「好不負責任，只有這樣嗎？」

這種話我也會說。不，我覺得我好像說過了。

「京極堂先生說，應該要進一步調查更詳細的情形。例如說，如果修身會真的做了這種事，就應該有**值得他們這麼做的理由**。他的意見十分中肯，所以我也幫忙起調查修身會的事。京極堂先生也說，不管怎麼樣，如果真的受不了傳教活動，就應該義正詞嚴地加以拒絕。至於麻美子女士的祖父，如果本人看起來幸福，還是不要多加干涉比較好。」

「以那傢伙而言，這番建議也真理所當然。」

「咦？京極堂先生的話總是理所當然呀？」宮村說。這麼說來，確實也是如此。

「可是，調查後……發現內情就如同我剛才說的。修身會雖然不是宗教，但似乎也好不到哪裡去，非常可疑。就算只聽麻美子女士的說明，也十分可疑吧？」

「是很可疑。」

「他們的手法……」

「唔，應該是一種洗腦吧。」

「對呀，所以我才想，果然……」

「消除記憶的方法啊……」

我抱起雙臂。沒有什麼特別的意思，也不是在深思。

我只是朦朧地推動著愚鈍的思考罷了。以現在的醫學水準……應該還不是很了解記憶的機制才對。

感覺似乎十分複雜，但或許其實極為單純，而且就算不了解機制，人還是會記憶，不了解似乎也無所謂，不過還是有許多人不願意遺忘，所以學者們日夜苦心孤詣地研究。

由於他們的鑽研，腦的研究以日新月異的速度發展。

例如說，只要破壞大腦司掌語言的語言區這個部位，就無法隨心所欲地運用語言。但是那只是語言機能停止，並不代表不再記憶，記憶也不會消失。只是無法透過語言輸入，也無法變換成語言輸出罷了。若是就這樣窮究下去，光靠大腦生理學，可能無法完全解開記憶的機制。所以至少在目前，是不可能靠外科手術或施打藥物等外部處置，來恣意竄改記憶。

就算硬是施加那類處置，不是喪失所有的記憶，或是完全無效，就是錯亂或發瘋，只能獲得這種結果吧。萬一——或者說幸運地發現受試者部分的記憶消失，也無法知道消失的是哪一部分的記憶，就算刻意消除記憶，在結果出來以前，也不可能知道失去的記憶是否就是實驗者預期的部分。這就是目前的狀況。

消除幾月幾日的記憶——這不可能做到，因為無法進行人體實驗。

而且聽說記憶本來就不會消失，只是不被再生而已。所以喪失記憶這種說法並不正確，那麼是不是應該叫做記憶再生不良呢？

但是……

「啊……」

——是有方法的。

「催眠術嗎……？」

「所謂催眠術，是『你愈來愈想睡了』……的那個嗎？」

「唔，是的。」我答道。「催眠術並非魔法或幻術。唔，它算是一種技術。聽說美國的醫師協會等機構承認催眠術具有一定的效果，也積極地將它納入治療體系中。」

「哦？」

宮村露出高興的表情。不過這些全都是我從主治醫師那裡聽來的，至於是不是真的，我就不知道了。

「催眠狀態和睡眠的時候不同，意識是清醒的。外表看起來雖然是在睡覺，但具有判斷能力。」

「不過催眠給人一種睡著的印象。」

「和睡著是不一樣的。我想想……像是喝醉的時候，或專注於某一件事的時候，雖然會對某樣東西有反應，卻無法覺知平常能夠察覺的某些事情，不是嗎？就類似這樣。在那種狀態下，平時被理性所覆蓋，不會顯露出來的近似本能的部分會裸露出來。」

「嗯，嗯。」

「對那種近似本能的部分傾述，就是催眠術。早上起不來的人──其實我就是這樣，早上的時候，明明理性知道非起床不可，但是怎麼樣就是起不來，有時候會這樣吧？」

「我也是。」麻美子說。

「這不是理性的行動。要是再睡下去，一定會遲到。可是想睡覺的本能凌駕其上。但是還是有意識，也能夠認識、判斷已經時間很晚了。然而卻無法行動。這就是催眠狀態。」

「這就是……」

「嗯。」我很不擅長說明。「據說處在這種狀態的人，能夠透過給予強烈的暗示，來加以操縱。」

「操縱？」

「是的，命令他站起來，他就會站起來，暗示說手不能彎，手就真的不能彎。」

「這……我好像聽說過。可是只要解除催眠狀態就結束了吧？催眠狀態又不會永遠持續下去，總不可能狀態解除後，還一直對施術的人唯命是從。那樣的話，就是魔法了。」

「妳說的沒錯。不，呃……」

沒用的我，就算被麻美子這樣的人追問，也會變得結結巴巴。我一廂情願地認定對方有機可趁、說話漏洞百出，結果我比人家糟糕多了。

「有一種叫後催眠的……」

「哦……」

「後催眠呢，唔，把它想成在催眠狀態中所做的暗示，在催眠解除後依然會發揮效果就是了。例如說……這樣吧，我暗示妳在催眠解除後，只要聽到有人拍手，就會跳起來，然後解除催眠。被施術的人不會記得曾經被這樣暗示，也想不起來。」

「意識不到是嗎？」

「嗯，完全意識不到，所以外表看起來與平常無異。一會兒之後，妳聽到拍手聲……」

「就會跳起來嗎？」

「嗯，聽說就會跳起來。本人完全不明白自己為什麼會跳起來。即使如此，只要一聽到拍手聲……」

「就會跳起來？」

「據說是的。」

「真可怕，」宮村說。「要是被利用在犯罪上的話……」

「嗯，是啊……」

我應得很心虛，但實際上我只能這麼回答。我從未聽過有這樣的犯罪，所以或許其實辦不到，也或許相反，只是因為手法太巧妙，所以沒有曝光罷了。我得重申，就算想實驗也沒有辦法。當然，萬一失敗就前功盡棄，但即使實驗成功，也絕對無法公開。

說起來，在催眠狀態中，即使缺少理性，但還是有意識。換言之，對象的社會倫理觀屬於哪一個階層，決定了犯罪性的暗示是否有效。如果本能判斷這對自己不利，暗示應該就不會發揮效果。所以我覺得教唆殺人或自殺的暗示是沒有用的。

「那麼……」麻美子說。「……記憶可以像這樣……？」

「嗯。據說催眠狀態是有深淺之分的，在淺度的狀態，能夠操縱運動機能，再深一點的話，就能夠刺激、支配心理狀態。所以只要進入深度催眠狀態，就幾乎不會受到理性的制約，連平常想不起來的記憶都會浮現到意識上，也就是記憶會裸露出來。這麼一來，也能夠操縱記憶了。」

「操縱……？意思是……？」

「可以讓對方**不會想起**一些事。據說人的記憶並不會消失不見，只是因為各式各樣的理由，想不起來而已。像是一緊張就忘記要說的話、一吃驚就說不出話來、討厭的回憶被封印起來……」

沒錯，回憶是會被封印的。

麻美子垂下眉毛，喪氣地說：「那麼……是以你剛才說的後催眠……？」

「有可能。這是我從京極堂那裡聽說的，假設下了暗示，要對方忘記數字五，那麼五這個概念本身就會被封印。雖然能數一、二、三、四，但是接下來就怎麼樣都數不下去。不過還是知道下下一個是六，也知道後面的七八九十等等。數字的概念本身存在，十進位法也能夠理解，可是怎麼樣就是不覺得四後面還有東西。可是又知道四的下一個不是六。」

「這樣豈不是很困擾嗎……？」宮村彷彿身歷其境似的，露出困惑的表情。「……十分不便哪。」

「可是宮村老師，這是常有的事。像這樣意圖竄改記憶是可能的。不過大部分都只觀察到短期的效果，究竟有多長的持續性，就不得而知了。不過就像我剛才說的，美國等國家正準備將它應用在心理學方面的治療上。例如，對於極端的焦慮症——像是懼高症等等，可以對病患暗示『高的地方不可怕』，來消除他們的不安。」

「這樣還是滿恐怖的。那樣的話，就算是危險的高處，那個人也會毫不在乎地走上去吧？」

「這……說的也是。我也只是聽來的，聽說那樣的人，其實就像是對自己暗示要無條件地害怕高的地方。所以要重新對他們暗示說，高的地方並不是無條件地恐怖。可是這只能仰賴施術者的倫理觀了。」

「原來如此。可是，既然被認定能夠應用在治療上，表示它當然有長期效果吧？」

「沒錯。」我說道。

麻美子的表情變得更虛無，說：「到底是什麼時候……？怎麼會被施了那種催眠術……？」

麻美子認定了就是如此。我覺得有點吃不消，因為這全都是我臨時想到的，並沒有確證，也無法實際證明。麻美子似乎十分悲傷，莫名其妙地說：「全都是那個咻嘶卑害的。」接著又反反覆覆地說：「到底是什麼時候被催眠的？被催眠的話，也沒辦法分辨出來嗎？」

「催眠術並不需要特別的裝置或環境。無論何時何地，只要能夠讓對方陷入催眠狀態就行了，輕度催眠的話，聽說可以利用音樂來進行集體催眠，所以或許是在講習當中……」

「可是關口老師，您說要操縱記憶的話，需要深度催眠……」

「關於這一點，唔唔，確實如此，不過以前流行過一種『頸動脈法』，就是輕輕掐住脖子，停止供應腦部血液，趁著對方幾乎昏厥的瞬間給予暗示。但是這種方法不但困難，而且危險，問題重重，不過一剎那就能夠完成催眠。此外，聽說還有一種突然讓對方嚇一跳，並且瞬間導入深度催眠的方法。所以只要有一對一的機會，可能性……也不能說……絕對沒有……吧。」

我的話說得虎頭蛇尾。

說著說著，我愈來愈沒有自信了。

「不過，加藤女士，宮村老師，呃，我所說的只是一種可能性……。嗯，最重要的是，我認為消除那種記憶……是不是……也沒有什麼意義……」

「關於這一點，關口先生，或許是有意義的。」

「什麼意思？」

「也就是說，修身會或許有理由要消除關於咻嘶卑的記憶。就是因為了解了這一點，我們才會請教關口先生，呃……有沒有竄改記憶的方法……」

宮村點了幾次頭，有點難為情地說：

「……其實我本來也考慮是否應該一開始就告訴您，但是又覺得還是照順序來比較好，就學了京極堂先生……」

「繞遠路……是嗎？」

「是啊。」宮村答道。「其實啊，我們已經知道咻嘶卑的真面目了。」

「咻嘶卑的真面目？」

「是的，正確地說，正是只二郎先生稱為咻嘶卑的男子的姓名。」

「這……」

「是的。磐田純陽，也就是指引康莊大道修身會的會長。」

宮村臉上掛著笑，不當一回事地說出令人大感意外的話來，接著他從內側口袋取出一張紙。

好像是照片。

「磐田會長沒什麼照片。這是我拜託京極堂先生所引介的，一位姓鳥口的青年……」

「哦，鳥口。」

這個人我也很熟悉。

「是的，我拜託那位鳥口先生拿到的。聽說他也去了箱根，而且還受了傷。我原本不知道這件事，聽聞後大吃一驚。總之，昨天我總算拿到照片了。結果……」

宮村遞出照片。

那是一張十二乘十六．五公分大的照片，已經褪色泛白了。

照片上是一個形容枯槁的男子，在講壇上掄起拳頭。姿勢雖然很英勇，但他身上的衣服相當鬆垮。或許很高級，但完全不適合他。不僅如此，他的臉——確實就像麻美子說的——特徵鮮明。

頭部渾圓，一片光禿。

從照片上看不太清楚，不過或許是燙傷，應該是一片光溜溜，紅通通的。

不僅如此，他的臉頰上還貼了一塊絆創膏。

「關口先生，為了慎重起見，我必須聲明……」宮村以食指指著照片說。「關於他臉上的這塊ＱＱ絆，麻美子女士在還未看到這張照片很久以前，就向我提及了，請你了解這一點。」

他的臉頰上的確貼著絆創膏，是為了遮掩傷口嗎？相當醒目。

可是，如果麻美子看到的咻嘶卑真的就是這個人……，表示他恰巧在同一個地方受了傷嗎？若非如此，就代表這個人二十年來一直貼著這種東西了。如果這樣的話，說是他的正字標記也不為過吧。

「也就是說……這個人……」

「不會錯的，就是這傢伙。這傢伙兩次出現在我面前，殺了家父，殺了小女，現在又對我祖父……」

「可是加藤女士，這……」

這是血口噴人吧？

即使二十年前出現在山中的男子就是這個磐田，他也不可能擁有那種魔力。

「換言之，就是這麼回事……」宮村似乎

察覺我想說什麼，插口說道。「這位磐田先生二十年前可能在山裡做了什麼**不可告人之事**。我不曉得是什麼事，不過既然是在山裡，可以假設是在掩埋寶物……，唔，比較現實的看法是進行不法行為，總之是一些必須掩人耳目的事。結果他碰上了只二郎先生和麻美子女士。只二郎先生與磐田先生是昔日同窗，所以察覺出了什麼，叫還是孩子的麻美子女士不要看，說那是妖怪……」

「原來如此。」

「至於為何會說他是咻嘶卑，先暫且擱置不談。然後假設磐田先生一直不知道自己被人目擊，相隔十幾年後，只二郎先生偶然得知磐田先生的消息，與他聯絡，然後說出了這件事。」

「磐田大吃一驚，將麻美子女士的祖父洗腦，並利用後催眠……把那段記憶消除了？」

「沒錯，然後下一個目標是麻美子女士。磐田先生原本可能以為她當時年紀還小，應該不成問題，沒想到她似乎還記得，而且記得一清二楚。所以磐田先生覺得放任下去很危險，便執意地……」

「拉攏她入會是嗎？換句話說，他們企圖把麻美子女士的記憶也消除對吧。嗯，這樣子是說得通……。可是宮村老師，二十年前被看到，會造成問題的會是什麼事？我完全想不到。我不知道那是多麼重大的祕密，或是多麼不得了的罪行，可是就算是殺人，都已經過了時效了不是嗎？」

「對於擁有社會地位的人來說，時效並沒有意義吧。即使在法律上無罪，對世人來說一樣是有罪的。這個叫磐田的人雖非公職人員，也不是公眾人物，但是過去的重罪曝光的話，還是會失去信用，影響到事業吧。」

應該會吧。

而且如果能夠將目擊者的記憶消除的

話——完全犯罪也不是夢。

不必直接與犯罪有關。像是有效地利用催眠術隱蔽犯罪等等，使犯罪本身不成立，這或許很有可能。我沉思起來。

「那個……咻嘶卑——不，磐田，我記得加藤女士後來又目擊過一次，是嗎？」

麻美子點點頭。

我覺得她的臉愈看愈顯得不幸。

「我看見了，去年的四月七日。」

「這次也是連日期都記得嗎？」

「因為……那是小女的忌日前兩天……」

我啞然失聲。

「模樣完全一樣，絲毫未變……」

「絆創膏和服裝也完全相同嗎？」

麻美子用力點頭。

「可是……服裝……」

就算是同一個人，經過二十年的歲月，還會穿著相同的衣服嗎？

的確，磐田不是成長期的孩子，歲數相當大了。年過五十以後，人的體格很少會再變化，也不是不能一直穿同樣的衣服，可是如果連續穿了二十年，那麼他就是個非常會保養衣物的人了。也有可能他有其他的衣服，輪流換著穿，只是碰到麻美子時，穿的恰好是同一款衣服。這雖然不是不可能，但機率實在微乎其微。或者，他擁有數不清的相同款式的衣服？

也許就像絆創膏一樣，這是磐田會長的正字標記——也就是制服。

附帶一提，我詢問麻美子照片上的衣服是不是和她目擊到的一樣，麻美子的回答果然是「一樣」。那麼這個可能性很高。

我望向照片。

個子雖矮小，卻雄辯滔滔。

我想——雖然他生得這副模樣，但應該是個一流的煽動者。當有人為了個體與群體、個人與社會、自我與世界的關係疲憊不堪時，他便趁機加以煽動、褒獎、斥責、撫慰、激勵——取財。

事實上他應該做了不少壞事，應該也恣意斂財，他做的生意絕不值得稱道，不過既然修身會持續存在，表示它也拯救了某些人吧。

只要付錢，這個矮子男……

——也會拯救我嗎？

即使只是被騙……

只要能夠騙到底……

或許也比神佛要來得好。

比起效果有限的神祕，巧妙的詐欺更有效果。

「關口老師……」麻美子的叫聲讓我回過神來。我對著磐田的照片看得出神了。

「請別看得那麼專心，就算是照片，也會帶來災禍的。」

「怎麼可能？」

「不，這個人是魔物，會作祟的。」

——她是認真的嗎？

「呃，這……我不是在懷疑妳，不過因為我自己經常看錯、經常誤會……」

京極堂說，我的言行中誤會占了兩成，錯誤占了兩成，謊言占了一成，剩下的五成則是自以為是。真實連一成都不到。

但是麻美子一臉不悅，說：「這張臉怎麼可能會看錯？」

「是這樣沒錯，可是，呃，會不會是幻覺之類……」

「這……我想也不可能。因為我看到他之後，立刻把看到的狀況知無不詳地告訴我一個朋友。如果是幻覺的話，我想我不可能做出那麼冷靜的行動。否則你可以去向我的朋友確認。」

「呃，也不必做到那種地步啦……。妳那位朋友是……？」

「是個行商賣藥的，姓尾國。」

「是行商人啊，是男性嗎？」

「是的。他十分親切，現在我們也經常來往。啊，當然，我們不是什麼特別的關係。該說是朋友嗎？當時外子與他也很要好，或者說，外子和他比較熟，說是住得很近，經常順道過來……」

「那時，那位先生正好在那裡嗎？」

「嗯，因為那個男子實在太奇怪了，我忍不住把這件事告訴尾國先生。就是這樣……」

——咦？

怎麼回事？總覺得哪裡不太對。

當然，這只是心理作用吧。我這個人有一半是自以為是構成的。

「呃，妳是在哪裡看到的？」

「在淺草橋一帶，時間大概是四點半。我背著小女外出買東西，就在回家途中看到的。當時我們住在小川町。當時我才剛生下小女，也暫時留職停薪。或者說，要是小女沒有過世，我可能也不會回到工作崗位上。那麼喜多島薰童也……」

說到這裡，麻美子望向宮村。宮村將細小的眼睛瞇到幾乎快看不見了說：「是啊，喜多島也不會登上文壇了。總覺得這真是件難過的事，教人心痛……」

我也感覺到一陣複雜的思緒。

聽說由於孩子過世，夫妻感情變得冷淡，最後離婚，麻美子就這樣沒有再婚。沒想到竟因為如此，被推崇為天才歌人——麻美子本人應該是最感到吃驚的吧。別說是無法預料，連想都沒有想過吧。

「令嬡是……」

我說出口之後，才想到這個問題太多餘了。儘管如此，麻美子雖然苦悶了半晌，卻意外淡淡地答道：「小女……是在浴盆裡……溺死的，完全是我的疏忽。事情發生在沐浴中……，我沒辦法推諉。我沒辦法……」

在沐浴中溺死。

一定發生了什麼事。

「呃……」

事到如今再辯解也太遲了。麻美子果然不願意觸碰這個話題吧，她突然沉默不語，最後從皮包裡取出手帕，按住眼頭。

無論是什麼樣的經過，那都是不願再想起的回憶吧。

「呃……加藤女士，對不起，我不會再問令嫒的事了，請別哭了。話說回來，那個磐田……」

口才笨拙而且遲鈍的我試著硬轉回前個話題。麻美子微弱地**抽噎**了幾次，咳了幾下，勉強裝出毅然的態度回答：「嗯，他在陰暗的小巷子裡，一跛一跛的。」

「妳看到的時候，有什麼想法？」

「……好奇怪的人。」

——咦？

「好奇怪的**人**？妳不認為那是咻嘶卑嗎？」

「咦？這……可是……是咻嘶卑沒錯啊。對了，我記得尾國先生好像也說過，看到咻嘶卑的話，就會發生不好的事。所以我也這麼對他說了。一定是的。」

「請等一下。那位先生……**知道咻嘶卑**嗎？」宮村反問。

宮村似乎也不知道這件事。

「嗯，我想他一定知道。可是我想他並沒有像老師那樣，說咻嘶卑是河童。所以我一直以為咻嘶卑是一種看到了就會作祟的、不吉利的**人**。所以老師告訴我說那是妖怪、是河童的時候，我嚇了一跳。因為，河童不是很可愛嗎？」

就在這個時候。

「砰砰」兩聲，窗外傳來爆炸的聲響。聽聲音，那應該是摔炮。往窗外一看，只見小孩子高興地尖叫著跑走的背影。緊接著傳來「鏘」的一聲。我將視線從窗外移到聲音傳來的方向，骯髒的地毯上濺滿了什錦蜜豆的殘渣。是被嚇到而打翻了嗎？

我重新望向麻美子……

加藤麻美子一臉僵硬，渾身微微抖動……伸直了雙手僵住了。

3

第三次遇到宮村，記得應該是四月下旬的事。

那是我們最後一次見面。

因為一個半月後……我被逮捕了。

會面的地點，又是京極堂的客廳。

那天我難得地被乖僻的朋友找去。我接到聯絡時，一如往常，正閒得發慌，也沒仔細問他找我做什麼，就匆匆忙忙地出了門，爬上了暈眩坡。

幾天以前，我也拜訪過京極堂。

當時我強迫朋友帶我一起去處理他的工作，千里迢迢地去了千葉。因為我想見見震撼了春季帝都的連續潰眼魔事件中的當事人女子。我並沒有特別的目的，說起來只是去湊熱鬧而已。

可是看樣子，當時的愚昧之舉，似乎成了這次凶事的遠因。

老實說，我覺得自己真是做了蠢事。但是當時完全沒料到事情竟會演變成現在這種狀況——不過事情也從來沒有一次是照著我的預料進行——所以相當輕鬆愜意。即使聽到犧牲者眾多的連續潰眼魔事件那慘烈的結局，我仍舊悠然自得。

那個時候——這些全都不關己事。

京極堂夫人在玄關口，一看到我就笑吟吟地寒暄說：「關口先生，今天究竟是什麼聚會呢？」我說我只是被喚來而已，夫人便傷腦筋地笑，說道：「那麼關口先生，當心別被強迫唱歌。」

我在夫人帶領下，經過走廊，聽見了熟悉的聲音。

而且那個聲音……

似乎正在唱歌。

夫人再次默默地笑，說：「是不是開起歌唱教室來了呢？」

在唱歌的是鳥口守彥。鳥口是個青年編輯，我偶爾會提供稿子給他任職的糟粕雜誌，同時他也玩攝影。鳥口平易近人，開朗的個性和超群的體力是他引以為傲之處，出於職業關係，總是在事件發生處出沒，然後吃上苦頭。

鳥口在唱的是鐵路歌曲。

我打開紙門，鳥口幾乎同時間唱完了。

「就算慢慢唱，頂多也只有二十秒哪。」

京極堂說。看樣子他正瞪著懷表。

那張臉臭得彷彿整個亞洲都沉沒了似的。

「……那就是七分鐘嗎？不，這段落很長，會再唱快一點嗎？」

「依我唱的感覺，比較容易唱的是上上一段。呃，十六秒。大概就是這個速度。」

「那就是六分二十秒，大概就這樣吧。」

「喂，你們在幹嘛？」

完全無視於我。我一出聲，朋友總算抬起頭來。

「怎麼，你來啦？」

「不是你叫我來的嗎？自己把人家叫來，說那什麼話？」我一邊抗議，一邊走進客廳。

鳥口把這裡當成自己家似的，毫不拘束地拿坐墊請我坐，像平常一樣開玩笑說：「咦？老師，上次見面之後，聽說您和師傅一起去了千葉是嗎？哎呀，您真是好事到了極點，教人敬佩的俗物呀。」

這麼說來，當時鳥口也在這裡。

「鳥口，你才沒資格說我。話說回來，你們兩個在幹嘛？打算當歌手是嗎？還是企圖唱難聽的歌來整我？」

「關口，你別在那裡胡說八道了，快點坐下來吧。看到你彎腰駝背地晃來晃去，教人心都定不下來了。噯，其實這件事本來拜託你也行，不過打聽之下，原來你是傳說中知名的大音痴，不僅是音痴，連半點節奏感都沒有，所以我才拜託鳥口。」

「把人貶得這麼難聽。反正八成又是榎木津說我壞話吧？我明明說不要，是他自己硬把我抓去彈樂器，然後又罵我笨、說我無能，實在是太過分了。」

榎木津是我一個在當偵探的朋友，也是邀我加入樂團的始作俑者。

我這麼說，京極堂便說：「我是從和寅那裡聽說的，他才不會說謊。」

和寅的工作類似榎木津的偵探助手。和寅雖然不會像榎木津那樣鬼扯蛋，可是他也被榎木津抓去演奏，和我一樣被批得一無是處，誰知道他為了洩憤，會胡說些什麼話來。

「我有沒有音樂才能，在這裡並不重要。我問你們兩個現在在這裡幹些什麼？」

「看就知道了吧？懷表能拿來量溫度嗎？我是在測時間。」

「測什麼時間？」

「你很煩哪，歌曲的時間。不關你的事。」

「當然關我的事。是你叫我來，我才……」

「早知道就不叫你了。仔細想想，就算找你來，也派不上半點用場。是我不對，不該想到你愛湊熱鬧，好心叫你來。算我拜託你，求你閉嘴乖乖一邊去吧。」

京極堂看也不看我地這麼說完，囑咐似地說：「還有，今天暫時沒茶也沒點心。」

我思考該如何反擊，鳥口看不下去，總算從實招來：「其實啊，老師，我從以前——說是以前，也是從箱根回來以後，所以也才一個多月而已——總之，我一直在找一個靈媒師。」

「靈媒？鳥口，你又扯上那種怪東西啦？你也真是學不乖。你忘了去年的事件讓你吃了多大的苦頭嗎？可是靈媒跟鐵道歌曲的時間又有什麼關係？」

「你這人真是急性子。」京極堂說。「一如以往，好像有個營利團體信奉那個靈媒師，根據鳥口的話，那個團體的所做所為似乎涉及不法。」

「犯罪靈媒？你也真是好管閒事。」

「喂喂，鳥口可不是自己喜歡才幹的。他是因為奉上司命令，連在箱根受的傷都還沒痊癒，就四處奔波取材了。對吧？」

「是啊。唔，世人的注意力現在都集中在潰眼魔、絞殺魔身上，我們《實錄犯罪》既然沒有機動力也沒有錢，為求起死回生，決定投入競爭較少的題材……」

「所以說……」

「噯，你就先閉嘴聽著吧。這些鐵路歌曲，或許會成為揭露他們罪行的契機——就是這麼回事。這些事原本與我無關，但受害人裡面似乎有我認識的人。既然知道了，也不能見死不救……」

這已經是家常便飯了，所以也不是什麼值得大驚小怪的事。京極堂雖然總是嘴上拒絕、抱怨，但是一旦得知，還是沒辦法置之不理，最後總是出面解決。他也應該早早認命才是。

但是京極堂說到這裡，眼神一沉。

「可是……本人沒有自覺，也沒有確證，就這麼揭穿這件事，真的好嗎……？」

朋友難得含糊其詞，撫摸下巴。

看到他的模樣，鳥口難得積極地發言：

「不，師傅，您這話就不對了。的確，那個人不知道是比較幸福。可是再這樣下去，那個人等於是被孩子的仇人不斷地剝削。而且本來要是沒有和那種騙子靈媒扯上關係，就不會發生不幸，再說，那也不是那個人自己主動找上靈媒的。又沒有拜託，對方卻擅自找上門來，才會演變成這種結果，所以我們不能坐視不管。我的調查不會錯的，不是全都和師傅推測的一樣嗎？這絕對不是偶然啊！」

鳥口平日總是大而化之，現在卻連口吻都變得斬釘截鐵。另一方面，京極堂卻不乾不脆地應聲：「說的也是……」

「喂，那你接下來要那個……進行除魔嗎？」

京極堂的另一個工作是祈禱師，負責驅除附在人身上的各種壞東西——附身妖怪。話雖如此，他並不會念誦咒文——不過有時候也會——除掉的也不是怨靈或狐狸之類。我沒辦法詳盡說明，不過在我認為，那應該是一種淨化觀念的儀式。要是我這麼說，一定會被罵「完全不對」，不過我沒有可以切確說明的語彙。

京極堂只說了一句：「不是。」

此時……

在夫人帶領下，宮村伴隨著加藤麻美子前來拜訪了。

我完全沒料到這兩位客人會出現，大吃一驚。三月在稀譚舍見面時，結果事情談得不清不楚，也沒有得出什麼大不了的結論，就這麼散會了。後來我們也沒有再聯絡。

宮村見到我，非常高興，殷勤地道謝說：「前些日子承蒙您百忙之中關照。」麻美子也恭敬地致謝。我比他們更加惶恐，口齒不清地向兩人寒暄。

宮村接著也向鳥口道謝，最後向京極堂介紹麻美子。

京極堂說：「歡迎光臨。我經常聽老師提到加藤女士的事，說妳十分能幹。話說回來，竟然放走像妳這樣的人才，創造社真是不知道在想些什麼。」

京極堂不是個會奉承別人的傢伙，這是他的真心話吧。

麻美子十分惶恐，說：「是我主動離職的。」

京極堂直盯著她看，話中有話地說：「既然是妳主動離開的，那也沒辦法。……那麼我們速戰速決吧，反正也不是什麼愉快的事。」

「請問……」麻美子一如往例，慢了一拍說。「……家祖父的……記憶……真的……」

「嗯，應該可以知道……，只要妳回答我接下來提出的幾個問題。如果我所預想的答案與妳的回答完全吻合，那麼就不會錯。但是這麼一來，也表示結果對妳來說並不會太好。即使如此……」

「沒有關係。」麻美子說。

此時我依然一片混亂。

靈媒師的事，與麻美子有關係嗎？

剛才京極堂說他認識受害人云云。但是從他現在的口氣來看，似乎是在說麻美子的祖父記憶缺損的事。

那麼……靈媒與這件事會有什麼關聯呢？鳥口在找的靈媒師，難道就是指引康莊大道修身會的磐田會長嗎？但是修身會似乎不是宗教團體，磐田純陽應該也不是靈媒。聽說他會看相，但是那與通靈、神諭是兩回事。其他人姑且不論，京極堂對於這類事物區分得十分嚴格，近乎神經質地厭惡混淆。所以如果他是在說磐田，應該就不會稱他為靈媒，如果他說的靈媒就是磐田，就表示磐田也以靈媒的身分在進行活動。

我覺得這不太可能。

京極堂以嘹亮的嗓音首先問道：「妳第二

次看到咻斷皐——不，磐田純陽，是去年的四月七日下午四點半，對嗎？」

麻美子被懾住似地正襟危坐，答道：「是的。」

「那一天的那個時間，磐田似乎確實是在淺草橋附近，是這位鳥口為我們調查的。沒錯吧？」

鳥口點點頭。

「看到磐田以後，妳回到家裡。當時妳和先生以及已經過世的令嬡三個人，住在小川町的公寓河合莊裡，呃……一〇二號室，對嗎？」

「是的，您說的沒錯。離婚後，我們搬離了那裡。」

「妳還記得住在隔壁一〇一號室的人家嗎？」

「我記得是……姓下澤的人家，是嗎？」

「對，下澤太先生以及夫人香代女士。他們現在也還住在那裡，昨天我請鳥口去見過他們了。」

「去見下澤夫婦？」

麻美子揚眉毛露出訝異的表情。這也難怪。

「下澤家怎麼……」

「回到正題。妳說回家後，正好行商賣藥的尾國先生來到公寓……」

「是的，當時尾國先生正好來了，我們在入口碰見。」

「這樣啊。根據下澤家的說法，尾國先生約自那時一個月前起，頻繁地拜訪府上。」

「嗯。孩子出生前，我們夫婦都有工作，白天大多不在，去年年初孩子出生——是在婆家生的，所以我在婆家住了一個月左右，二月中旬回到公寓。後來我暫時辭掉工作，一直待在家裡……。是啊，大概是將近三月吧，尾國先生第一次來拜訪。」

「一開始是來推銷家庭藥品嗎？」

「嗯，孩子出生後，開銷增加，我也長期停止工作，收入等於少了一半，家計變得窘迫，所以我說不需要家庭藥品。但是尾國先生說，既然孩子出生，就更需要考慮買藥，因為不曉得會碰上什麼萬一，身邊準備各種常備藥也比較方便。儘管如此，我還是拒絕了。結果尾國先生要我和外子商量看看，並說他只收取用掉的藥品費用，如果沒有用到就免費，叫我先把藥收著……」

「然後他放下藥箱走了。」

「嗯。他問星期日外子在不在，我說在，他就說星期日會再過來。後來他真的來了，聊著聊著，結果他和外子意氣投合……」

「妳知道他們為什麼意氣投合嗎？」

「這個嘛……哦，這麼說來，外子學生時代住在九州，尾國先生說他是外子住過的城鎮出生的。」

「沒錯，尾國誠一先生是佐賀人。」

「您……您認識尾國先生？」

「是的，只要略做調查……就知道了。」

「調查？調查什麼？」

麻美子的問題被忽略了。

「妳現在與他有來往嗎？」

「是的。」

「妳已經離異的丈夫呢？現在和尾國先生有聯絡嗎？尾國先生和妳先生也相當熟稔吧？」

「這我就不曉得了，我沒有問過。」

「當時，尾國先生多久一次拜訪府上？」

「咦？」

麻美子歪起眉毛，她從來沒有仔細想過吧。

「我想想……，我記得尾國先生在我從前住的公寓四五家遠的地方租房子住。所以……嗯，應該是兩天一次的頻率。他說只有一個女人在家很危險，常常帶些水果啊、或是進駐軍的糖果等禮物過來……。對，尾國先生喜歡小孩，他每次過來，都會很高興地哄嬰兒。」

「那麼……他一個月會拜訪個十五次左右。」

「大概……或許更多。」

「他來的時間一定嗎？」

「不一定，沒有固定的時間。」

「妳曾經覺得尾國先生的拜訪讓妳困擾嗎？」

「困擾……嗎？尾國先生人很好，我們現在也還有來往，我並不會這麼感覺……。啊，可是碰上給小孩洗澡，或是授乳時，的確有些傷腦筋。」

「原來如此……。話說回來，妳這個人很守時對吧？生活十分規律。我從老師那裡這麼聽說。」

京極堂眼神凌厲地盯著麻美子看。

「咦？呃，我沒有特別注意，不過我大部分都會在固定的時間做同樣的事。當編輯時，有時候沒辦法那麼規律，不過沒有工作的時候，起床和就寢的時間大都固定。」

「原來如此。」京極堂用力點頭。「授乳和沐浴的時間也固定嗎？」

「咦？嗯，是的。啊，所以我記得我對尾國先生說過，這個時間我要餵奶，請他下次換個時間來。要是碰上我在餵奶，難得他來，我也沒辦法泡茶招待。我大概每隔三小時就會餵一次奶，所以我請他錯開那些時段。然後……對，我也告訴過他，請他避開沐浴的時間。」

「沐浴是幾點？」

「大部分都是黃昏五點……左右吧。」

「每天五點嗎？」

「呃，我不知道其他家庭如何，不過外子每天都是晚上八點回來，所以我們晚餐吃得比較晚，因此我習慣在準備晚餐前先沐浴……。

不過這怎麼了嗎？」

「沒什麼。那麼，尾國先生後來就沒有在妳希望避開的時間來訪了嗎？」

「是的，他沒有在那些時間來訪了。他非常規矩。」

「哦？」京極堂露出一種壞心眼的表情。「可是……妳見到磐田純陽那天又怎麼說？如果妳是在四點半看到磐田的，回到公寓時，不是差不多五點嗎？尾國先生不是就在那個時間來訪嗎？」

「啊，嗯……也是，可是那是……碰巧的。因為尾國先生來了，所以我也沒沐浴。」

「那天妳是幾點沐浴的？」

麻美子陷入沉思。我完全不明白京極堂到底想要問出什麼。麻美子也是，明明隨便回答就好了，但是因為不明白京極堂的意圖，她才慎重其事地回想吧。

「大概……是過七點的時候。沐浴完以後，我急忙準備晚餐……，我記得好像沒能趕上外子回家的時間。外子就像剛才說的，習慣八點回來……」麻美子以含糊的口吻斷斷續續地說。

她不是想不起來，而是不願意回想吧。她的孩子夭折了，而且是因為沐浴中的疏失……前些日子我詢問時，麻美子的表情十分悲愴，那必定是一段痛苦的回憶。

我是個男人，而且沒有孩子，所以也不能自以為了解地說什麼，不過我想嬰兒與母親的關係，其親密程度是我完全無法想像的吧。如果她因為自己的疏忽使得孩子夭折……，再繼續追問這件事，似乎太殘酷了。

「我明白了。」京極堂說。「那段時間……妳對尾國先生說了妳目擊到咻嘶卑的事，對吧？」

「是的。」

「三十年前的事妳也告訴他了？」

「咦？」麻美子露骨地表現出困惑的模樣。「這……不，我把我在淺草橋的巷子裡看到的事，詳細地告訴了尾國先生。因為那時我覺得很詭異……，呃，印象十分強烈……」

「換言之……」京極堂稍微放大了音量。「換言之，比起那個情景，與二十年前完全相同的這個不可思議的事實，當時磐田先生那異樣的外貌更令妳印象深刻……，是嗎？」

麻美子揚起眉毛，雙眼圓睜。

「咦？嗯，或許我有些興奮……，不，還是我後來才想起來的……？對，我**一邊說著，一邊回想起來了**。我現在想起來了。我在告訴尾國先生的時候，忽地想起二十年前的事，然後也想起了家父過世的事。所以……」

「所以？」

「所以我說出了這件事，尾國先生便說，他聽說只要看到咻嘶卑，就會發生不好的事，身邊的親人會過世，於是我不安起來……。可是，那是因為我記得祖父的話……，因為要是我沒說，尾國先生也不會提到咻嘶卑啊。」

她說的沒錯。磐田的外表雖然與畫上的咻嘶卑不無相似，但是**沒有任何提示**，應該不可能從他的外貌聯想到咻嘶卑。就算知道咻嘶卑這種東西，平常也不會這麼聯想。因為先有麻美子祖父的話，麻美子才會把磐田和咻嘶卑連結在一起。

京極堂以一貫的語調說道：「妳和尾國先生針對這件事——妳看到磐田先生的事，以及二十年前的事——或者說咻嘶卑的事，聊了多久呢？」

「呃……大概三十分鐘吧……」

再怎麼奇怪，這個話題也聊不了太久。就算磐田的模樣再特異，麻美子也只是看到而已，頂多只能聊上三十分鐘吧。

京極堂兩手抱胸。

「原來如此，妳感覺是過了三十分鐘

啊……。話說回來……聽說妳記得全部的鐵路歌曲？」

話題唐突地改變，麻美子目瞪口呆，眼睛睜得更大了。當然我也愣住了。接著我立刻轉向鳥口。

鳥口一派輕鬆。

——鐵路歌曲。

鳥口剛才在唱的歌。

京極堂說，這可能成為揭露犯罪的契機。

我望向能言善道的朋友的嘴巴，他有什麼企圖？

「唔，加藤女士，不必這麼吃驚。這件事我是從老師那裡聽說的。東海道篇、山陽篇、九州篇、東北篇、北陸篇、關西篇，妳全部都記得嗎？」

麻美子看了宮村一眼。宮村搔著頭說：

「沒有啦，我想說這也算是一項才能，就把它當成自己的本事似地到處宣傳。」

麻美子又恢復虛幻而命薄的表情說道：

「那是小時候家祖父唱給我聽的。家祖父年輕時，正好是明治末年，聽說那時鐵路歌曲大為流行，祖父是個完美主義者，拚命地記住不斷發表的鐵路歌曲，一直到能夠全部背唱出來為止。祖父說，年輕時記住的東西忘不了，但是我……」

麻美子說到這裡，沉默了。

「我聽說妳忘記了。呃，記得是……」

「到東海道篇的第二十四首左右都沒問題……」

「後面呢？」

「咦？呃……山陽篇和九州篇完全不記得了……，東北篇的話，還記得一些……」

「北陸和關西怎麼樣？」

「呃，我沒有想過……」

麻美子說著，望向天花板，好一會兒默不作聲，似乎像在背誦，不久後她微微點頭說：

「……嗯，我還記得。」

京極堂和鳥口對望一眼。

「其實我手邊沒有資料，所以不知道全部共有幾首。不過至少妳記得最前面和後半部分，是吧？」

「應該……是吧。」

「其實我是想知道妳究竟忘掉了幾首……？沒關係，這件事先擱著吧。」

「喂，京極堂，這是什麼意思？」我按捺不住，插口問道。

朋友揚起單邊的眉毛說：「我想要證實剛才的實驗的正確性，不過已經無所謂了，我大概知道了……。嗯？喂，我不是叫你不要亂插嘴嗎？你閉嘴待在一旁就是了，關口。」

他好像不小心回答了根本沒必要回答的問題。京極堂重新主導局面說：「其實，鄰居下澤夫婦對那一天——妳看到磐田的那一天——記得十分清楚。他們說，妳的確是在五點左右回來——和尾國先生一道。」

「是啊，我們是在玄關口碰到……」

「嗯。根據下澤夫婦的記憶，他們說平常尾國先生三十分鐘左右就會回去，那一天卻待了相當久。」

「咦？怎麼可能……？尾國先生三十分鐘左右就……」

「可是，那一天妳過了七點才沐浴吧？比平常的時間晚了將近兩小時不是嗎？尾國先生回去後，一個半小時妳都在做些什麼？」

麻美子再次露出愣住的表情。

「呃……不，我的確是在五點回家，是啊，尾國先生是在……對了，是在六點半過後回去的吧。或許更晚一些，算一算應該是這樣才對。那麼我們聊了那麼久，我……我只記得聊了那個話題……，可是……一定是這樣的。是這樣沒錯。」

「下澤夫婦不是那種會偷聽鄰居生活起居

的人，不過那天……是什麼情況？」

「是芋頭。」鳥口補充。

「對了，他們想送芋頭給妳，所以才會注意妳家的動靜。他們覺得萬一和尾國先生碰上，他可能會推銷藥品，所以對他敬而遠之。對吧，鳥口？」

「是啊。可是尾國先生待得實在太久，都到了晚餐時間了。下澤家都在六點過後用晚餐，就在夫婦倆吃著芋頭的時候，突然聽見槍聲……」

「槍聲？」

「好像聽錯了。他們急忙跑出外面一看，卻什麼也沒有，想想也不可能是尾國先生射殺妳——這是理所當然的——正當他們納悶時，尾國先生笑咪咪地走了出來，妳也抱著嬰兒出來送他……。妳出來送他了吧？」

「是的……，哦，這麼說來，那時我收到了芋頭……」

「對，下澤夫婦說就是那時把芋頭給妳的。話說回來，加藤女士，隔天……尾國先生也來了對吧？」

「咦？嗯，您怎麼知道？這也是下澤夫婦說的嗎？」

「不是的。下澤夫婦隔天好像不在家，所以這只是猜想。唔，因為是猜想，所以或許不正確……。尾國先生再次來訪，說要介紹一個人給妳，對吧？」

「呃……」麻美子垂下頭去。

「加藤女士，可以請妳告訴我們嗎？尾國先生是不是向妳介紹了……靈媒師華仙姑處女？」

「靈媒師……」我忍不住脫口而出。

「喂，京極堂，喜多——不，加藤女士說她討厭宗教，還說她連盂蘭盆節和念經都討厭……，不是嗎？」

我這麼問，麻美子卻沒有反應。她全身僵

硬。

「靈媒和宗教不同。我剛才不是拜託你閉嘴不要講話嗎？不要讓我後悔把你叫到這裡來好嗎？重點是，怎麼樣？加藤女士，那個時候，尾國先生向妳介紹了華仙姑對吧？」

「您……您怎麼會……」

「對吧？」

麻美子微微地點頭。

「哦，靈媒啊……」宮村原本默默地聆聽，此時驚訝地出聲。「這一點都不像妳的作風。就像關口先生說的，妳不是討厭那類東西嗎？」

「老師，娘娘她不是什麼宗教，她並沒有叫我信仰什麼……」

「娘娘？」

「呃……」

「加藤女士。」京極堂斬釘截鐵、毅然決然地說道。「妳現在……也相信著那個華仙姑對吧？而且妳還支付巨款，請教她許多事，對不對？」

麻美子默默地垂下頭去，然後小聲地應道：「是的。」

「呃、這……真的嗎？這……我太驚訝了。」

宮村似乎也不知情。麻美子望向宮村，然後掃視眾人。接著她靜靜地，但堅定地加以說明：「我並沒有特意隱瞞。因為這也不是什麼值得向人張揚的事，而且娘娘特別厭惡這種事——厭惡被人談論。華仙姑娘娘……和一些騙人的宗教，或是家祖父加入的那種可疑的自我啟發講習會根本上完全不同。娘娘會賜予洞燭機先的金言，是個慈悲為懷的善人……」

「妳相信她是嗎？」

「當然了，因為發生了令我不得不信的事。娘娘是真的、是真的。那個時候，如果我照著尾國先生的建議去做，小女就不會死了。」

要是我好好地聽從娘娘的金言……，所以……所以……」

她很激動。

「**所以**妳和妳先生離婚，並辭掉工作，這些全都是華仙姑的意思吧？」京極堂靜靜地、但清晰地說。

「麻美子女士，這是真的嗎……？」宮村擔心地望向她的臉。

麻美子默默地點頭。

「加藤女士，後來妳一直依照華仙姑的神諭生活吧？指引康莊大道修身會也是因為華仙姑說**不好**，妳才認定那是一個詐欺集團……，對嗎？」

「是的……」麻美子說。「我不知道中禪寺先生怎麼會知道……，不過就像您說的，看到咻嘶卑的隔天，尾國先生又來了。然後他這麼告訴我：『妳看到的果然是個不祥的人，要是不小心點，不久後**令嬡將在劫難逃**……』」

麻美子的聲音微微顫抖著，她一定情緒非常不穩吧，連旁人都看得出她悸動得很厲害。

「……我問他這是什麼意思，他說是認識的靈媒占卜出來的。然後他說：『咻嘶卑是水的妖怪，令嬡有**水難之相**。』」

「水難？」

「嗯，可是又沒有洪水，附近也沒有河川，我心想連爬都還不會的嬰兒會有什麼水難？可是因為發生過家父的事，我有點不安，便問尾國先生怎麼樣才能夠消災解厄。於是尾國先生告訴我，只能求那位靈媒祈禱祓除。還說那位靈媒不是做生意的，很難拜託，但是只要尾國先生開口，她一定會伸出援手。不過聽說咻嘶卑是個頑強的魔物，必須支付謝禮——得付個一萬圓才行。」

「好貴。」宮村說。「相當於公務員一個月的薪水。」

「但是人命是買不到的。要是一萬圓能

買到一條命，實在太便宜了。但是那時我並不這麼想。首先，家裡根本沒那個錢……。可是就算借錢，我也應該請娘娘祓除的。因為那孩子……那孩子真的死了……，那孩子……」

麻美子低著頭，就這麼面朝底下，淚水簌簌滴落。她邊哭邊說：「尾國先生熱心地勸說我，他說時間緊急，不幸或許今天明天就會降臨……。可是……可是我完全不當一回事。虧他那樣忠告我……，我卻糟蹋了他的好意……。結果就在隔天，那孩子……」

麻美子雙手掩面，哭了起來。

我別開視線，無法直視她的模樣。京極堂用一種並非憐憫也非安慰的平靜視線望著麻美子，以低沉、從容的聲音勸導似地——說出殘酷的話來：「我了解妳的心情。聽說是因為妳的疏忽，令嬡才會過世……」

麻美子哭著微微點頭。

「聽說……是沐浴時發生的意外。」

「我……不清楚……到底是怎麼了，那等於……是我殺的。我……就像平常一樣……給那孩子洗澡……，手卻……」

「手卻……？」

「手卻抽了筋……，我大聲叫人……」

——手……抽筋。

我在腦中想像，胸口一陣抽痛。

要是，要是捧著孩子放進溫水中，才剛放進水裡，自己的雙手卻突然僵住的話……

就算看見嬰兒痛苦地掙扎，也無計可施。

不僅如此，應該守護孩子的雙手……

自己的雙手將摯愛的小生命……

嬰兒在身為母親的她的雙手中……

——太恐怖了。

「聽說下澤家的太太趕過去時，妳正把孩子浸在水裡，尖叫個不停。下澤太太抱起孩子，馬上送到醫院……，但已經回天乏術了。真的很遺憾。」

麻美子之前說孩子在浴盆裡溺死，原來是這麼回事。

「由於不是自然死亡，警察上門了。事實上孩子等於是我殺的……，可是我沒有動機，最後以類似癲癇發作為理由，當成過失致死……結案了……」

太悲慘了，親手將自己的孩子……，太可怕了。

「不是弄掉了孩子，也不是手滑了。我就像這樣，把孩子按在水裡……，為什麼會那樣，我自己也完全不懂。除了作祟以外，我真的想不出其他可能了。」

哭聲。宮村和鳥口也低下頭去。

——水難。

預言說中了。

所以……後來麻美子才會去皈依那個叫什麼的靈媒師吧。這不是第三者為了實現預言而殺害麻美子的孩子，就算偽裝成意外，也做不到這種事。

不是其他人害的，完全是自己下的手，所以毫無懷疑的餘地。不幸的預言完全說中了。

而且我覺得從狀況的異常性來看，麻美子會覺得那場不幸是作祟或詛咒也是情非得已。以常識來看雖然難以想像，但還是只能夠認為是被咻嘶卑——磐田純陽的魔性給煞到了吧。而且麻美子多年前還死了父親，這不是能用一句偶然帶過的。

看到的人，會禍及親族——磐田擁有這樣的魔力嗎？

無論事實如何，至少對麻美子來說，那就是事實。那麼有個靈媒師願意站在她這邊的話，一定讓她感到極為可靠。因為能夠挺身對抗作祟和詛咒的，也只有那種人了。

好一陣子，客廳裡只有啜泣聲迴響。

「我……拜託尾國先生，讓我會見華仙姑娘娘。娘娘溫柔地安慰我，但是她告訴我，我可能會和外子離異……，還說要是那樣的話，順其自然地離婚比較好……。後來我和外子理所當然地無法融洽相處，娘娘也預言到這件事了。原本一蹶不振的我能夠重回工作崗位，獲得不錯的成果，也全都是托娘娘的福。決定連載老師的專欄，也是……」

「可是妳下定決心離職，也是華仙姑的意思吧？」

「呃……嗯。但是辭職以後……我也覺得還是辭職了好。」

「為什麼？」

「因為這是娘娘的意思……，要是我繼續待在那家出版社，一定會碰上災禍。」

——這樣就好了嗎？

聽到這裡，我突然不安起來。

我……不管怎麼樣，都不會相信靈媒的預言。若是理性地思考，我認為這次的事應該也只是巧合罷了。但是很多時候，人站在人生的歧路上，會徬徨不知該如何選擇，這種時候，我想很多人都會想要依占卜的結果判斷吧。我也會這樣，所以這並沒有問題。但是，如果歧路本身就是占卜師製造出來的，這能夠允許嗎？

例如說，如果已經有了麻美子正在猶豫該不該辭掉工作這樣的既成事實，然後占卜師給予建議，這是無妨。畢竟給予建議後，下判斷的終究是麻美子自己。但是如果不是這樣，占卜師只是突然就傳達神諭，叫她應該辭職的話……

如果是這樣的話，表示那時麻美子已經失去判斷能力了。

與她的意志和置身的狀況無關，只憑占卜師的意志來決定一切。我覺得這是不對的。

——但是……

磐田的存在該如何解釋？

在不得不相信真的看到就會惹禍上身的怪

物的狀況下，要人不去相信靈媒的預言才是強人所難。所以這也不能完全歸咎於麻美子。

抬頭一看，只有京極堂一個人處之泰然。

——這個人……為什麼老是……

「喂……京極堂，你……」

「關口，這個世界上……沒有任何不可思議的事。」京極堂說道。

接著他以悲傷的眼神望向麻美子，暫時垂下頭，下了什麼決心似地再次抬起頭來，直直地看著麻美子的臉。

「加藤女士，妳聽我說，華仙姑這個人是個惡毒的詐欺師。只二郎先生加入的修身會雖然也不是什麼值得稱道的機構，但至少他們不會為了招攬信徒和會員，**不惜殺人**。」

「殺……人……？」

「沒錯。」京極堂向鳥口使了個眼色。

「加藤女士，還有宮村老師也請聽好。我直截了當地說出結論。其實，記憶受到操縱的人是妳——加藤女士。」

「什麼？這……」

「不可能的，我……」

「二十年前，妳並沒有看到過什麼咻嘶卑，令祖父的——只二郎先生的記憶是正確的。妳第一次看到咻嘶卑——磐田純陽，是去年四月。妳對他異樣的外貌印象深刻，仔仔細細地告訴了前來偵察的尾國誠一。**這就是錯誤的開始**。」

「偵察……？」

「他前來偵察，是為了確定妳是不是在五點整為嬰兒沐浴。然而妳不在家，他正想回去時，恰好妳回來了。然後妳告訴他那件事，於是……」

「於是？」

「妳被**他施下了後催眠**。」

「怎麼可能……？為什麼他……」

「他是華仙姑的手下。他到處物色對象，

從他們身上斂財，欺騙他們，讓他們對華仙姑唯命是從。他是華仙姑的——使魔。」

「我無法相信，他……怎麼可能……」

「尾國再三造訪，是在尋找機會——當然是陷害妳的機會。聽好了，他在等待妳碰上什麼**印象特別深刻**的事。只要能夠讓妳認為那是不祥的前兆，不管是黑貓跑過還是木屐帶斷掉都可以。這和磐田純陽其實毫無關係。」

「可是……」

「真的什麼都可以。可是一直沒有發生那麼湊巧的事，尾國也不耐煩起來了吧。接著妳熱心地對他講述偶然遇見的怪異男子，他便抓緊機會，把他塑造成妖怪。磐田……是被冤枉的。」

「騙……騙人，我的記憶……」

「妳的記憶才是假的。不是只二郎先生的記憶被封印，而是妳的記憶被混淆罷了。妳應該是在去年的四月七日五點三十六分或七分，被他施術進入催眠狀態。以狀況來看，他應該是使用了驚愕法。透過幾次的訪問，他應該看穿了妳的體質**容易被催眠**。所以妳在一瞬間陷入了催眠狀態。然後他應該是這麼問妳的：『至今為止，妳碰過最悲傷的事是什麼？』那個時候，妳的深層意識這麼回答：『是父親過世……』」

「怎麼可能……？家父過世時，我的確很悲傷，可是……」

「沒錯，妳比較喜歡令祖父。令尊忙於工作，與妳相處時間應該不多，而且在妳小時候就過世了。妳與令尊之間的羈絆意外地薄弱，但是……」

「但……但是？」

「但是令尊的死，同時也奪走了妳最喜愛的祖父。令祖父不得不接替令尊的工作，再也沒辦法像過去那樣陪伴妳了。對年幼的妳來說，這應該是雙重的傷痛。於是……他這麼對

妳暗示了：『妳的不幸……全都是今天看到的那個怪男人所造成的，令尊會死也是他害的，不可以看，那是咻嘶卑，看到咻嘶卑，會被作祟的……』」

「那是家祖父……」

「不，**那是尾國說的**。」京極堂斷定。「咻嘶卑是九州的妖怪，是尾國成長的地方的妖怪。如果只知道名字就算了，但是其他地方的人不可能知道看到它就會生病或死掉這種說法。尾國應該是情急之下想到這件事。因為看到就會不幸的咒物，並不是隨處都有。這應該不是從磐田的容貌聯想到的。」

「可是……」

「而且尾國也不能花太多時間，事發突然，他只能臨機應變。他可能自以為偽裝得很完美，但是這個妖怪並沒尾國所想的那麼普遍。不過這種情況，名字怎麼樣都無所謂，只要能夠讓妳認為看到它就會不幸就行了，所以他將咻嘶卑與妳過去最不幸的事連結在一起。在他的預期中，這麼一來，妳就會毫不抵抗地接受咻嘶卑等於不幸這樣的公式了。」

「這……可是……」

「父親會死，是因為看到了那個人——妳被下了這樣的暗示。為了讓妳認定被命名為咻嘶卑的那個東西——磐田就是不幸的元兇，他必須將磐田的**記憶插入**妳不幸的記憶——令尊過世的記憶之前。令尊過世之前——那也是年幼的妳與慈祥的祖父的回憶最後一個場面。就這樣……昭和八年，妳最珍惜的情景當中，跑進了一個妳短短一小時前才看到的鬼魅男子，以怪異的姿勢在山白竹林裡蹦蹦跳跳。妳的記憶……被改寫了。」

「為什麼……要這麼做……」

麻美子僵住了。

她的眼神一片渙散。

「當然……是為了讓妳認定在不久後的

將來，妳**即將遭遇到相同的不幸**。透過將咻嘶卑的記憶插入妳人生最大的不幸前，再次看到咻嘶卑的妳——其實妳是第一次看到——會認為自己接下來將遭遇到不遜於過去的巨大災厄。」

「怎麼可能……」

「看到了那個東西，可能會再度遭遇不幸——尾國為了激發這樣的強迫觀念，竄改了妳過去的記憶。而他的企圖……**某種程度上**成功了。」

「我無法相信……」麻美子說。接著她的眼神與京極堂四目相對，堅決地說：「那種夢話我才不相信。我相信我自己的記憶。」

「人……唯一看不清楚的就是自己。說起來，懷疑令祖父的記憶遭到竄改的人就是妳。然而一說到妳可能如此，妳卻不肯承認，這豈不是很奇怪嗎？這樣太沒道理了。」

「沒錯，可是……」

麻美子再次垂下頭來。

京極堂瞇起眼睛，以眼神向鳥口示意。鳥口立刻會意，無聲無息地將照片放上矮桌。

「這張照片就是……華仙姑說光是看到照片也會倒大楣的指引康莊大道修身會的會長——磐田純陽，是妳去年在淺草橋看到的人。怎麼樣？是這個人沒錯吧？」

麻美子沒有回答。

「妳……還是堅持妳真的在昭和八年看過這個人嗎？」

「對……沒錯，我看到了，我記得一清二楚。」麻美子激動地說。

「那個時候，磐田的臉頰上也貼著絆創膏嗎？」

「……沒錯。」

「絆創膏——俗稱ＱＱ絆的這個東西，是在昭和二十三年開發並發售的。」

「……咦？」

「在那之前所說的絆創膏，外形都像膏藥一樣。」

「啊……」

「還有，磐田純陽在東京大空襲時受了嚴重的燙傷。他的頭會禿成現在這樣，就是當時的燙傷所致，在那之前，他是有頭髮的。附帶一提……這是他在昭和十三年的照片……」

京極堂這次從懷裡取出另一張照片。

我望過去。臉依然長得像猴子，但是頭髮茂密。服裝和現在一樣俗氣，但穿的不是西裝，而是像毛衣的衣物。

「所以說，如果妳看過這個人兩次，這兩次應該都是在戰後，而且是昭和二十三年以後，否則就說不通了。昭和八年，他並不是這個模樣的。」

「怎麼可能……」

麻美子露出崩壞般的表情。事實上，她可能真的哪裡崩壞了。

她的心情……

我十分了解。

宮村也啞口無言。

這樣就解決了……，這樣就好了，不是嗎？

眼前的證據不動如山。既然都有了這些證據，已經不需要再多說些什麼了，不是嗎？

然而京極堂卻毫不留情地繼續說下去。

或許他的本意並非如此，實在這是他的職責所在。

「去年四月七日……他的確在淺草橋搖搖晃晃地走著。那一天，磐田遭到暴徒襲擊。以前的會員大叫著『騙子』，撲上來毆打他。雖然只有一小欄，但報紙登出了這件事。妳所看到的，應該是剛遭人毆打之後的磐田吧。」

那麼他會步履蹣跚……也是可以理解的。

「妳所看到的確實是磐田，而既然磐田現在的容貌與昭和八年大相逕庭，唯一的可能性就是……妳的記憶是假的。」

「所以說……那……」

那、那——麻美子不斷地尋思接下來的話。京極堂不為所動，等待她接下來的話。不久後，麻美子哽咽起來，看開了似地說：「那又怎麼樣呢？把我現在的記憶移植到過去又能怎麼樣……？沒有意義呀。」

「讓妳對華仙姑唯命是從——這就是尾國的目的。」

「這……我無法信服。」麻美子激動起來。「中禪寺先生從剛才就淨說些誹謗華仙姑娘娘的話。您說的沒錯，我聽說有許多占卜師手段惡毒，對於不相信靈媒的人來說，華仙姑娘娘和他們或許是一丘之貉，這沒關係。至少對我來說，華仙姑娘娘是個無比偉大的聖人……」

麻美子以近乎崩潰的激動模樣繼續說道：

「而且我……我並不是因為有咻嘶卑的記憶才相信娘娘的，這跟咻嘶卑無關。所以……」

京極堂伸手制止混亂的麻美子。「妳聽我說。如果妳是個會因為害怕咻嘶卑而求助於靈媒師的軟弱女子……不幸或許就不會發生了。尾國應該只是希望妳害怕起咻嘶卑，為了避免不幸而皈依華仙姑。但是妳就像妳剛才說的，有許多不這麼做的可能性。即使妳就像尾國所計畫的害怕起咻嘶卑，妳會不會信奉華仙姑，又是另一回事了。妳平素就強調妳討厭宗教，所以或許會對花錢消災感到抗拒。而事實上，尾國翌日的提議就讓妳面露難色。於是……」

此時，庭院傳來巨大的聲響。

我忍不住驚叫出聲，宮村好像也嚇了一跳。

轉過頭去一看，鳥口不知不覺間走下庭院了。

「嚇著了嗎？不必擔心，是摔炮。」

「什麼嚇著了嗎？你到底是在幹嘛……

咦？」

我單膝立跪，正準備抗議鳥口莫名其妙的舉動，卻不得不坐了回去。

麻美子伸直了雙手，正渾身顫抖。

「啊、啊、這……」

麻美子的手對聲音起了反應，整個伸直——似乎就這麼僵住了。之所以渾身顫動，應該是正拚命使力想要以意志力控制手臂吧。

京極堂露出極為悲傷的表情，靜靜地說：

「摔炮的聲音一響，妳的雙手就無法彎曲。妳……現在依然處在後催眠當中。雖然覺得冒昧……，但我還是實驗了一下。非常抱歉。」

「咦？什、什麼意思……這……」

京極堂默默地看了麻美子一會兒。麻美子難過地伸直了雙手抽搐著，不久後全身鬆弛下來。她的額頭滲出細小的汗珠，肩膀上下起伏喘息著。

「看樣子，會持續一分鐘之久。加藤女士，真的很對不起。我並不想做這種暗算般的事，但是在這麼做之前，我沒有任何確證。所以我才會連茶都沒有端出來。宮村老師……我也向你致歉。」

「就是……這麼回事啊……」宮村的表情泫然欲泣。

「錯不了的。尾國一定就像我剛才說的，對她施了後催眠。以咻嘶卑支配記憶，並以摔炮支配肉體。下澤夫婦聽到的假槍聲，其實是尾國在施術時所放的摔炮聲……」

——原來如此。

那個時候……在咖啡廳裡也發生了相同的事。小孩子在店外放鞭炮，麻美子敏感地起了反應。

「尾國對加藤女士下了兩個機關後，暫時離去，隔天再次造訪，轉達華仙姑的預言。如果這個階段，加藤女士不願意拿錢出來的話……，他會在隔天**五點整再次來訪……**點燃鞭炮……」

「這……太荒唐了……」

麻美子搖了兩三次頭。

「下澤家的人記得。他們說，隔壁的嬰兒出事時，聽見了砰砰的聲響。」

「那……」麻美子大叫。「那麼那孩子……」

接著她深深地吸了一口氣。「**那孩子豈不等於是被殺死的**？」

好寂靜的慘叫。

「沒錯。妳的孩子等於是被尾國、被華仙姑給殺害的。」

我說不出話來。這樣的結果，我想都沒有想過。

「喂……京極堂，這……這豈不是殺人事件嗎？」

「對，雖然非常難以成案……，但這確實是殺人事件。而竟然說這是預言……簡直太荒謬了，這肯定會說中的啊。這是惡毒的通靈詐欺……，不，連嬰兒都下得了手殺害，根本是滅絕人性的殺人兇手。那種人……不應該放過，至少加藤女士，妳應該與華仙姑斷絕關係才是。妳把殺害令嬡的仇人當成恩人景仰，妳的人生也被玩弄了。妳到目前為止，貢獻了多少錢出去？」

麻美子雙手掩面，放聲大哭。

京極堂皺著眉頭，看了她好一會兒。

我也有一種咬到苦澀東西般的感覺。

宮村也用一種難過至極的表情望著麻美子，然後低聲說：「你是怎麼……發現的？」

「是鐵路歌曲。」京極堂說。

麻美子抬起淚濕的臉。

宮村接著問：「鐵路歌曲……？我不懂。這是什麼意思？」

「鳥口昨天去了下澤家，打聽到許多消息。這名青年糾纏不休地探問，要求他們無論

任何一點小事都要回想出來，所以問出了許多事。那時，下澤家的人想起了一件有趣的事。他們說那個時候好像聽見了鐵路歌曲，於是鳥口調查了一下……」

「去年是鐵路開通八十周年。」鳥口坐在簷廊，接著京極堂的話說。「不管什麼生意都有人做，有個傷殘軍人能唱所有的鐵路歌曲。他站在十字路口，從第一首開始唱，於是行人會慢慢地聚集過來，他就不斷地唱下去，像這樣……」

鳥口擺出立正的姿勢。

「……像要行最敬禮似地站得直挺挺的，朗朗而唱。鐵路歌曲很長，聽的人也會好奇這個人究竟記得多少？於是漸漸地形成人牆。腳邊的破鍋裡零錢也愈積愈多……。我聽到下澤太太的話，想說那個人是不是還在，就找了一下。」

「有嗎？」

「沒有，沒那麼容易就找到，但是附近的人還記得。」鳥口說。「去年四月左右，日期說是記不得了——不過普通人是不會記得的。但是，那個人那天似乎正好在五點三十分開始唱起來。」

「鳥口先生，」宮村制止說。「那個人不是連日期都不記得了嗎？那麼怎麼會記得那麼準確的時間呢？」

「是的，您的問題理所當然。其實，指出時間的人是鐘表店的老闆，而且當時他正在聽廣播，所以時間記得一清二楚。我向附近的人打聽後，發現似乎就是那一天，地點就在河合莊的斜對面，肯定是聽得明明白白。」

鳥口說道，脫下鞋子，在簷廊跪坐下來。

京極堂補充說：「五點半開始唱的話，唱到第二十四首左右，恰好是五點三十六、七分。麻美子女士就是那時被施術的吧。要施以深度催眠，喚出古老的回憶，並對潛意識下暗示，同時施以後催眠，控制運動機能，這得花個三、四十分鐘吧。然後……」

「然後……？」

「後催眠的話，必須暗示受術者，讓受術者在清醒後忘掉催眠中聽見的事。因為要是記得的話，就暗示不成了。所以會下暗示說：『你醒來以後，會忘掉現在聽到的一切……』」

「忘掉……一切……」

——原來如此。

「哦，所以實際上將近兩小時的會面，在麻美子女士的記憶中，才會縮短成只有三十分鐘長。就像小跳步般跳過了時間嗎？」

「是啊，這個說法真有宮村老師的風格。」京極堂說。

宮村一臉百感交集的表情，拍了一下膝蓋說：「那麼麻美子女士醒來時，傷殘軍人正好唱完東海道，經過山陽九州，唱到東北一半左右……」

「沒錯。她忘掉了這段時間聽到的一切……，應該說是想不起來……，不，只是這些記憶無法浮上意識表層，其實她一直都記得的。一般情況，施術者所說的話，會與音樂等背景的雜音區分開來，不過加藤女士的情況，由於鐵路歌曲與關鍵人物的祖父有著深刻的關聯，所以被混淆在一起了吧。然後……這段期間所聽到的鐵路歌曲，與催眠中尾國所說的話一起被封印起來了。」

京極堂說道，站了起來，朝著屋裡叫夫人送茶。

宮村環抱雙臂沉思了一會兒後，以溫柔的眼神望著麻美子說：「京極堂先生，能不能把那可恨的催眠術……」

接著他望向京極堂。

「如果加藤女士希望……，我也可以試著解除後催眠……，不，我畢竟是個門外漢，沒把握能成功。改天我再介紹專家給妳吧，沒辦法現在就在這裡……」

麻美子用雙手拭淚，按了一下眼皮後，睜開眼睛。「中禪寺先生……我……」

「嗯。」京極堂說。「我剛才也說過了，現階段，這件事想要做為刑事案件成立，非常困難……，不，應該是不可能成立。沒有任何證據，說是詛咒還比較容易被接受。所以雖然我非常了解妳的心情，但請妳千萬不要魯莽行事。再怎麼說，對手都太難應付了。」

「這……我了解。無論是誰的意志，殺害了小女的都是我。我親手殺了自己的女兒，我的罪孽是不會消失的。但是，我不能讓更多人遇到和我一樣的遭遇……」

鳥口接下去說：「就是啊，不能就這樣坐視不管。被害人應該不只加藤女士一個人而已。任意踐踏別人的心，玩弄別人珍惜的事物，甚至殺人，我不能就這樣坐視不管。我絕對要摧毀他們。」

鳥口難得正經地這麼作結。

京極堂看了鳥口一眼，撩起頭髮。

「加藤女士，這位鳥口人雖然輕浮，但值得信賴。而且他似乎突然立志要貫徹社會正義，說今後也要牢牢盯住華仙姑。如果華仙姑露出馬腳，而鳥口捉住了……，屆時希望妳務必協助他。這也是為了令嬡。」

「當然。」麻美子說。

「但是加藤女士，還有宮村老師也請聽我說，有幾件事令我相當在意。加藤女士為何會被盯上？如果其中有什麼特別的理由……我想知道是什麼。還有，華仙姑為什麼要妳勸令祖父退出修身會？另外，修身會為何糾纏不休地要妳加入？這些會不會有什麼共同的原因？我完全看不出華仙姑與修身會之間的關聯……，但是我深深地感覺，這兩者的根源是相同的。」

——根源相同。

例如說，像河童與咻嘶卑那樣嗎？指引康莊大道修身會與磐田純陽。還有靈媒師——華仙姑處女和尾國誠一。純陽和華仙姑不也像妖怪一樣嗎？那麼他們會不會只是髮尾而已呢？他們有好幾個根，並共享大部分的根。

我甚至懷疑起來，純陽會被比喻成咻嘶卑，或許並不是偶然。

然後……我心想，浮面的不只有妖怪而已，所有的現象都只不過是浮面。被隱蔽的部分呈加速度消失，所以我們現在完全無法察覺世界究竟是什麼了，不是嗎？

我失去了安定。

麻美子大哭一場後，已經止住哭泣了。

麻美子這個人或許與她的外表相反，非常堅強。正因為堅強，看在我這種人眼裡，反而顯得命薄嗎？

「噯，京極堂先生，這結果真是意想不到。不必擔心，別看麻美子女士這樣，她十分堅強的。聽說令妹任職的出版社——稀譚舍錄用她，成了新雜誌的編輯，而且好像要在那裡開設短歌的專欄。」

宮村鼓勵地說，麻美子依然蹙著眉頭，說道：「到時候還請您多多關照，喜多島老師……」

我就這樣……好一會兒……都說不出話來。

喜多島薰童——宮村香奈男看著我，親切地笑了。

然後……我回想起來，笑了。

無論何時，我總是什麼都不明白哪……

*

沒錯……我什麼都不明白。

——現在也是。

依然不明白。到哪裡是現實，從哪裡開始是妄想，境界極度曖昧，無論我怎麼努力回想，就是會被曚矓而妖異的混沌給吞沒。

是你幹的是你幹的是你幹的。

就是你幹的……

——我到底做了什麼？

樹下的我吊起裸女，逃走了。

我看到的只有這樣。我去追我，但我逃得太快，遲鈍的我沒辦法追上。

我追丟了我。

所以就算問我，我也答不出來。

你不是說是你**幹的**嗎？

我幹的……，我幹了什麼？

——殺人？

是涉嫌殺人嗎？

——殺人。兇手。我……

我身負殺人嫌疑。

昏黑發出隆隆巨響，在我周圍打轉。

我身處視野遭到斷絕的黑暗中，卻仍然閉上眼睛。

殺、人、兇、手。我、殺、了、人。

——誰死了？

沒錯，死了好多人。屍體、屍體、屍體、屍體，我的周圍滿是屍體。這個封閉的房間裡，被累累屍山給填滿了。對不起對不起原諒我母親母親我只是想看裡面想看盒子裡面那裡不可以看那裡那個盒子裡絕對不可以看啊啊出不來了這裡是哪裡這裡面是漆黑的黑暗的牢檻中這裡——離不開這裡。

簡直就像夢一樣。不，這是夢。

記憶在黑暗中成形。我看到那個女人，還有那個男人。

那傢伙那傢伙還有那傢伙。

——不對。

這是回憶。

只是眩暈。記憶的鏽。

現實中我所知覺到的現在的認識，被過去我所經驗過的眾多悲傷的事件記憶毫不留情地侵蝕。我無法區別。我應該清醒著，腦袋中心卻完全是昏睡狀態。我累了，我還在混亂。這是惡夢，一定是的。

我甩了幾下頭。

沉重的門開了。

我被用力拉扯，拖了出去。

我喜歡這裡——這黑暗的房間啊。

然後大概是……第五次的審問開始了。

警官一開始就暴躁不堪。

他說他連看都不想看到我，厭惡感就像瘴氣一般，從他全身的毛細孔噴發出來。

我是這麼下流的東西嗎？是這麼骯髒的東西嗎？一瞬間我很詫異，隨即心想或許如此。

想起來想起來想起來……

「給我**好好地想……**」警官怒吼。

給我想給我想給我想……

沒錯，自從我被逮捕後，就放棄理性思考了。拋棄理性的人，大概比畜生還不如吧，那麼我只是個雜碎。就算被瞧不起、被拋棄，也無可奈何。

咚！桌子被敲打。

我只有身體做出反應，我的精神早已腐壞得不成原形了吧。無論面對什麼樣的震動，都極為遲鈍，異常安定。已經不會再有任何晃動了。

我被狠狠地毆打，頭暈目眩。

忽地，意識消失，一切都無所謂了。

什麼都不想，是多麼輕鬆的一件事啊。

我思故我在嗎？不思考，我就不存在嗎？那麼思考的我在哪裡？那個我……

已經逃離我了吧。

國家圖書館出版品預行編目資料

塗佛之宴—備宴（上）／京極夏彥著／王華懋譯；.–.初版.–.臺北市；獨步文化：家庭傳媒城邦分公司發行, 2010〔民99〕
面；公分.（京極夏彥作品集：10）
譯自：塗 の宴—宴の支度
ISBN 978-986-6562-45-7（上冊：平裝）

861.57　　98024955

京極夏彥　作品集10

ぬりぼとけのうたげ　うたげのしたく

塗佛之宴 備宴（上）

原著書名　塗仏の宴──宴の支度
原出版社　講談社
作者　京極夏彥　KYOGOKU NATSUHIKO
翻譯　王華懋
責任編輯　戴偉傑、關惜玉
主編　江麗綿
行銷業務　尹子麟、闕志勳
版權部　王淑儀
總經理　陳蕙慧
發行人　涂玉雲
出版者　獨步文化
城邦文化事業股份有限公司
104台北市中山區民生東路二段141號5樓
電話：(02) 2500-7696　傳真：(02)2500-1966
發行　英屬蓋曼群島商家庭傳媒股份有限公司城邦分公司
104台北市中山區民生東路二段141號2樓
讀者服務專線：(02)2500-7718；2500-7719
24小時傳真服務：(02)2500-1990；2500-1991
服務時間：週一至週五 上午09:00～12:00 下午13:00～17:00
讀者服務信箱E-mail：service@readingclub.com.tw
劃撥帳號：19863813　戶名：書虫股份有限公司
總經銷　大和書報圖書股份有限公司
電話：(02)8990-2588；8990-2568
傳真：(02)2290-1658；2290-1628
香港發行所　城邦（香港）出版集團有限公司
新址：香港灣仔駱克道193號東超商業中心1樓
電話：(852) 25086231　傳真：(852) 25789337
E-mail：hkcite@biznetvigator.com
馬新發行所　城邦（馬新）出版集團
Cite(M)Sdn.Bhd.(458372U)
11, Jalan 30D/146, Desa Tasik, Sungai Besi, 57000 Kuala Lumpur, Malaysia
電話：(603) 90563833　傳真：(603) 90562833
妖怪插圖　王正凱
美術設計　木子花
封面設計　戴翊庭
排版　浩翰電腦排版股份有限公司
印刷　中原造像股份有限公司
2010（民99）年01月初版
定價350元　ISBN 978-986-6562-45-7

廣　告　回　函
北區郵政管理登記證
台北廣字第000791號
郵資已付，免貼郵票

104台北市民生東路二段 141 號 2 樓

英屬蓋曼群島商家庭傳媒股份有限公司　城邦分公司

請沿虛線對摺，謝謝！

書號：1UH010　　**書名**：塗佛之宴 備宴（上）　　**編碼**：

請於此處用膠水黏貼

讀者回函卡

謝謝您購買我們出版的書籍！請費心填寫此回函卡，我們將不定期寄上城邦集團最新的出版訊息。

姓名：＿＿＿＿＿＿＿＿＿＿＿＿＿＿＿＿ 性別：□男 □女

生日：西元＿＿＿＿＿＿年＿＿＿＿＿＿月＿＿＿＿＿＿日

地址：＿＿＿＿＿＿＿＿＿＿＿＿＿＿＿＿＿＿＿＿＿＿＿＿

聯絡電話：＿＿＿＿＿＿＿＿＿＿ 傳真：＿＿＿＿＿＿＿＿＿＿

E-mail：＿＿＿＿＿＿＿＿＿＿＿＿＿＿＿＿＿＿＿＿＿＿＿＿

學歷：□1.小學 □2.國中 □3.高中 □4.大專 □5.研究所以上

職業：□1.學生 □2.軍公教 □3.服務 □4.金融 □5.製造 □6.資訊

□7.傳播 □8.自由業 □9.農漁牧 □10.家管 □11.退休

□12.其他＿＿＿＿＿＿＿＿＿＿＿＿＿＿＿＿＿＿＿＿

您從何種方式得知本書消息？

□1.書店 □2.網路 □3.報紙 □4.雜誌 □5.廣播 □6.電視

□7.親友推薦 □8.其他＿＿＿＿＿＿＿＿＿＿＿＿＿＿＿＿

您通常以何種方式購書？

□1.書店 □2.網路 □3.傳真訂購 □4.郵局劃撥 □5.其他

您喜歡閱讀哪些類別的書籍？

□1.財經商業 □2.自然科學 □3.歷史 □4.法律 □5.文學

□6.休閒旅遊 □7.小說 □8.人物傳記 □9.生活、勵志 □10.其他

對我們的建議：＿＿＿＿＿＿＿＿＿＿＿＿＿＿＿＿＿＿＿＿

＿＿＿＿＿＿＿＿＿＿＿＿＿＿＿＿＿＿＿＿

＿＿＿＿＿＿＿＿＿＿＿＿＿＿＿＿＿＿＿＿

＿＿＿＿＿＿＿＿＿＿＿＿＿＿＿＿＿＿＿＿

＿＿＿＿＿＿＿＿＿＿＿＿＿＿＿＿＿＿＿＿

請於此處用膠水黏貼